NEROITALIANO

JONATHAN ARPETTI
CHRISTINA B. ASSOUAD

Delitto dietro le quinte

romanzo

NERO ITALIANO

Questo romanzo è opera di fantasia.
Ogni riferimento a fatti, personaggi o eventi reali
è da ritenersi puramente casuale.

Prima edizione: giugno 2017

via Giovanni Antonelli, 44 – 00197 Roma
tel. 06.39366384
Il marchio Nero Italiano è di proprietà
di Sergio Fanucci
Indirizzo internet: www.timecrime.it

Stampato in Italia – Printed in Italy

Progetto grafico: Grafica Effe

JONATHAN ARPETTI
CHRISTINA B. ASSOUAD

Delitto dietro le quinte

A Lucia
JONATHAN

Alla città di Macerata, per me luogo di studi,
di amicizie importanti e di storie misteriose.
CHRISTINA

Prologo

Il ritmo incalzante di un charleston suonato a ripetizione è difficile da sopportare, soprattutto se le note irrompono in una stanza ovattata, alle sette e venti di mattina, facendo svanire in un colpo solo la quiete delle prime ore del giorno. Questo Gabriella lo sapeva benissimo, e infatti per svegliarsi aveva scelto proprio un brano del genere.

Sfilò il braccio destro da sotto il cuscino e cominciò a tastare sul ripiano del comodino; dopo un paio di tentativi riuscì a far cessare quella gracchiante versione di *Right Now (Na Na Na)*.

Da piccola, quando guardava *Pinocchio* mandava avanti la cassetta tutte le volte che compariva il Grillo Parlante. Non lo sopportava. Ma sapeva che la vocina interiore aveva ragione. Se avesse chiuso gli occhi di nuovo, li avrebbe riaperti come minimo a metà mattinata e questo era un lusso che non poteva permettersi.

Puntò i gomiti sul letto e si tirò su col busto. Con movimenti pigri e lenti si stiracchiò i muscoli rattrappiti, neanche avesse dormito rannicchiata sul sedile della sua Panda. Tutta colpa del materasso. Dopo vent'anni di onorato servizio, era diventato più sottile di un foglio di giornale. Ma le sue finanze non le permettevano l'acquisto di uno di quelli in lattice, ipoallergenici e anatomici tanto pubblicizzati in televisione e, a dire la verità, neanche di uno normale in lana. Era andata a vederne alcuni modelli al centro commerciale, ma il meno caro costava ottocento euro, l'equivalente di un mese del suo stipendio.

Al diavolo il materasso, si disse, e intanto scese dal letto, calzò le pantofole e, stiracchiandosi, andò in bagno a vestirsi. Quando fu pronta, cinque minuti più tardi, infilata dentro un abito di cotone a stampa floreale senza maniche, si avviò verso il corridoio ed entrò nella camera di suo figlio.

Christian era in piedi davanti alla finestra, immobile come una statua di sale, con indosso solo gli slip e una maglietta bianca. Teneva un quaderno in una mano, di quelli con la copertina nera rigida che vengono usati anche come diari, e una penna nell'altra, mentre lo sguardo era rivolto verso la strada.

«356 Speedster, 911, 912, 914...»

«Buongiorno, amore mio!» fece lei, avvicinandosi.

Christian, senza degnarla di uno sguardo, continuò a elencare i modelli della casa automobilistica di Stoccarda.

«Tesoro, hai dormito bene?» si sincerò Gabriella, anche se averlo trovato già in piedi le fece intuire che il sonno del suo bambino non era stato dei più sereni. Poi gli diede un bacio sulla fronte e posò sul comodino il quaderno nero e la penna.

Il ragazzo smise con quella litania, ma invece di rispondere rimase qualche attimo in silenzio, come a riflettere. «Alle sette e sei minuti è passata una Porsche 911 Turbo. Rossa fiammante» ricominciò, con gli occhi ancora fissi sulla finestra.

Gabriella lo prese per mano e lo guidò dolcemente verso il bagno. «Wow... è fantastico» esclamò, cercando di mostrarsi coinvolta, anche se non aveva la più pallida idea di come fosse fatta una Porsche 911 Turbo e del perché, per lui, fosse così importante. Forse si trattava di uno di quei modelli molto veloci, pensò passandosi una mano sulla bocca per soffocare uno sbadiglio.

«Ci sono due tipi di 911, quelle con il motore raffreddato ad aria, fabbricate dal 1963 al 1997, e le moderne, che partono dal 1998 e sono in produzione ancora oggi» spiegò Christian, pronunciando quella frase come se stesse snocciolando una preghiera, mentre la madre lo aiutava a lavarsi.

«Il mio piccolo genio» fece lei, riaccompagnandolo nella stanza e accarezzandogli la nuca.

Per un attimo Gabriella ebbe l'impressione che le labbra del figlio si fossero increspate, accennando un sorriso.

Proprio nel momento in cui stava per stampargli un altro bacio, Christian alzò la testa per controllare l'orologio appeso alla parete, un grosso cerchio di gomma che aveva le sembianze di uno pneumatico. Restò a guardarlo per più di trenta secondi, finché non scoccarono le sette e ventinove.

«Un minuto alle sette e trenta» disse con tono da sentenza. Quindi prese il quaderno e la penna dal comodino e ripose il primo sulla scrivania – di fianco a un'altra mezza dozzina dello stesso modello, tutti impilati in modo così preciso da sembrare un corpo unico –, e la seconda, invece, in una tazza con impresso lo stemma della Ferrari. Poi andò a piazzarsi davanti al guardaroba, mettendosi in posa come un manichino.

Gabriella, a questo punto, poteva iniziare a vestirlo.

Aprì l'armadio, tirando fuori gli abiti che lui aveva scelto per i martedì estivi: una camicia azzurra e dei pantaloni di cotone blu marine. Ormai le aveva imparate a memoria, le varie *mise* del figlio, ma per non rischiare di sbagliare aveva attaccato all'interno dell'anta un foglio su cui erano riportati i giorni della settimana con i rispettivi capi da indossare. Per quanto riguardava le scarpe, quel giorno era la volta di un paio da tennis, bianche con due strisce rosse laterali.

Quando fu vestito gli diede quattro spazzolate ai capelli – che dovevano assolutamente essere quattro anche se erano tagliati cortissimi –, poi raccolse lo zaino pieno di libri appoggiato sopra la sedia e scesero di sotto.

Appena entrarono in cucina, una stanza piccola e luminosa con pensili in ciliegio massiccio tappezzati di disegni di automobili talmente accurati da sembrare scatti fotografici, il ragazzo si sedette al suo solito posto, di fronte alla porta-finestra che dava sul giardino. Anche da lì si potevano vedere le auto passare; certo, rispetto al piano superiore l'angolazione era più schiacciata, ma si riusciva comunque a intravederne il colore e calcolare mentalmente la velocità di transito oltre le folte capigliature estive degli alberi.

Christian distese le braccia sopra le gambe e, mentre aspettava che la madre gli servisse la colazione, iniziò a muovere la testa avanti e indietro. Piccole oscillazioni che si ripetevano sempre uguali, come un pendolo. Avanti e indietro. Avanti e indietro. Avanti e indietro. Ogni volta che Gabriella guardava quel moto meccanico sperava che prima o poi potesse finire. Ma non succedeva mai. Quando Christian si sedeva a tavola per un pasto, quel movimento si riproponeva come una maledizione.

Mordendosi il labbro inferiore, la donna si avvicinò alla credenza e prese la tovaglietta personale di Christian, con sopra raffigurato un bolide di Formula Uno, e gliela mise davanti. Poi, da un altro scomparto, tirò fuori due tazze, una bianca per lei e una su cui era disegnato un casco per il figlio, che riempì di cereali al cioccolato, infine mise a scaldare il latte.

Christian, appena vide la confezione dei Rice Krispies, allungò un braccio per afferrarla, ma senza arrivarci. La madre, allora, gliela poggiò vicino, così che lui potesse infilarci dentro la mano.

«Uno, due, tre, quattro...»

Contando, ordinava i chicchi di riso uno dietro l'altro, in fila indiana sulla superficie del tavolo. Arrivato a dieci si fermò, dando inizio a una nuova colonna, e una volta terminata questa prese a portarseli uno per uno alla bocca, seguendo una successione intima e segreta.

Gabriella si versò un po' di caffè appena uscito dal beccuccio di una piccola moka, continuando a osservarlo.

«Sabato, amore, andremo al mare, sei contento?» chiese, accarezzandogli le spalle magre.

Silenzio.

«Se vuoi, possiamo portare anche nonna Giulia. Che ne dici?» continuò, prima di stampargli un grosso bacio sulla guancia.

Christian non rispose neanche alla seconda domanda; prese invece il cucchiaio e lo immerse nella tazza, pescando una mezza dozzina di chicchi marroni, ormai rigonfi di latte. Andò avanti a mangiare sbirciando di tanto in tanto il suo orologio da polso finché, all'improvviso, come sospinto da una molla, si alzò in piedi e iniziò a scandire con voce cinematica: «Un minuto alle otto, un minuto alle otto.»

Gabriella diede un ultimo sorso al suo caffellatte, quindi appoggiò la tazza sul tavolo, sbrigandosi a passare il tovagliolo agli angoli della bocca del figlio. Terminata quell'operazione di pulizia, andò a tirar fuori il sacco dalla pattumiera e ne legò le maniglie per chiuderlo; poi, prima di avviarsi verso la porta d'ingresso, s'infilò in tasca le chiavi della macchina, raccolse lo zaino, se lo mise in spalla e prese per mano il figlio.

Fuori, nonostante fosse agosto, dalla vallata sottostante spirava una brezza leggera, all'orizzonte un sole capriccioso giocava a nascondino dietro una serie di pesanti nuvole grigie. Quell'estate, infatti, il caldo ancora non si era ben definito, talvolta le giornate intervallavano forti diluvi a fastidiose alitate di afa e calura soffocante.

La donna camminava con passo spedito mentre il ragazzo, che la seguiva a testa bassa, cercava di calpestare le impronte che lei lasciava sul terreno.

Attraversando il giardino un po' trascurato che circondava il casolare, in Gabriella cresceva la consapevolezza di dover assolutamente rimediare a quel disordine, fosse solo per disinfestarlo dalle zanzare e dai pappataci che supponeva facessero festa in mezzo a tutte quelle erbacce.

Arrivati sul retro, davanti al garage, infilò la chiave nel congegno automatico facendo alzare la serranda.

«Amore, non muoverti, la mamma torna subito» disse, e si avviò dall'altra parte della strada verso il cassonetto della spazzatura, uno dei grossi bidoni metallici per i rifiuti indifferenziati che il comune di Macerata aveva predisposto in vari punti di contrada Montanello.

Quando lo aprì per gettarvi dentro il sacchetto giallo contenente i rifiuti degli ultimi due giorni, Gabriella si portò d'istinto le mani sul viso e iniziò a urlare con tutto il fiato che aveva in gola.

1

L'agente scelto Marinozzi prese a grattarsi quell'affare enorme che aveva al posto del naso, poi, visto che c'era, cercò di acchiapparsi un pelo in una narice. Quando finalmente ci riuscì, se lo strappò via con un colpo secco. *Zac*. E il pelo non c'era più.

Nel frattempo il commissario Luca Bonaventura era entrato ne ll'anticamera delle sale del potere del commissariato maceratese, uno stanzone senza finestre con due scrivanie posizionate una accanto all'altra per lasciare spazio al transito. Alla vista di quello spettacolo si abbassò i Ray-Ban e continuò a fissare quel bestione di oltre cento chili soffocato dentro una divisa che sembrava sul punto di esplodere.

«Marino', tu dovevi fare l'estetista, non il poliziotto» lo salutò, proprio nell'attimo esatto in cui Marinozzi si stava dando da fare per portare a termine una nuova epilazione.

Udendo la voce del suo superiore, l'agente scelto sobbalzò come se avesse infilato le dita nella presa della corrente invece che nel naso.

«Buongiorno, commissario.»

«Speriamo, Marino'... ma se questo è l'inizio la vedo dura» borbottò Bonaventura.

«Come dice?»

Il commissario fece un gesto con la mano, come a dire 'Lascia perdere che è meglio', e puntò in direzione del suo ufficio.

«Dottore, mi scusi, se permette vorrei sottoporle una piccola questione.»

«Che c'è, Marino'?» lo incitò a tagliar corto il commissario, che non vedeva l'ora di andare a rollarsi una sigaretta.

«Non so se questo è il momento giusto per dirglielo.» Il pomo d'Adamo dell'agente scelto prese ad andare su e giù.

«Marino', arriviamo al dunque.»

«Ecco, il fatto è che... tra quindici giorni esatti festeggerò vent'anni di matrimonio.»

«E quindi?»

«Be', mi piacerebbe portare mia moglie a Venezia e restarci qualche giorno... Sa, una specie di vacanza, lei non c'è mai stata, e sono anni che mi sta tormentando con questa storia di voler fare un giro in gondola.»

Bonaventura gli diede una rapida squadrata dalla testa ai piedi, facendo un'enorme fatica a immaginarselo seduto in una gondola.

«Che dice, dottore, potrei prendermi una settimana di ferie?» provò a chiedere l'agente, abbassando la voce, in tono quasi cospiratorio. Finalmente era riuscito a sputare il rospo.

Più che una settimana di ferie, Bonaventura gli avrebbe firmato volentieri un mandato di trasferimento a tempo indeterminato nel capoluogo veneto. L'agente scelto non gli stava antipatico, anzi, spesso e volentieri i suoi modi da bambinone lo facevano anche divertire, quello che lo infastidiva era il fatto di non poter contare su di lui. Per dirla in tre parole: Giuseppe Marinozzi *dormiva in piedi*.

«Certo, Marino', appena ho un attimo di tempo compilo il modulo per la richiesta.»

Il viso dell'agente s'illuminò come se qualcuno avesse acceso una lampadina dentro la sua testa.

«A proposito, hai finito di trascrivere il rapporto sull'arresto del conte Olezzi Mantovani?»

«Per dirla franca...» La lampadina si spense.

«Dimmelo come ti pare, basta che me lo dici.»

«Ci sto lavorando.»

«E quanto ci vuole? Te l'ho dato tre giorni fa.»

«Lo sa qual è il fatto, dottore?»

«Marino', cos'è, un gioco a premi?»

L'agente scelto, non avendo compreso la battuta, restò interdetto qualche istante, poi si ricompose e provò a tirare fuori quello che aveva da dire. «Si tratta della sua calligrafia.»

«Cos'ha che non va la mia calligrafia?»

«No, niente... è solo, come dire, abbastanza incomprensibile. Alcune parole sono così schiacciate e altre talmente arrotondate che le lettere sembrano tutte uguali.»

«Pagliacci dove sta?»

«È sceso in archivio a prendere una pratica per l'ispettore Radi.»

«Allora, Marino', facciamo così. Apri bene le orecchie. Il questore mi sta addosso per avere questo benedetto rapporto.» Bonaventura fece una pausa per fargli assimilare il concetto. «Quindi, quando Pagliacci torna, ti fai aiutare da lui. Fate come i carabinieri: uno detta e l'altro scrive, e lo finite.»

«E se...»

«Se qualche parola non la capite, ve la inventate. Ecchecazzo, Marino'!»

Bonaventura restò a fissarlo per qualche secondo, chiedendosi come avesse fatto un tipo del genere a entrare in polizia. Non trovando una risposta soddisfacente, rinunciò, inforcò di nuovo gli occhiali e si avviò verso il suo ufficio.

Dopo essere entrato aprì subito la finestra, andò a sedersi sulla poltroncina girevole e tirò fuori l'armamentario per il fumo. Versò un po' di tabacco nella cartina piegata, sistemandolo in parti uguali alle due estremità e avallandolo leggermente al centro, arrotolò coi pollici il lato interno della cartina al di sotto di quello esterno, pigiando intanto con gli indici, quindi fece scorrere le dita alle due estremità del rotolo per tenerlo insieme, mentre con la lingua umettava il bordo. Ripassò la giuntura umida e alla fine se la portò alle labbra. A quel punto prese lo zippo e lo fece scattare e, con la sigaretta accesa in un angolo della bocca, aprì il primo cassetto della scrivania dove teneva i moduli per le ferie, con l'intenzione di compilarne subito uno e togliersi quella faccenda dalle scatole.

Mentre si accingeva a riempire gli spazi con i dati richiesti, ripensò alle parole di Marinozzi. Anche Bonaventura avrebbe voluto portare la sua donna in vacanza, ma non a Venezia, no, il desiderio di Valentina era visitare l'Irlanda. Qualche giorno di relax nell'isola verde avrebbe fatto bene a entrambi, e il commissario era addirittura andato in un'agenzia per prendere dei cataloghi e iniziare a pianificare il viaggio, ma poi...

Lasciò perdere il modulo di Marinozzi e tirò fuori dal secondo cassetto della scrivania un foglio rosa ripiegato in quattro. La lettera che Valentina gli aveva scritto esattamente quarantadue giorni prima, anche se a lui sembrava solo ieri. La aprì per l'ennesima volta, poi si appoggiò allo schienale, lasciando ricadere la testa all'indietro.

È UN MODO VIGLIACCO DI DIRTELO, LO SO. AVREI PREFERITO MILLE VOLTE FARLO DI PERSONA, MA GUARDANDOTI NEGLI OCCHI NON CE L'AVREI FATTA A PRONUNCIARE LA PAROLA ADDIO.
FORSE IN UN ATTIMO DI FOLLIA SAREI ANCHE CAPACE DI RINUNCIARE AL MIO SOGNO PUR DI STARTI VICINO. A VOLTE, DOPO UNA SERATA ACCANTO A TE, PENSAVO: COSA PARTI A FARE? HAI UN UOMO CHE TI AMA, COS'ALTRO CERCHI? MA NON POSSO PERMETTERE CHE SUCCEDA. PER QUESTO ME NE STO ANDANDO SENZA SALUTARTI. HO SCELTO LA VIA PIÙ SEMPLICE E MENO DOLOROSA. PER ME. PROBABILMENTE PER TE NON LO SARÀ, E TI CHIEDO SCUSA, MA È L'UNICA SOLUZIONE POSSIBILE. DEVO INIZIARE A COSTRUIRE IL MIO FUTURO, E SE IL DESTINO, ORA, MI HA MESSO DAVANTI UNA GRANDE POSSIBILITÀ NON POSSO FARE ALTRO CHE ACCETTARE E PARTIRE. LA VITA IN QUESTA PICCOLA PROVINCIA MI STA STRETTA, TE L'HO SEMPRE DETTO.
NON TE NE FACCIO UNA COLPA, LA RESPONSABILITÀ NON È DI NESSUNO, NÉ TUA NÉ MIA. LE COSE STANNO COSÌ E BASTA. TI CHIEDO SOLO DI CAPIRMI.

«Certo, hai tutta la mia comprensione, del resto che valore hanno quattro anni di convivenza rispetto a un posto di ricercatrice?» esclamò il commissario con pungente ironia, accartocciando tra le dita il foglio di carta, del quale però neanche stavolta ebbe il coraggio di disfarsi.

Con un gran sospiro ripose il foglio nel cassetto e, ancora una volta, relegò Valentina in un angolo della sua mente. Forse così avrebbe fatto meno male.

2

«Dottore, la vuole il questore.»

L'agente scelto Marinozzi irruppe nell'ufficio di Bonaventura con la furia di un elefante inseguito da un topolino, pronunciando quelle cinque parole come se il futuro del mondo fosse di colpo finito nelle mani del commissario.

Mani che al momento Bonaventura teneva intrecciate dietro la testa e, a vederlo, non dava l'impressione di volerle mettere in moto tanto alla svelta. Aveva spento da poco la sigaretta e i suoi pensieri erano ancora rivolti all'ex fidanzata, a quelle dannate parole scritte in stampatello in modo talmente accurato da sembrare stampate, al fatto che gli mancava da morire, che non poteva più mettersi in contatto con lei perché aveva cambiato numero di telefono, e soprattutto alla consapevolezza che doveva farsene una ragione.

«Marino', cos'è, non si usa più bussare?» gli fece notare con una punta di fastidio nella voce, tirando giù le braccia e raddrizzando la schiena.

«Mi scusi, commissario, ma sembra una questione piuttosto urgente. La segretaria del questore mi ha telefonato, dicendomi che il dottore vuole vederla immediatamente» si schermì.

«Non ha detto nient'altro?»

Marinozzi aggrottò la fronte, assumendo un'espressione che lo faceva somigliare a un orso con l'indigestione. La conversazione non era durata molto e la signorina Mancinelli, così si chiamava l'assistente di Paolotto, era stata chiara e perentoria, andando dritta al punto senza troppi giri di parole. Ma poteva lo stesso essergli sfuggito qualcosa d'importante. Di solito Marinozzi prendeva appunti, ma in quel caso era stato colto di sorpresa: i fogli del bloc-notes che aveva sul tavolo erano terminati e la penna era sparita.

«No, dottore, ha detto soltanto che il questore vuole vederla subito e che si tratta di una cosa urgente, nient'altro» sentenziò alla fine con aria soddisfatta, aggiungendo anche un sorriso.

Il commissario batté le mani sul bordo della scrivania e si alzò in piedi. «La sai una cosa, Marino'?»

L'agente scelto piegò la testa come fanno certi uccelli guardinghi.

«Prima di entrare in questo ufficio devi bussare *sempre,* anche se il questore ha una colica intestinale e le chiavi del bagno le ho io, intesi?» mise in chiaro Bonaventura.

Marinozzi produsse un verso che poteva significare qualsiasi cosa, poi uscì con la coda tra le gambe, seguito dal commissario.

Il palazzo della questura era adiacente a quello del commissariato. Nonostante la questione sembrasse di massima urgenza, prima di imboccare il braccio interno che collegava i due edifici e percorrere il miglio verde che lo avrebbe condotto davanti al suo superiore, Bonaventura decise di fare un salto al distributore automatico per un altro caffè, il secondo in poco più di un quarto d'ora.

Avrebbe volentieri approfittato della bella giornata per uscire a fumarsi una sigaretta, ma poiché il dottor Paolotto non amava le attese, salì subito all'ultimo piano della questura, il terzo, e bussò alla porta di quello che aveva catalogato – fin dal primo giorno in cui lo aveva visto mettere piede in terra marchigiana, un anno e mezzo prima – come un uomo con una gran dote: quella di scassare i marroni ai suoi sottoposti e soprattutto a lui.

«Dottor Bonaventura, entri, la stavo aspettando.»

Luca richiuse la porta e come di consueto andò a piazzarsi davanti alla scrivania in attesa di ulteriori indicazioni, prima fra tutte quella di sedersi, ma questo poteva anche non accadere. E quando accadeva voleva dire che la questione da affrontare era particolarmente seria. E il commissario non ci teneva affatto ad appoggiare il fondoschiena su una di quelle poltroncine, per quanto rivestite in pelle e ben imbottite. Tutte le volte che lo aveva fatto, ne era uscito con le ossa rotte.

«Dottor Bonaventura,» ripeté il questore «prego, si accomodi.» E accompagnò la frase con un gesto della mano.

Luca abbassò la testa rassegnato e si sedette, preparandosi al peggio.

«L'ho fatta convocare per comunicarle che da oggi sarà affiancato da un nuovo ispettore capo.»

«Un nuovo ispettore capo? E come mai?» provò a chiedere il commissario, consapevole che non avrebbe ricevuto una risposta esauriente.

Il questore si tolse gli occhiali e si appoggiò allo schienale della poltrona.

«L'ispettore capo Angelini si è dovuto distaccare per rispondere a ordini superiori. È stato convocato dal sostituto procuratore Raffaelli, dovrà testimoniare a un maxiprocesso di mafia a Palermo.»

Bonaventura non riusciva a credere alle proprie orecchie. Il questore era entrato nei particolari. La cosa iniziò a puzzargli.

«Deve testimoniare a un maxiprocesso?»

Mentre pronunciava quelle parole, il commissario si chiese per quale ragione il collega non gli avesse detto niente. Erano in squadra insieme da più di due anni, Angelini non se la sarebbe mai filata in un modo così... e il primo aggettivo che gli venne in mente fu 'subdolo'. C'era qualcosa che non quadrava.

«È sotto protezione e non può comunicare con nessuno, quindi per il suo organico, Bonaventura, ho già provveduto alla sostituzione.»

«La ringrazio, ma finché non ritorna Angelini me la caverò con Marinozzi e Pagliacci e poi, se dovessi aver bisogno, c'è anche l'ispettore Moretti.»

«Sta dimenticando un dettaglio fondamentale, commissario:

qui gli ordini li do io. Oggi stesso la persona incaricata entrerà in servizio, si tratta dell'ispettore capo Gentilucci.»

Bonaventura lanciò al questore un'occhiata di disappunto, ma non replicò.

«Viene dal commissariato di Porta Genova di Milano. È un elemento particolarmente brillante e preparatissimo. Oltre ad avere ottime doti deduttive, ha anche un intuito eccezionale, al contrario di lei.» Il questore concluse la frase con una risatina tra i denti.

Il commissario restò zitto, senza cambiare espressione e ingoiando amaro.

«Da lei mi aspetto la massima collaborazione. Quindi cerchi di non farsi riconoscere come al solito. E mi raccomando, Bonaventura, niente colpi di testa. È tutto chiaro?»

«Sì, certo.» Ma lo disse come fosse un vaffanculo.

«Può andare,» lo liquidò il questore «e non dimentichi il rapporto sull'arresto del conte Olezzi Mantovani. Lo voglio entro un'ora sulla mia scrivania.» Quelle parole ebbero l'effetto del gong a fine round.

Uscendo, Bonaventura avrebbe voluto sbattere la porta, ma riuscì a trattenersi. Non sarebbe servito a niente, tantomeno ad anticipare l'età pensionabile del dottor Paolotto.

Mentre scendeva le scale per tornare nel suo ufficio, il commissario mise da parte la stizza verso il questore e rimuginò sul processo antimafia in cui era stato coinvolto il suo ex collega. Vista l'amicizia che li legava, era impossibile che Angelini si fosse tenuto tutto dentro. Era più che convinto che l'ispettore capo stesse nascondendo qualcosa. Di colpo, Bonaventura smise di pensare e iniziò ad agire. Tirò fuori dalla tasca della giacca il telefono e compose il numero di Angelini. Dopo alcuni secondi di silenzio una voce metallica gli comunicò che l'utente da lui contattato non era raggiungibile. *Ma dove cazzo sei finito? Non può essere che scompari così, senza dirmi nulla.* Forse l'ispettore Radi poteva saperne qualcosa.

Due rampe di scale più in basso, il commissario imboccò il braccio interno, questa volta dal secondo piano, e a passi svelti percorse il corridoio fino alla fine. La porta sulla quale campeggiava la targa blu con la scritta ISPETTORE LUIGI RADI era l'ultima a destra. Bussò una sola volta e, senza attendere l'invito a entrare, piombò nella stanza.

Un omone alto e riccioluto era seduto davanti allo schermo di un pc, con una sigaretta elettronica appesa all'angolo della bocca che esalava un vapore umido e dolciastro.

«Bonaventura» biascicò l'ispettore, senza alzare più di tanto lo sguardo e continuando a far girovagare il mouse sul piccolo tappetino zebrato.

«Mi sai dire che fine ha fatto Angelini?» chiese il commissario, senza giri di parole.

«E che ne so io! Si dice che...»

«Sì, sì... che deve testimoniare a un maxiprocesso.» Luca concluse la frase, rubandogli le parole di bocca.

«E allora, qual è il problema?»

«Il problema è che non è da Angelini andarsene così, dalla sera alla mattina.»

«Avrà avuto i suoi buoni motivi.»

Radi, da quando Bonaventura aveva invaso il suo ufficio, non aveva smesso di fissare lo schermo. Ogni tanto strizzava gli occhi arricciando anche il naso, finché non si udì un ronzio. Trenta secondi dopo, sul vassoio della stampante apparve un'immagine abbastanza sbiadita. Il volto di un tizio dai folti capelli neri, lunghi fino alle spalle, che evidenziavano due occhi scuri e molto vicini tra loro, un naso affilato e sporgente e una bocca sottile e arcuata che mal si abbinava a tutto il resto. Una barba non curata conferiva infine a quel viso la trasandata dissonanza tipica dei ricercati.

«Chi è?» domandò d'impeto il commissario, dopo aver ispezionato furtivamente l'immagine.

«Joseph Bodgan Bardu, rumeno. Un bastardo che spaccia pure davanti alle scuole medie» fu la risposta secca di Radi prima di alzarsi e lasciare l'ufficio a grandi passi.

Bonaventura rimase lì ancora qualche istante, lo sguardo fisso fuori dalla finestra spalancata su piazza della Libertà, dove spiccava la torre civica cinquecentesca.

Non ha senso. Va a testimoniare in Sicilia e non mi dice niente, non è da lui.

L'ispettore Angelini era l'unico lì dentro di cui Bonaventura sentiva di potersi fidare, l'unico ad avere un po' di cervello e con cui poter parlare liberamente di donne e andare a bere una birra finito il turno di lavoro. E poi, altro punto a suo favore, come Bonaventura anche lui era juventino. Dettaglio non da poco.

La sola idea di ritrovarsi tra i piedi uno dei soliti incapaci, leccaculo, viscidi, obesi pieni di forfora che pensano solo alla carriera, e magari anche interista, gli dava un tremendo voltastomaco. Alzò gli occhi al cielo e uscì.

3

«Marino', che succede?» fece il commissario, mentre si dirigeva verso il suo ufficio.

L'agente scelto, insieme a Pagliacci, si stava trastullando con una presenza femminile dall'aspetto troppo raffinato per essere una delle colleghe che si aggiravano per i corridoi. I tre parlottavano allegramente come fossero al bar. Per completare il quadretto mancavano solo i cocktail con gli ombrellini e una ciotola di salatini.

«Dottore... stavamo giusto parlando di lei» rispose Pagliacci al posto del collega, con un sorriso stile paresi stampato in faccia.

«Chi è la ragazza?» chiese Bonaventura, indicando con un cenno del capo la sconosciuta.

«Venga commissario, sta cercando proprio lei» lo invitò a raggiungerli l'agente scelto.

Bonaventura lasciò perdere il suo ufficio e si avvicinò al gruppetto.

Intanto la *ragazza*, come lui l'aveva apostrofata, smesso di confabulare con Marinozzi, si voltò verso il nuovo arrivato rivolgendogli uno sguardo impostato da prima della classe. Ma più che quell'espressione, o gli occhi verdi come due laghi smeraldini di cui era impossibile scorgere il fondo, a colpire il commissario fu l'ingombrante foulard giallo canarino che le copriva interamente il collo.

Una tipa esuberante, spero che non abbia scambiato il commissariato per una passerella di moda.

«Ispettore capo Francesca Gentilucci» si presentò, porgendogli la mano. La voce calda era ben modulata e ferma.

Il commissario trasalì, rimanendo senza parole.

«Lei è il commissario Buonaventura?» continuò la giovane donna, per accertarsi che quell'uomo alto e ben piazzato, dai capelli neri, corti, in giacca e jeans fosse proprio il suo superiore.

Di colpo Luca tornò padrone delle proprie facoltà mentali. Fece un bel respiro, tirò il petto in fuori e le rispose a tono.

«Il mio nome è Bonaventura. Luca Bonaventura.» Lo disse alla maniera di James Bond, tanto per mettere i puntini sulle I. E le strinse la mano. Era importante farle capire fin da subito chi aveva di fronte.

Tu verrai pure da Milano, ma puoi star certa che il sottoscritto sa il fatto suo.

«Mi scusi» fece l'ispettore capo per rimediare all'errore, mentre il commissario la passava in rassegna dalla testa ai piedi.

Occhi niente male, peccato per il naso un po' troppo pronunciato su un viso dai lineamenti marcati. Seno quasi adolescenziale, tonico, ma troppo piccolo per sfoggiare la giusta dose di femminilità. In quanto a gambe, invece, non ci si può lamentare, lunghe e ben proporzionate.

«Quindi lei è il nuovo ispettore» le disse, dopo essere ritornato sulla terra, anche se la frase era rivolta più a sé stesso che alla sua nuova collaboratrice.

«Ispettore capo» rettificò lei, scrutandolo attentamente.

Gli spruzzi di barba sulle guance e sul mento, come anche quegli occhi neri e profondi, conferivano al suo nuovo capo un'espressione da duro, eppure Gentilucci intuì in Bonaventura qualcosa che gli aggiungeva una sfumatura sbarazzina. Forse la camicia aperta sul collo, oppure quella vertigine dei capelli sulla fronte che sembrava aver resistito all'azione del pettine.

Bonaventura arricciò appena le labbra e, dopo aver incalzato i due agenti scelti riguardo al rapporto da trascrivere, la invitò a seguirlo nel suo ufficio.

«Di qualunque cosa abbia bisogno non esiti a chiedere» la salutò Pagliacci, prima di tornare al lavoro che gli era stato assegnato.

La donna prese la giacca e la ventiquattrore che aveva appoggiato su una delle poltroncine dell'anticamera e mosse i suoi passi nella direzione indicatale dal nuovo superiore.

«Prego, si sieda» fece il commissario dopo aver chiuso la porta.

Francesca Gentilucci esitò qualche istante, impegnata in una rapida panoramica della stanza: pavimento di linoleum verdino pieno di striature nere, pareti ingiallite, veneziane malconce alla finestra spalancata su piazza della Libertà e, per finire, scrivania piena di faldoni, cartelline, fogli di carta, penne, posacenere... Il dettaglio dei mozziconi sommersi dalla cenere le suscitò un profondo senso di disgusto.

«In un ufficio pubblico non si può fumare, lo sa meglio di me» commentò l'ispettore senza esitazione.

Bonaventura la guardò stupito. *È qui da meno di un'ora e vuole già comandare? Forse non ha capito che sono io il suo superiore.*

«Come vede la finestra è aperta» rispose secco, lasciandole intendere che nel suo ufficio privato le leggi le faceva lui.

Davanti a quelle parole pronunciate come una sentenza, Gentilucci si limitò a stamparsi in volto un sorriso tirato, si sistemò un'estremità del foulard e solo a quel punto si accomodò, non prima però di aver guardato se la sedia fosse pulita.

«A quanto pare è stata inserita nel mio organico» esordì Bonaventura dopo essersi schiarito la voce.

«Sbaglio, o mi sembra di capire che non ne è entusiasta?»

«Sbaglia. Il fatto è che mi piacerebbe sapere che fine ha fatto l'ispettore Angelini. Siamo in squadra insieme da diverso tempo, e non è da lui sparire dalla sera alla mattina. Lei per caso ne sa niente?»

«È in Sicilia per...»

«Testimoniare a un maxiprocesso di mafia. Sì, questo lo so, è quello che mi ha detto il questore.»

Francesca Gentilucci alzò un sopracciglio, un gesto che poteva benissimo essere interpretato come: 'Io in questa storia non voglio entrarci.'

«Lasci stare... Allora, tornando a noi, il capo dice che lei sa il fatto suo» cambiò argomento il commissario, andando ad appoggiarsi al davanzale della finestra.

«Diciamo che amo il mio lavoro» replicò lei, secca.

«Anch'io lo amo molto, del resto questo è un mestiere che richiede passione.»

«E anni di studio, seguiti da una grande esperienza.»

«Be'... lei mi sembra piuttosto giovane per...»

«Per avere entrambi?» ribatté, facendo scattare leggermente la testa all'indietro, quel tanto che bastò ad allentare la tenuta del foulard.

A quel punto l'attenzione di Luca fuggì dalla conversazione per concentrarsi sul lato sinistro del collo della collega. Quella che spuntava sotto la stoffa aveva tutta l'aria di essere pelle deturpata da una recente scottatura o dalla ferita di un'arma da taglio. Il suo sguardo insistente non passò inosservato, e l'ispettore capo con un gesto improvviso della mano si risistemò il tessuto intorno alla gola.

«Ha per caso qualche pregiudizio verso le giovani leve?» chiese alla fine, visto che il commissario, che ai suoi occhi poteva avere al massimo una quarantina di anni, sembrava essersi bloccato, incapace di proseguire il discorso.

«Pregiudizi, io?»

Mentre tentava di abbozzare un sorriso, Bonaventura si accorse che Gentilucci aveva serrato la mascella, socchiudendo gli occhi come quando un fotografo regola l'apertura dell'obiettivo.

«Senta,» continuò il commissario «mi dispiace, credo di aver iniziato con il piede sbagliato.»

Gentilucci restò in silenzio, uno di quelli che significavano assenso.

«Che ne dice se le offrissi un caffè?»

Il commissario fece appena in tempo a terminare la frase, che Marinozzi irruppe nell'ufficio, concitato e con un pezzo di carta in mano, dimenticandosi ancora una volta di bussare.

«Commissario, è arrivata una segnalazione, una telefonata...»

«Calma, Marino', respira e dimmi perché sei in questa stanza.»

L'agente scelto ingoiò un po' d'aria, quindi riprese ad articolare le parole. «Hanno trovato una donna in un cassonetto della spazzatura» lo informò tutto d'un fiato.

Il commissario continuò a fissarlo in attesa che andasse avanti, ma Marinozzi sembrava avesse ancora bisogno di essere incoraggiato.

«Com'è questa donna, Marino', viva o morta?» gli chiese allora Bonaventura, anche se immaginava la risposta.

«È morta, dottore. Deceduta.»

«E questo cassonetto dove si trova?»

«Ah, scusi... Ecco l'indirizzo» rispose il poliziotto porgendogli il foglietto. «Due autopattuglie sono già sul posto.»

«Contrada Montanello» disse a bassa voce il commissario, dopo aver preso dalle mani sudaticce dell'agente quello che sembrava un pizzino.

«Deve prendere la strada che porta a Villa Potenza.»

«So benissimo dove si trova. Ci sono nato in questa città.»

«Volevo solo essere d'aiuto, commissario, non s'innervosisca.»

«Mi segua» disse poi Bonaventura, rivolgendosi alla sua nuova collega che nel frattempo si era alzata in piedi e aveva infilato la giacca, pronta per affrontare il suo primo sopralluogo.

4

Il ritrovamento di un cadavere in aperta campagna non era certo una cosa che accadeva tutti i giorni nella provincia di Macerata, e questo il commissario lo sapeva bene. Era anche consapevole del fatto che, se non si fosse affrettato, un nutrito gruppo di giornalisti – sarebbe stato più corretto definirli avvoltoi – avrebbe raggiunto il posto prima di lui, cominciando a scattare foto e divulgare notizie infondate, rischiando così di compromettere l'indagine.

L'Alfa 159 era parcheggiata al solito posto, a venti metri dall'uscita del commissariato, accanto al loggiato di piazza della Libertà.

«Spero che non soffra di mal d'auto» fece Luca quando, un secondo dopo aver messo in moto, partì con una tale accelerazione da lasciare metà degli pneumatici sull'asfalto.

«Crede che a Milano la polizia si muova in bicicletta?» rispose per le rime l'ispettore capo Gentilucci, con tale fermezza che le parole del suo superiore morirono assorbite da un silenzio imbarazzante.

La vettura iniziò a percorrere la parte ovest del centro storico, zigzagando tra un paio di macchine che sostavano in doppia fila, ma poi dovette rallentare per colpa di un gruppo di universitari che, proprio in quel momento, decise di attraversare la strada.

«Di questo passo non arriveremo mai» esclamò il commissario, ruotando leggermente il busto verso la sua collega e allungando il braccio destro in direzione dei sedili posteriori.

«Posso aiutarla?»

«Non credo» rispose Bonaventura, mentre con una mano sul volante e l'altra intenta a rovistare tra un berretto, dei documenti e un'agenda, tentava di avanzare fino all'imbocco di viale Giacomo Leopardi.

«Forse sta cercando questa?» chiese Francesca, tirando fuori dal vano portaoggetti la sirena.

«Sì, grazie. La metta pure sul tettuccio» fece il commissario, nascondendo l'imbarazzo per il caos presente nella macchina.

Appena Gentilucci posizionò la sirena, l'Alfa 159 perse di colpo l'anonimato, trasformandosi in un mezzo della polizia il cui grido era ora riconoscibile da tutti.

«Questo viale è a senso unico e costeggia le mura» disse Bonaventura, cominciando a istruire la giovane donna sull'urbanistica della città.

«Sì, proseguendo da quella parte si arriva ai giardini Diaz e poi all'arena Sferisterio» aggiunse l'ispettore capo, indicando con la mano quello che sembrava essere un percorso a lei familiare.

«Scusi, ma conosce già la città?»

«Sono arrivata ieri pomeriggio. Dopo aver sistemato i bagagli in albergo, ho approfittato del fatto che fosse ancora giorno per fare un po' di jogging.»

«Una vera sportiva» commentò Bonaventura, schiacciando ancora un po' l'acceleratore per superare un autobus che stava rallentando in vista di una fermata.

«Correre è la mia grande passione.»

«Bene, almeno non le mancherà il fiato davanti allo spettacolo che ci attende.»

«In che senso?»

«Be', è il suo primo giorno di lavoro e deve già fronteggiare un caso di omicidio...»

«La ringrazio per la premura, ma si dà il caso che ho già avuto a che fare con delitti piuttosto efferati.»

«Nella sanguinosa Milano» commentò ironico Bonaventura, cercando d'incrociare lo sguardo della collega che invece sembrava concentrata sulla strada, anche più di lui.

«E quello spiazzo così grande, cos'è?» chiese lei, notando lo slargo di asfalto che si apriva alla loro sinistra.

«A quanto pare c'è ancora qualcosa che non sa.»

Gentilucci fece una specie di smorfia nel tentativo di sorridere all'affermazione tagliente del commissario.

«Quello è il parcheggio dello stadio comunale, a volte è luogo di ritrovo di piccoli spacciatori.»

L'Alfa 159, dopo un tratto in leggera discesa, uscì dal centro abitato, percorrendo a velocità sostenuta una strada caratterizzata da una serie di tornanti.

Nel frattempo, nell'abitacolo era sceso il silenzio. Il commissario stava riflettendo sul fatto che al suo fianco non c'era più il buon Angelini, sempre pronto a dargli ragione e assecondare le sue scelte, ma una giovane ispettore capo – come lei stessa aveva tenuto a precisare –, davanti alla quale una sola piccola mancanza avrebbe fatto vacillare la reputazione che si era costruito negli anni.

Anche Francesca Gentilucci non proferì parola. Voleva restare lucida e concentrata per affrontare al meglio il sopralluogo, eppure un filo di ansia le premeva sul petto. Era il suo primo giorno di lavoro a Macerata e aveva a che fare con un caso di omicidio. Doveva dare il massimo se voleva ottenere la stima del suo nuovo superiore. Quello stato di inquietudine durò fino al momento in cui, alla vista dei lampeggianti delle due autopattuglie parcheggiate a metà di contrada Montanello, disse a bassa voce, più che altro rivolta a sé stessa: «Ci siamo.»

5

«Da questa parte, commissario» lo invitò l'ispettore Moretti, uno dei primi a essere arrivato sul posto, appena Bonaventura fu sceso dalla macchina seguito come un'ombra da Francesca Gentilucci.

Ci sono dei tipi sui quali un abito da trenta euro comprato ai grandi magazzini fa la figura di uno su misura, ma Valerio Moretti non era uno di quelli. Il suo vestito sembrava preso in prestito da qualcuno alto almeno una decina di centimetri più di lui.

«Moretti, allora, cos'è successo?» gli chiese Bonaventura.

«Il corpo di una ragazza è stato rinvenuto dentro quel cassonetto» disse indicando un grosso bidone metallico che si trovava nella piazzola dall'altra parte della strada.

«Chi l'ha trovato?»

«Una certa Gabriella Lattanzi» gli rispose l'ispettore, dopo aver aperto un taccuino e dato una sbirciatina agli appunti che aveva preso. «Abita in quel casolare laggiù, insieme al figlio.» Gli indicò anche l'edificio, allungando una mano. «Era uscita per buttare la spazzatura e...»

«Ora dove si trova?»

«È in casa, e sembra piuttosto sconvolta.»

«Cosa sappiamo della vittima?»

«I suoi effetti personali non sono stati trovati. Niente borsa, niente documenti, niente telefonino. Ma dato che stanotte la ragazza non è rientrata a casa, la madre, preoccupata che le fosse successo qualcosa, è venuta in commissariato tre ore fa per denunciarne la scomparsa. Sono stato io stesso a raccogliere la denuncia.» Moretti si schiarì la voce, girò pagina e iniziò a leggere. «Si tratta di Chiara Palmucci, venticinque anni, nata a Macerata, residente in via Galileo Galilei 120, dalle parti della caserma dei vigili del fuoco, ha presente?» Lo disse come se la cosa fosse determinante ai fini dell'indagine.

«Siamo sicuri che sia proprio lei?»

L'ispettore annuì, tirando fuori dalla tasca della giacca una foto a mezzo busto della ragazza, fornitagli dalla madre al momento della denuncia.

«Ah, Moretti, lei è l'ispettore capo Francesca Gentilucci, è stata trasferita da Milano» lo informò Bonaventura dopo aver dato un'occhiata alla fotografia.

«Benvenuta» la salutò Moretti, senza particolare slancio, stringendole la mano.

La ragazza ringraziò guardandolo di sfuggita, per poi tornare a osservare la campagna, il casale e tutto ciò che costituiva la scena del ritrovamento del cadavere.

Bonaventura sapeva bene che l'assenza degli effetti personali della vittima complicava la situazione. Senza telefonino non si poteva partire subito con la ricostruzione dei rapporti personali della ragazza. Ma quella, comunque, non era la cosa peggiore: la polizia avrebbe appreso dai familiari il suo numero di telefono. Ciò che gli dava più da pensare, invece, era la mancanza della borsa, circostanza che aggiungeva ai possibili moventi – tra i quali, davanti al cadavere di una giovane donna, il delitto passionale o a scopo sessuale restava il più probabile – anche quello della rapina.

Nel frattempo i tre arrivarono a ridosso dell'area che un piccolo cordone di poliziotti in divisa stava delimitando con del nastro bianco e rosso, avvolgendolo attorno al lampione di fianco al cassonetto e a un albero dall'altra parte della strada.

Uno dopo l'altro – prima il commissario, poi Gentilucci e infine Moretti – si piegarono per passare, proseguendo fino al punto dov'era stato sistemato il corpo.

Lo avevano tirato fuori dal cassonetto e steso supino sull'asfalto.

Intorno alla ragazza c'erano quattro agenti della scientifica che stavano estraendo la loro attrezzatura da una valigetta di metallo per iniziare i rilevamenti. I giornalisti non erano ancora arrivati, ma presto si sarebbero riversati in quell'angolo di Macerata come rapaci.

«Un attimo, ragazzi» si fece avanti Bonaventura, fermando gli agenti e avvicinandosi per esaminare il corpo. Si sedette sui talloni e, dopo aver osservato attentamente la vittima, allungò una mano per sfiorarle il collo, dove aveva notato due lividi. Nessun altro segno particolare, né graffi, né escoriazioni, né tagli.

A quanto pare è stata strangolata.

Non era la prima volta che vedeva il cadavere di una vittima di strangolamento, e quello che aveva sotto gli occhi non era molto diverso dagli altri.

Chiara Palmucci aveva lunghi capelli biondi che le arrivavano ben oltre il fondoschiena, un viso né tondo né allungato, un naso proporzionato che vi si incastonava alla perfezione, e indossava un vestitino a mezze maniche blu, che lasciava scoperta una buona porzione di gambe. Ai piedi calzava un paio di ballerine dello stesso colore dell'abito. Intorno a un polso aveva un piccolo orologio dorato che nonostante tutto continuava ad andare avanti a segnare l'ora giusta, e nell'altro un braccialetto composto da tante piccole pietre colorate. Niente tatuaggi, niente piercing. Almeno non nelle porzioni di pelle scoperta. L'impressione che ne ricavò il commissario fu quella di una ragazza che doveva tenere al proprio aspetto.

«Non trova che sia strano?» gli chiese a un tratto Gentilucci, in piedi di fianco a lui.

Bonaventura si voltò verso la collega.

«Lo sguardo. Sembra che voglia dirci qualcosa» riprese lei, cercando di spiegare le proprie sensazioni.

«Anche se voleva dirci qualcosa, ormai è troppo tardi. Non le pare?» sentenziò il commissario.

«Li guardi bene, questi occhi esprimono incredulità, sorpresa...» continuò l'ispettore capo, ignorando quella battuta.

«È già difficile carpire informazioni dai vivi, figuriamoci dai morti.»

«Lei saprà meglio di me che un corpo privo di vita è in grado di fornire molte indicazioni sugli ultimi istanti vissuti dalla vittima e, non potendo mentire, lo fa senza censura.»

Bene, è arrivata la maestrina direttamente da CSI.

A quel punto il commissario si alzò, lasciando via libera ai rilevamenti della scientifica e avvicinandosi al medico legale che, invece, aveva terminato una prima ispezione del cadavere e stava richiudendo la sua borsa.

«Bruno, allora, com'è morta?» lo salutò Bonaventura, allungandogli la mano.

«Luca... buongiorno.»

«Non mi sembra proprio un buongiorno, questo.»

L'anatomopatologo annuì mestamente abbassando la testa.

«Allora?» lo incalzò il commissario.

«Direi per asfissia. Ma potrò esserne certo soltanto dopo un esame più approfondito» precisò il medico.

Bruno Montanari aveva superato i cinquant'anni da poco, ma chi non lo conosceva era portato a dargliene più di sessanta. A fuorviare erano tutte quelle rughe che gli solcavano il volto, ma anche i radi capelli biancastri che gli erano rimasti e che lui si ostinava a pettinare formando un riporto.

«Da quanto tempo è morta?»

«Così, a prima vista, direi da non più di dodici ore, probabilmente otto.»

«Segni di violenza sessuale?» continuò il commissario, tirando fuori dalla tasca interna della giacca un contenitore di pelle marrone dall'aria alquanto vissuta, in cui custodiva cartine e tabacco.

«Per questo, Luca, devi aspettare l'autopsia.»

Bonaventura iniziò a rollarsi una sigaretta con la solita meticolosità. Terminata l'operazione l'accese, e mentre stava per iniziare ad assaporarla Montanari gliene chiese una.

«Ma non avevi smesso?»

«E ora ricomincio» ribatté secco il medico.

Il commissario rimase qualche istante immobile a fissarlo negli occhi, mentre il fumo gli saliva in spirali attorno al viso; poi gli passò tutto l'armamentario e, quando Montanari ebbe finito di prepararsela, gli si avvicinò con l'accendino.

«Conosco sua madre. Gestisce una piccola bottega di frutta e verdura proprio di fronte al palazzo dove abita mia suocera» proseguì il medico, con tono molto più morbido.

Bonaventura annuì, senza dire niente, aspettando che continuasse. Era sicuro che ci fosse dell'altro.

«Aveva la stessa età di mia figlia, erano in classe insieme, non ricordo se alle elementari o alle medie.» Montanari fece una breve pausa, come se non riuscisse a trovare le parole adatte per proseguire. «Era una brava ragazza, non meritava di fare una fine del genere. Aveva tutta la vita davanti» riprese poi, un mormorio appena percettibile.

«Lo prenderemo» fu tutto ciò che uscì di bocca al commissario.

Questa volta ad annuire fu il medico, mentre Bonaventura lasciò che quella frase aleggiasse tra loro, indeciso su come proseguire. Poi, a un tratto, si sentì chiamare alle spalle. Si voltò e vide il pm Marcello Gatti che si stava avvicinando.

«Dottor Gatti...»

Il magistrato, un uomo sulla sessantina non particolarmente alto, sempre ingessato dentro doppi petti scuri, gli diede una leggera pacca sulla spalla, poi dirottò l'attenzione su Francesca Gentilucci, che era lì a due passi da loro.

Notando come il pm sembrasse particolarmente affascinato dalla ragazza, Bonaventura gliela presentò.

«Vedrà che si troverà bene qui a Macerata» le disse Gatti, proprio mentre Francesca riusciva a riappropriarsi della sua mano, che il pm aveva tenuto stretta troppo a lungo.

«Non ne dubito» gli rispose, voltandosi a guardare Bonaventura.

«Se ha bisogno di qualcosa, di qualsiasi cosa, non esiti a chiedere» insistette il magistrato. Poi ritornò a rivolgersi al commissario: «Sappiamo chi è la vittima?»

Il commissario gli riferì tutte le informazioni che era riuscito a mettere insieme da quando era arrivato sulla scena, cercando di fare un quadro della situazione il più esauriente possibile, così da toglierselo dai piedi. Verso di lui aveva una specie di repulsione. Prima di tutto per via di quel modo arrogante di ostentare il proprio potere in qualsiasi contesto e circostanza, e poi per quei capelli neri come un corvo, separati dal cranio da una linea biancastra di ricrescita. Gli uomini di una certa età che si tingono i capelli li trovava semplicemente patetici.

«Povera ragazza» disse il magistrato non appena Luca finì il suo resoconto, sospirando come un attore consumato. «Cerchi di fare in fretta, Bonaventura, il tempo in questi casi è fondamentale. Gioca a favore dell'assassino. Più ne ha a disposizione e meglio potrà far sparire le proprie tracce o crearsi un alibi» continuò, con un tono che poteva benissimo essere quello di un professore che sta ripetendo la lezione allo zimbello della classe.

Il commissario fece un colpetto di tosse, che sottintendeva: 'Se permette, non deve dirmi come svolgere il mio lavoro. Sono quindici anni che mi faccio il culo per la strada per catturare malviventi. Ma anche per dare a lei dello stronzo.'

«E noi non vogliamo che faccia sparire le proprie tracce o si crei un alibi, non è vero?» lo incalzò il pubblico ministero, guardandolo dall'alto in basso con aria di sfida.

«Dottor Gatti, stia tranquillo, il commissario Bonaventura e io faremo un ottimo lavoro, glielo garantisco» intervenne Gentilucci.

«Bene, mi piace assaporare l'entusiasmo dei nuovi arrivati» rispose l'uomo, lanciando uno sguardo lusinghiero all'ispettore capo. «Mi raccomando, Bonaventura,» concluse poi riportando l'attenzione sul commissario «mi tenga informato. Ora devo scappare in tribunale.»

Luca rimase in silenzio con un sorriso plastico dietro il quale nascondeva un 'Ma vada a quel paese e mi faccia svolgere il mio lavoro'. Poi rivolse uno sguardo severo a Francesca, come a dirle che avrebbe fatto meglio a non intromettersi nella conversazione: le sue parole lo avevano solo messo in ridicolo davanti a quel saccente di Gatti.

6

I primi passi da compiere in un'indagine di omicidio erano sempre gli stessi. Uno: interrogare chi aveva trovato il corpo. Due: scoprire tutto sulla vittima. Ed era ciò che il commissario aveva intenzione di fare.

I due poliziotti percorsero in silenzio, senza scambiarsi una parola, i cinquanta metri che separavano il cassonetto dal casolare che gli aveva indicato l'ispettore Moretti.

Si trattava di una vecchia casa rurale della prima metà del secolo scorso, distribuita su due piani, che aveva bisogno quantomeno di una ristrutturazione. Recintato da un'inferriata alta circa un metro e ricoperta da una siepe, al casolare si accedeva attraverso un cancello in ferro battuto, in quel momento aperto per una buona metà.

Bonaventura entrò direttamente, senza neanche chiedersi se suonare il campanello o meno, seguito da Francesca Gentilucci qualche istante dopo.

Proprio mentre il commissario arrivava davanti all'abitazione, una poliziotta in divisa aprì il portoncino.

«Buongiorno, commissario» lo salutò, affrettandosi poi a informare i due investigatori che la signora Lattanzi era ancora sotto shock.

Dopo aver attraversato un piccolo corridoio, Bonaventura e Gentilucci entrarono in cucina, l'unica stanza la cui porta era aperta: Gabriella Lattanzi era seduta con le braccia poggiate sul tavolo e aveva lo sguardo che si perdeva verso un punto imprecisato della parete che aveva di fronte.

C'era anche il figlio, intento a colorare un'automobile su un foglio di carta.

«Signora...» provò a chiamarla il commissario.

La donna impiegò diversi secondi, ma alla fine si voltò verso i due nuovi arrivati.

«Sono il commissario Bonaventura e lei è l'ispettore Gentilucci. Avremmo bisogno di parlarle» continuò Luca.

La donna, a quel punto, tirò indietro la sedia e si alzò in piedi, quindi allungò una mano per presentarsi, mettendo in mostra un fisico che sembrava rubato a una modella. A una di quelle che Bonaventura definiva, senza mezzi termini, anoressiche.

«Non ci vorrà molto, giusto il tempo di qualche domanda» prese la parola Francesca per cercare di tranquillizzare la donna, che sembrava ancora molto scossa.

Gabriella Lattanzi annuì, fissandoli con gli occhi umidi e arrossati.

«Si direbbe che in casa c'è un vero artista!» esclamò poi Gentilucci, guardando il disegno che stava realizzando il ragazzino. «È suo figlio?»

«Si chiama Christian» disse la donna, dopo aver annuito. «Lui ama molto le automobili» proseguì, rivolgendo al piccolo uno sguardo pieno d'amore.

«Christian, scommetto che da grande vuoi fare il pittore» esclamò l'ispettore cercando di entrare in confidenza con il bambino, ma lui proseguì nel suo lavoro senza neanche alzare il capo.

«O magari il pilota di auto da corsa?» insistette, toccandogli una spalla.

Quel piccolo gesto lo mise in agitazione. Dopo aver allungato le mani sul tavolo, il ragazzino prese ad ammucchiare i colori verso di sé come a proteggere il suo prezioso patrimonio.

A quel punto Gabriella cercò di tranquillizzarlo facendogli una carezza e cominciando a disporre i pennarelli uno accanto all'altro, per ricreare quel senso di ordine che tanto rasserenava il suo bambino. Ma nonostante le attenzioni della madre, Christian non accennava a calmarsi.

«Mi dispiace, non pensavo di metterlo in agitazione» si scusò Francesca.

«In questi casi solo una puntata di *Cars* ci può aiutare. Mamma ti accompagna in soggiorno a vedere la tv, vieni, amore.» La donna uscì dalla stanza tenendo per mano il figlio e facendo segno ai poliziotti che sarebbe tornata subito.

I due restarono in silenzio, guardandosi intorno per ingannare l'attesa. Dopo un paio di minuti la donna si riaffacciò in cucina, ma restò in piedi sull'uscio come a voler controllare con lo sguardo la presenza del figlio nella stanza accanto.

«Come le accennava la mia collega, non le ruberemo troppo tempo» intervenne a questo punto il commissario, mentre Francesca, ancora imbarazzata per aver aggiunto alla situazione un ulteriore motivo di tensione, prese posto accanto a lui.

Gabriella annuì di nuovo, andando a sedersi in posizione di attesa, con le braccia sotto il piano del tavolo e le mani congiunte.

«Mi può raccontare cos'è successo esattamente stamattina dopo che è uscita di casa?» partì Bonaventura, senza troppi fronzoli.

«Dovevo buttare un sacchetto di spazzatura, allora ho detto a mio figlio di aspettarmi davanti al garage e io sono andata verso il cassonetto, e quando l'ho aperto...» A quel punto la donna s'interruppe, incapace di trovare le parole giuste per proseguire.

«Quando lo ha aperto, cos'è successo?» la incalzò il commissario.

«Ho visto... ho visto il corpo di quella povera ragazza» riuscì alla fine a concludere.

«E poi cos'ha fatto?»

«Era lì dentro, stesa sopra i sacchi dell'immondizia... aveva gli occhi aperti e...»

«E...?»

Prima di rispondere alla domanda, Gabriella strinse le labbra e guardò per terra, come se ci fosse qualcosa d'interessante. Poi rialzò la testa e disse: «Ho richiuso il cassonetto e sono tornata indietro di corsa, ho preso mio figlio e siamo rientrati in casa. Poi ho telefonato al 113.»

«Oltre a lei e suo figlio, chi altro vive qui?» le domandò ancora.

«Nessun altro. Mio marito è morto l'anno scorso in un incidente stradale.»

«Mi dispiace.» Il commissario lasciò passare qualche istante prima di riprendere con le domande. Poi, senza darle la possibilità di aggiungere altri dettagli su quella tragedia che l'aveva colpita, le chiese: «Conosceva la vittima? L'aveva mai vista prima?»

«No, mai. Ma perché mi fa questa domanda?» ribatté la donna, alzando leggermente il tono di voce.

Ora aveva preso a guardarlo con un misto di fastidio e allarme.

«Non si preoccupi, signora, sono semplici domande di routine» le andò in soccorso Francesca, che fino a quel momento ancora non era intervenuta.

Gabriella tese gli angoli delle labbra in quello che nelle intenzioni doveva essere un sorriso liberatorio, ma che in pratica risultò appena percettibile.

«Il medico legale ha supposto che l'omicidio sia avvenuto da non più di dodici ore» disse l'ispettore capo. «Lei ha trascorso la serata in casa?»

«Sì, ero in soggiorno a guardare un film.»

«E per caso ha sentito o visto qualcosa di strano?» Ora le redini della conversazione erano passate a Francesca.

«No, niente. Come dicevo, ho visto un film, poi verso le undici sono andata a letto.»

«Chi abita in questa contrada oltre a voi?»

«C'è la famiglia Valeri, la loro casa è un chilometro più avanti. Ma in questo periodo sono in vacanza al mare. Hanno un appartamento a Porto Recanati e di solito ci restano fino ai primi di settembre.»

«Capisco. A quanto pare da queste parti non transitano molte auto.»

«Di solito no, è una zona tranquilla. Proseguendo si arriva alla costa, è più corta della statale di una decina di chilometri, ma è una strada piuttosto dissestata, ci sono dei punti con molte buche...»

«Quindi se un'auto si fosse avvicinata al cassonetto della spazzatura l'avrebbe sentita.»

«Sì, cioè... non lo so.» Si fermò per qualche secondo a riflettere su quello che aveva detto, poi riprese cambiando tono. «Il volume del televisore era abbastanza alto...»

Francesca Gentilucci annuì, pronta a partire con un'altra domanda: aveva intenzione di chiederle se avesse sentito delle urla, delle grida. Certo, era abbastanza improbabile visto che non aveva udito il rumore dell'auto e quasi sicuramente la ragazza era stata buttata in quel cassonetto già morta, ma il suo motto era non dare mai nulla per scontato. Invece fu preceduta dal suo superiore.

«Grazie della collaborazione» fece Bonaventura, alzandosi di scatto. La chiacchierata era terminata.

«Quindi posso accompagnare mio figlio in comunità?» chiese Gabriella. «Soffre di autismo» si affrettò a spiegare, avendo notato che alla parola 'comunità' i due avevano mostrato un'espressione interrogativa.

«Certo, noi abbiamo finito» la congedò il commissario. «Ah, tenga, qui c'è il mio numero, in caso le venisse in mente qualcosa che possa aiutarci. Qualsiasi cosa» concluse, estraendo dalla tasca un biglietto da visita.

7

Dopo aver fatto manovra, l'Alfa 159 si rimise in carreggiata per percorrere la strada a ritroso.

Questa volta sirene e lampeggianti non erano necessari. La nuova destinazione era l'abitazione della vittima e, sebbene avesse una certa esperienza in quel genere di cose, Bonaventura non aveva nessuna fretta di presentarsi come messaggero di una notizia così funesta.

«Ha già in mente qualcosa?» gli chiese l'ispettore Gentilucci.

«Glielo diremo, senza troppi giri di parole.»

«Intendevo riguardo all'omicidio. Ha in mente qualche pista da seguire? Non so, magari in zona sono stati commessi reati simili, potrebbe esserci qualcuno che ce l'ha con le ragazze giovani e in carriera.»

«Un serial killer a Macerata?» la sbeffeggiò il commissario. «E poi come fa a dire che Chiara Palmucci era una ragazza in carriera?»

«Quante ragazze della sua età possono permettersi un abito della maison Martin Margiela?»

«Un abito...?»

«Ottocento euro, lo stipendio mensile di una commessa o di un'impiegata part-time. O Chiara era una donna in carriera, oppure i suoi genitori non hanno problemi di denaro.»

Questa Gentilucci ha un radar al posto degli occhi. Come avrà fatto a capire la marca di un indumento senza neanche vederne l'etichetta? Sarà la solita fissa delle donne per la moda.

Il commissario rivolse una rapida occhiata alla sua collega prima di tornare a concentrarsi sulla strada e risalire verso il quartiere Colle Verde.

Poi la sua mente volò alle parole del medico legale. *'Conosco sua madre. Gestisce una piccola bottega di frutta e verdura.'* La famiglia di Chiara Palmucci non era certo facoltosa, rifletté Bonaventura imboccando via Galileo Galilei. Forse, però, nonostante la giovane età, Chiara aveva un ottimo lavoro che le consentiva di frequentare boutique di alta moda. Non sarebbe stato difficile appurarlo.

Nel frattempo giunsero davanti al civico 120, dove viveva la famiglia Palmucci.

Dopo essersi annunciati al citofono, i due salirono una rampa di scale per arrivare al primo pianerottolo. Lì, sulla soglia dell'appartamento, trovarono ad aspettarli una donna sulla cinquantina, non troppo alta, capelli biondi molto chiari che avevano bisogno di una seduta dal parrucchiere, un paio di pantaloni avana e una camicia bianca a mezze maniche.

«Signora Ester Palmucci?» domandò il commissario.

«Sì, sono io. Prego, accomodatevi.»

Bonaventura e Gentilucci si fecero avanti, con passo abbastanza incerto.

«Siete della polizia.»

«Sì, signora, io sono il commissario Bonaventura e lei è l'ispettore Gentilucci.»

«Cos'è successo alla mia Chiara? Dove si trova?»

«Venga, signora, si sieda» le fece l'ispettore capo.

Dopo un attimo di titubanza, la donna mosse qualche passo avanti barcollando e si sedette sul divano, appena sul bordo.

«Cos'è successo a mia figlia?» ripeté la domanda.

«È sola in casa?» le chiese Gentilucci.

«Sì, mio marito ci ha lasciato da più di dieci anni, una brutta malattia.»

«Capisco.»

«Avete trovato Chiara?» domandò ancora la donna, impaziente in cuor suo di ricevere una risposta positiva.

«Purtroppo dobbiamo darle una brutta notizia.»

A quel punto la madre di Chiara iniziò ad agitarsi, spostando lo sguardo dal commissario all'ispettore come se non credesse alle proprie orecchie.

Il momento era arrivato.

«Sua figlia... è morta» le disse semplicemente Bonaventura, senza troppi giri di parole. Del resto come avrebbe dovuto dirglielo? In circostanze del genere era impossibile trovare le parole giuste, e lui ci aveva rinunciato già da diverso tempo.

Il viso di Ester cominciò a perdere colore, fino a diventare una rigida maschera di cera. La donna provò a dire qualcosa, ma non le uscì alcun suono. Sembrava un pesce che, pur trovandosi fuori dall'acqua, cerchi vanamente di respirare spalancando e richiudendo la bocca. Con gli occhi trafitti dalla sofferenza lasciò cadere la testa in avanti, come se Bonaventura l'avesse schiaffeggiata fino a farle perdere coscienza.

La reazione in quei casi era sempre la stessa. La notizia colpiva forte in mezzo al petto. Un colpo spaventoso che toglieva il respiro e riempiva lo sguardo di un dolore profondo. Bonaventura lo sapeva bene. Se fosse stato per lui, avrebbe preferito cento volte correre una maratona scalzo sui carboni ardenti o tuffarsi in mare per un bagno a gennaio, piuttosto che annunciare a qualcuno la perdita di una persona cara. Ma purtroppo faceva parte del suo lavoro e non poteva tirarsi indietro.

«No!» esclamò poco dopo la donna, coprendosi il volto con le mani.

La cinquantenne sparì, sostituita da una ragazzina costretta a fronteggiare un dolore inconsolabile. Lacrime copiose le rigarono le guance. L'ispettore capo tirò fuori un fazzolettino di carta e glielo porse, ma Ester non lo vide neppure.

«Come... com'è morta?» provò a chiedere, tra un singhiozzo e l'altro. «Ha avuto un incidente con la macchina?»

L'ispettore capo e il commissario si lanciarono uno sguardo d'intesa, quindi a parlare fu Francesca.

«Vede, signora, il corpo di sua figlia è stato ritrovato in contrada Montanello.» Gentilucci in quel momento preferì omettere il dettaglio del cassonetto, per non infierire ulteriormente sullo stato psicologico della donna.

«Che ci faceva da quelle parti? È una zona fuori mano.»

«Pensiamo che Chiara sia stata portata in quel luogo dopo essere stata uccisa.»

«Uccisa?» ripeté la donna, come se pronunciando quella parola riuscisse a realizzare a pieno che la morte di sua figlia non era il frutto di un incidente, ma della malvagità di un altro essere umano.

Dopo circa un quarto d'ora, tempo che i due investigatori avevano concesso a Ester per ricomporsi e ritrovare una certa lucidità, Francesca riprese con le domande: «Signora, posso chiederle di parlarci di Chiara? Che tipo di ragazza era, quali giri di persone era solita frequentare?»

«Che domande sono? Mia figlia è una ragazza a modo, tutti i suoi amici le vogliono bene e può star certa che non ha mai fatto uso di droghe e porcherie del genere» rispose la donna con tono impregnato di rabbia.

Francesca rifletté sull'uso del tempo presente con cui la donna si era appena riferita alla figlia, e sapeva che il rancore che venava la sua voce non era rivolto a lei o al commissario, ma al crudele destino che le aveva portato via il suo affetto più prezioso.

«Signora Palmucci, noi siamo qui per capire se Chiara aveva dei nemici, qualcuno che per un qualche motivo voleva farle del male» intervenne Bonaventura, con voce pacata e rassicurante.

«Nemici? Mia figlia era un angelo, una ragazza come tante della sua età, piena di vita e di passioni.»

«Cosa piaceva fare a Chiara?» continuò ancora l'ispettore capo, sapendo che interrogare una donna sui gusti della propria figlia avrebbe dato adito a un monologo pieno di orgoglio materno.

«Chiara ha... scusate, aveva...» Ester si interruppe, mordendosi le labbra, ancora confusa su come articolare il discorso.

«Mia figlia amava molto la sua vita, con qualche sacrificio sono riuscita a farla iscrivere alla facoltà di beni culturali, per lei l'università era molto importante. Ogni volta che tornava a casa dopo aver superato un esame, mi abbracciava con tutte le sue forze e mi diceva 'Grazie mamma, abbiamo preso trenta', come se il suo successo fosse stato anche merito mio.»

La donna fece un'altra pausa, il suo sguardo era perso nel vuoto, smarrito tra i ricordi.

«Oltre allo studio, aveva degli hobby o interessi particolari?» la incitò Francesca.

«Sì, la sua più grande passione era la danza. Da piccolina io e suo padre l'avevamo iscritta a un corso in una palestra qui nel quartiere, poi Chiara si è dimostrata così brava che, seguendo il suggerimento dell'insegnante, le abbiamo fatto fare degli stage anche in altre città. L'abbiamo portata a Bologna, a Roma...»

«Una passione che coinvolgeva tutta la famiglia» commentò l'ispettore capo, notando che gli occhi di Ester si erano illuminati di una piccola scintilla.

«Per un figlio si fa qualsiasi cosa, specialmente se meritevole come la mia piccola. Certo, dopo la morte del padre Chiara si è dovuta arrangiare con dei lavoretti per potersi pagare le lezioni. Io da sola non ce la facevo a sostenere tutte le spese.»

«Che genere di lavoretti?» cercò di capire il commissario.

«I primi tempi faceva ripetizioni ai bambini delle scuole elementari, ne aveva anche qualcuno delle medie, poi un giorno una sua amica...» La signora Ester si bloccò, arricciando le labbra in un piccolo sorriso.

«Un'amica di Chiara?» la invitò a proseguire l'ispettore capo.

«Sì, una ballerina come lei. Le disse che allo Sferisterio facevano delle audizioni per la stagione estiva, cercavano dei danzatori per l'Opera.»

«Un'ottima opportunità» sottolineò il commissario.

«Sì, la paga non era adeguata all'impegno richiesto, ma dal punto di vista formativo era un'esperienza fondamentale. Poter vivere di danza era uno dei sogni di Chiara.»

«Quindi era un periodo felice per sua figlia?»

«La vedevo più sicura di sé.» La donna fece un sorriso amaro, intriso di tristezza. «Era anche riuscita a liberarsi di quello sciagurato di Paolo.»

«Il suo fidanzato?» chiese Francesca.

«Sì, Paolo Buratti, so che fa il magazziniere in un mobilificio ad Appignano.»

«E lei non approvava la loro relazione?»

«Era un tipo piuttosto violento. Una volta ha preso a pugni un ragazzo solo perché gli aveva negato una sigaretta.»

«Questo glielo ha detto sua figlia?»

«Sì.»

«A Chiara ha mai messo le mani addosso?»

«Che io sappia, no.»

I due inquirenti si lanciarono un'occhiata.

«Da quando Chiara aveva iniziato a frequentarlo non era più la stessa» proseguì la donna, come se fosse giunto il momento di dare sfogo a un rancore tenuto segreto per troppo tempo.

«In che senso?»

«Faceva spesso tardi la sera, se le chiedevo com'era andata la giornata mi liquidava con due parole o non mi rispondeva affatto.»

«Sua figlia sapeva che lei non approvava quel legame?»

«Chiara è sempre stata una ragazza intelligente, e anche se nell'ultimo periodo non sembrava la persona che ero abituata a conoscere, so che un paio di mesi fa aveva deciso di lasciarlo.»

«È stata Chiara a dirglielo?»

«Sì, una volta me la sono trovata a casa all'ora di cena e la cosa mi ha sorpreso, visto che negli ultimi tempi la sentivo rientrare sempre molto tardi.»

«In quell'occasione si è confidata con lei?»

«Mi ha solo detto: 'Mamma, stai tranquilla che io quello non lo vedo più.' Io le ho sorriso e non le ho fatto domande. Mi sono sempre fidata di lei, e sapevo che prima o poi avrebbe fatto la scelta giusta.»

Il commissario e l'ispettore capo rimasero qualche istante in silenzio.

«Sa dirci qualcos'altro di lui?»

«Fino a qualche settimana fa la chiamava al telefono di casa.»

«Quindi continuavano a sentirsi?»

«No, lui la cercava qui perché mia figlia non gli rispondeva al cellulare. Anche io riagganciavo appena riconoscevo la sua voce. In realtà ogni volta che chiamava avrei voluto gridargli di lasciare in pace mia figlia, ma Chiara aveva insistito affinché lo ignorassi. 'Prima o poi se ne farà una ragione' mi diceva.»

Gentilucci e Bonaventura si guardarono senza dire nulla, ma il loro silenzio non equivaleva a una mancanza di pensieri, e questo Ester lo aveva intuito.

«È stato lui a uccidere la mia bambina?» esplose quindi la donna.

«È troppo presto per trarre delle conclusioni, signora» cercò di calmarla il commissario.

«Lui la voleva tutta per sé. Sono certa che sia stato lui.»

«Signora Ester, la prego, si calmi. Siamo qui per capire cos'è successo, e le garantisco che presto daremo un nome all'assassino di sua figlia» la rassicurò Bonaventura.

«Ieri sera Chiara ha cenato con lei?» riprese l'ispettore capo, cercando di ricostruire l'ultima giornata di vita della vittima.

«Sì.»

«E poi a che ora è uscita di casa?»

«Subito dopo aver mangiato è andata a cambiarsi, saranno state le ventuno e trenta.»

«Non le ha detto dove andava?»

«Aveva studiato tutto il giorno, è probabile che volesse andare a fare una passeggiata in centro, incontrare qualche amica.»

«Ha per caso notato qualcosa di strano nei suoi comportamenti?»

«Strano?»

«Sì, se ad esempio era nervosa, se le ha dato l'impressione di nascondere qualcosa...»

Ester abbassò la testa come a voler cercare un po' di concentrazione, poi, qualche attimo dopo, rispose di no, le era sembrata la Chiara di sempre.

«Sarebbe così gentile da mostrarci la camera di sua figlia?» intervenne a questo punto il commissario.

La signora si appoggiò al bracciolo del divano e con un po' di sforzo si alzò in piedi. A passi lenti e un po' trascinati, la donna invitò i due poliziotti a seguirla lungo il corridoio, fino a raggiungere l'ultima stanza in fondo a destra. Con un gesto delicato, appoggiò la mano sulla maniglia e aprì la porta con estrema lentezza, come se in quella camera ci fosse ancora Chiara addormentata dopo una serata danzante all'Opera.

«Possiamo entrare?» chiese l'ispettore capo, notando che la donna era rimasta immobile senza attraversare la soglia.

«Certo, fate pure.»

«Vogliamo solo vedere se troviamo qualcosa di utile alle indagini» le spiegò il commissario.

Proprio in quel momento uno squillo di telefono richiamò l'attenzione della signora Ester.

«Con permesso» si congedò, lasciando i due proseguire nel sopralluogo.

La camera di Chiara era come quelle di tante altre ventenni: una piccola scrivania con un pc, le cuffie per ascoltare la musica abbandonate sul letto, mensole strabordanti di libri d'arte, e alle pareti un pannello di sughero con attaccate foto di spettacoli, saggi di danza e uscite con amici.

«Che ne pensa di quello che ci ha appena detto la signora?» buttò lì Bonaventura con nonchalance, mentre si guardava intorno.

«Be,' credo...»

«Dei lavoretti di Chiara» specificò Luca senza lasciarla finire di parlare.

«Non starà mica pensando...»

«Il vestito che aveva addosso... Di che marca era?» continuò il commissario.

«Della maison Martin Margiela.»

«E quanto ha detto che costa?»

«Almeno ottocento euro.»

«Ottocento euro» ripeté Luca tirando fuori il cellulare dalla tasca interna della giacca.

«Cos'ha intenzione di fare?» chiese Gentilucci, dato che il commissario non le stava dando troppe spiegazioni.

«Capire se tra questi lavoretti di Chiara c'era anche quello più antico del mondo» le rispose subito dopo aver fatto partire la telefonata.

«Commissario» rispose prontamente l'ispettore Moretti al secondo squillo.

«Ascolta,» gli fece Bonaventura «appena rientri in ufficio inizia subito a scandagliare la vita privata di Chiara Palmucci. Dobbiamo sapere se frequentava certi giri.»

«Che tipo di giri, commissario?»

«Prostituzione, Moretti» e chiuse la telefonata, riprendendo a guardarsi attorno.

«Neanche qui c'è la borsa con i suoi effetti personali» commentò poco dopo, rovistando con pudore tra alcuni indumenti appoggiati su una sedia.

Poi andò ad aprire le ante del guardaroba. Scorrendo i vestiti sulle grucce gli saltò all'occhio uno firmato Dolce&Gabbana. Lo tirò fuori.

«E questo invece? Quanto potrebbe costare?» fece, rivolto alla collega.

Francesca si avvicinò e ne andò subito a controllare la griffe.

«Probabilmente più di quello che indossava.»

Il commissario aggrottò la fronte, poi prese dall'armadio una pochette da sera che, analogamente, doveva costare una fortuna.

«È di Prada» lo informò la milanese, che a quanto pareva di capi e accessori firmati se ne intendeva.

«Prada, Dolce&Gabbana, Margin Martin...»

«Martin Margiela» lo corresse l'ispettore capo.

«Martin Margiela» ripeté il commissario allargando le braccia come a dire 'Va bene?'.

La poliziotta accennò un sorriso.

«Non le sembra che stonino un po' con tutto il resto?»

«Forse dovremmo provare a parlarne con la signora» propose Francesca.

«Prima vediamo cosa scopre Moretti.»

Continuarono a passare in rassegna la stanza di Chiara.

«Commissario, guardi qui, c'è la sacca con l'occorrente per le prove di danza» disse poco dopo Gentilucci, sollevando da terra un borsone di tela, appoggiato ai piedi dell'armadio.

«Be', la madre ci ha appena detto che quello era il suo attuale lavoro.»

«Ma a quanto pare la sera dell'omicidio Chiara non stava lavorando» affermò l'ispettore capo.

«Magari è uscita con il suo ex fidanzato, per un ultimo chiarimento.»

«Questo lo sapremo presto» concluse Francesca, avvicinandosi al pannello di sughero come a cercare tra le fotografie appese lo sguardo dell'assassino.

In quelle istantanee, tra gli altri, c'erano immortalati alcuni ragazzi che non passavano inosservati: uno completamente rasato con due pendenti alle orecchie, un altro biondo, dall'aria nordica, con un viso squadrato da duro, quindi un terzo con il tatuaggio di un dragone che gli scendeva da dietro un orecchio e si andava a infilare sotto una t-shirt bianca con sopra stampato un teschio nero, e infine un altro con la tipica faccia sporca da drogato all'ultimo stadio...

Per l'ispettore capo ognuno di quei quattro aveva un che di sinistro, ma naturalmente questo non era sufficiente per farne degli assassini.

«Ha trovato qualcosa d'interessante?» si sentì chiedere Gentilucci alle spalle.

«Cosa?» fece lei voltandosi verso il suo superiore.

«Stava fissando delle foto.»

«No, niente... sembrano solo semplici scatti tra amici.»

Bonaventura si avvicinò alla parete per dare un'occhiata anche lui.

«A quanto pare Chiara era una tipa molto popolare...» commentò il commissario ritornando con gli occhi sulla collega.

«Le belle ragazze lo sono sempre.»

Luca fece un gesto di assenso col capo, allungò una mano e prese a staccare le fotografie. Le girò, sperando che sul retro ci fosse impressa la data di stampa. Fu fortunato. Risalivano a quattro e cinque anni prima. Probabilmente si trattava di ragazzi conosciuti durante vacanze all'estero. In una, infatti, si riconosceva il centro di Londra con la torre del Big Ben sullo sfondo.

Era improbabile che tra quei volti potesse esserci il loro uomo.

Peccato. Una botta di culo ogni tanto aiuterebbe.

«All'epoca era poco più di una ragazzina» disse il commissario porgendo le foto all'ispettore per farle leggere le date scritte dietro, poi si avviò verso la porta. Francesca diede una rapida occhiata, le rimise a posto e seguì il suo superiore fuori dalla stanza.

8

Le palazzine colorate del quartiere Colle Verde diventarono sempre più piccole fino a confondersi con l'asfalto, risucchiate dalla stretta visuale del lunotto posteriore dell'auto di servizio.

Stringendo lo sterzo con entrambe le mani, il commissario avviò una telefonata con il comando vocale.

«Com-mis-sa-ria-to» disse, scandendo il nome del destinatario.

Quindi sistemò l'auricolare infilato nell'orecchio.

«Com-mis-sa-ria-to» ripeté notando che la chiamata non era stata inoltrata.

La voce quasi robotica di Bonaventura fece sorridere Francesca che, per pudore, ruotò di poco il capo volgendo lo sguardo fuori dal finestrino.

«Al diavolo questi arnesi» esclamò Luca mentre con una mossa impacciata cercava di liberarsi dal filo che collegava il suo timpano al cellulare.

Quindi, mantenendo l'impugnatura sinistra salda sul volante, con le dita di quella destra si affrettò a selezionare il numero.

«Commissariato di Macerata, buongiorno.»

«Marinozzi, ho bisogno di alcune informazioni.»

«Mi dica, commissario, di che si tratta?»

«Segnati questo nome: Paolo Buratti» disse passando il telefono all'altra mano per cambiare marcia.

«E chi sarebbe?»

«Questo me lo devi dire tu. Voglio sapere tutto. Dove vive, dove lavora, precedenti penali, che auto guida, che sigarette fuma, quante volte va al cesso...»

«Per quando le serve, dottore?»

«Per ieri, Marino'. Pagliacci è lì con te?»

«Sta compilando il rapporto sull'arresto del conte Olezzi Mantovani.»

«Passamelo.»

«Sta ricopiando l'ultima parte» specificò, come se la stesura di quel verbale necessitasse della stessa concentrazione di un intervento a cuore aperto.

«Marino', ti servono ancora le ferie per andare a Venezia?»

Dopo neanche due secondi di attesa, Bonaventura sentì rispondere: «Commissario...»

«Ascoltami bene, Pagliacci. La vittima che stamattina è stata ritrovata in contrada Montanello si chiamava Chiara Palmucci.»

«Chiara Palmucci...»

«Al momento il suo cellulare sembra essere scomparso, ma ho bisogno del tabulato delle sue ultime chiamate.»

«Nessun problema, dottore.»

«Mi raccomando, fai presto.»

«Lo consideri fatto.»

Senza neanche chiudere la chiamata, Luca lasciò scivolare il telefono nel portaoggetti vicino alla leva del cambio e, spostandosi sulla corsia di destra, s'immise su corso Cavour.

«Per fortuna in commissariato c'è anche qualcuno che non si fa pregare per svolgere il proprio lavoro» considerò, ripensando alla conversazione appena avvenuta con i suoi due sottoposti.

Francesca rimase in silenzio, con lo sguardo rapito da un gruppetto di studenti che, zaino in spalla, camminavano lungo il marciapiede.

«Esclusi i presenti, s'intende» si affrettò a specificare Bonaventura, interpretando il mutismo della collega come un'accusa di mancanza di sensibilità.

«Sono universitari?» domandò Gentilucci ignorando le battute del suo superiore.

«Sì, più avanti c'è la facoltà di lettere, ma siamo in agosto, per cui deve considerare che in questo periodo la popolazione universitaria è ridotta all'osso» rispose il commissario alzando il livello dell'aria condizionata.

Si era fatta l'una e la canicola cominciava a farsi sentire, soprattutto sulla pelle di Bonaventura che, pur non vantando presenza di geni nordici in famiglia, amava molto più il freddo invernale che l'afa soffocante che s'impadronisce delle città distanti dal mare.

«Anche la sede di beni culturali è da queste parti?» proseguì Francesca.

«Nel lato opposto della città, qualche chilometro fuori dalle mura» rispose Luca, accelerando nell'ultimo tratto di rettilineo prima dei giardini Diaz.

Certo che questa qui non manda mai il cervello in pausa.

Nel frattempo il suo stomaco gli ricordò che era giunta l'ora di fare un bel rifornimento di carboidrati.

«Che ne dice se ci fermiamo da qualche parte a pranzare?» propose alla collega.

«Sì, magari qualcosa di veloce al bar.»

«Guardi che qui a Macerata ci sono diversi posti dove si mangia davvero bene.»

«Non lo metto in dubbio. Ma non dobbiamo andare a far visita a questo Paolo Buratti?»

«Lei non conosce i miei uomini. Stia tranquilla che abbiamo tutto il tempo per concederci qualcosa di meglio di un tramezzino.»

«Se lo dice lei.»

Come spinto da un'impellente necessità di sedersi a tavola, Bonaventura schiacciò il piede sull'acceleratore, mentre nella sua mente si erano già dipanate le coordinate del suo ristorante preferito.

La trattoria Il portico era simile più a un soggiorno in grado di ospitare una quarantina di persone che a un vero ristorante. Appena i due poliziotti entrarono, le narici di Francesca furono stuzzicate da profumi nuovi che rimandavano a piatti di cui ignorava il nome, ma dal confortante sapore del cibo fatto in casa.

«Luca, come stai?» chiese una donna di piccola statura che aveva tutta l'aria di essere titolare nonché cuoca del locale.

«Bruna, dimmi che hai un tavolo per due, sto morendo di fame» disse Bonaventura togliendosi gli occhiali.

«È rimasto solo questo vicino all'ingresso, se per voi va bene.»

Prima di accomodarsi, Gentilucci si congedò per andare alla toilette.

«Sempre in dolce compagnia, il mio Luca» lo punzecchiò la signora Bruna avvicinandosi con due menu.

«Francesca Gentilucci è il nuovo ispettore capo, è arrivata ieri da Milano.»

«Be', non sei contento di lavorare al fianco di una giovane donna?» gli domandò posizionando bicchieri, tovaglioli e posate.

«Cosa abbiamo oggi di buono?» cambiò discorso il commissario, sapendo che se le avesse dato corda, Bruna sarebbe andata avanti con allusioni ben più spinte.

Il fatto che si conoscessero da quando Bonaventura era ancora un semplice studente la faceva sentire una sorta di zia, autorizzata a indagare sulla vita sentimentale di quello che per lei era il *suo* Luca.

«Oltre a quello che c'è scritto nel menu, oggi abbiamo spaghetti con sugo di pomodoro fresco e basilico, ravioli ricotta e limone e naturalmente i nostri Vincisgrassi» elencò fiera.

«Vincisgrassi? Cosa sono?» domandò Francesca sorprendendo la signora alle spalle.

«Una sorta di lasagna piuttosto imbottita» cercò di spiegarle il commissario.

«Signorina, lei non può uscire di qui senza averli provati, sono la nostra specialità» tagliò corto Bruna, riprendendosi i menu e dileguandosi verso la cucina.

«In questo modo ci ha tolto dall'imbarazzo della scelta» commentò Bonaventura appoggiando i gomiti sul tavolo e spizzicando un pezzo di pane dal cestino che Bruna aveva lasciato prima di andarsene.

«Una donna simpatica e accogliente direi» commentò Gentilucci.

Luca restò in silenzio. Mentre la sua bocca era intenta a masticare la crosta del pane, gli occhi non riuscivano a scollarsi dal volto della collega. Per un qualche motivo gli sembrava diversa.

Forse si è rifatta il trucco. Ma poi notò che dal contorno della sua bocca era scomparso anche quel piccolo velo di lucidalabbra con il quale si era presentata quella mattina in commissariato.

Magari si è sistemata i capelli. Ma anche quella possibilità non lo convinceva.

«Tutto bene, commissario?»

Luca non sentì affatto la voce di Gentilucci, e restò a fissarla con un'espressione piuttosto ebete, allungando una seconda volta la mano verso il cestino del pane.

Il foulard, ecco cosa c'è di diverso. La stoffa che girava intorno al collo di Francesca ora sembrava aver ripreso vita, espandendosi in maniera voluminosa fin sotto al mento della donna.

«Due porzioni di Vincisgrassi» annunciò un giovane con in mano il loro pranzo.

«Che meraviglia, Michele, grazie» lo salutò Bonaventura riconoscendo in quel ragazzo un volto amico.

Mentre Luca, forchetta alla mano, si avventava su quella succulenta pasta al forno, Francesca rimase qualche secondo immobile a fissare ciò che giaceva nel suo piatto. Una morbida besciamella fuoriusciva dai mille strati di pasta all'uovo, mescolandosi al denso e profumato ragù.

«Forse un piatto un po' ricco da mangiare in piena estate, ma mantiene sempre il suo fascino» affermò Bonaventura prendendo il tovagliolo per asciugarsi gli angoli della bocca.

Francesca sorrise; l'idea che il cibo accendesse sul viso del suo collega un entusiasmo quasi fanciullesco le fece dimenticare per un attimo il corpo inerme di Chiara e il pianto straziante della signora Palmucci.

«Cosa aspetta? Vanno mangiati caldi» la incoraggiò Bonaventura procedendo con una seconda forchettata.

A quel punto non le restava che iniziare a darci dentro.

Appena il suo palato strinse la morbida consistenza della sfoglia, ogni suo muscolo facciale sembrò abbandonarsi a un'espressione estatica: le labbra le si piegarono in un sorriso, le narici le si allargarono un po' e, come a trattenere più a lungo quell'emozione, per un attimo chiuse gli occhi.

«Allora, come le sembrano?»

«Deliziosi» rispose Gentilucci dopo aver deglutito il boccone.

«I Vincisgrassi di Bruna sono rinomati in tutta Macerata.»

«Lo credo bene» commentò Francesca, allungando una mano verso la bottiglia dell'acqua.

Bonaventura si sentì gratificato da quell'affermazione – neanche li avesse preparati lui quei Vincisgrassi –, e quando la sua collega si portò un'altra porzione alla bocca, restò a fissarla.

«Tutto bene, ragazzi?» Bruna si era avvicinata al loro tavolo e aveva appoggiato una mano sulla spalla del commissario.

«Sei la migliore, Bruna.»

La donna si allontanò, di nuovo richiamata dai suoi doveri, ma orgogliosa di aver soddisfatto il palato dei suoi ospiti.

I due terminarono di pranzare in silenzio. Solo quando nei rispettivi piatti non rimase che un pallido colore di sugo, Bonaventura alzò una mano per richiamare l'attenzione del cameriere e ordinare due caffè.

«Sono tutti così gentili a Macerata?» chiese Francesca alludendo alla cordialità della cuoca e al sorriso smagliante che Michele aveva mostrato per tutto il tempo del servizio.

«Diciamo che ci dividiamo in due gruppi: persone socievoli e criminali» rispose Luca con un filo d'ironia.

«Povera ragazza» rifletté Francesca tornando nel ruolo di ispettore capo.

«Per fortuna da queste parti non avvengono spesso delitti del genere. In una grande città suppongo che la situazione sia diversa» cercò d'informarsi Bonaventura mentre sfilava dal taschino l'occorrente per prepararsi una sigaretta.

«Diciamo che quando squilla il telefono ci sono buone possibilità che sia qualcuno che denuncia la scomparsa di un familiare, che spesso ritroviamo privo di vita» esclamò Francesca.

«L'anima nera di Milano» commentò il commissario.

«Chiara Palmucci, dalle mie parti, sarebbe un nome sul lungo elenco di vite interrotte dalla violenza.»

«Come mai ha accettato di venire in un commissariato di provincia?» proseguì Bonaventura rollando il tabacco nella cartina.

«Amo viaggiare, e quando il questore mi ha proposto questo trasferimento l'ho subito visto come un'ottima opportunità per mettermi alla prova in un ambiente diverso.»

«Ne vuole una?»

Gentilucci scosse la tesa.

«Gliela offrivo per fumarla all'aperto» continuò Luca punzecchiandola.

«Non fumo, grazie.»

Il commissario abbassò la testa cercando di finire il suo lavoro e andare finalmente a fumarsi la sigaretta.

«E poi questa città comincia a piacermi, c'è gente simpatica.»

All'improvviso uno squillo di telefono interruppe la loro conversazione. Luca prese dal tavolo il cellulare e vide che sul display lampeggiava la scritta COMMISSARIATO.

«Se riuscirà a farsi sembrare simpatico anche Marinozzi, le prometto che la farò omaggiare della cittadinanza onoraria.»

9

Dopo aver superato il cartello con la scritta APPIGNANO – LA TERRA DEL MOBILE, la prima impressione che ebbe l'ispettore capo Gentilucci, man mano che proseguivano verso il centro, fu quella di una cittadina formata da mobilifici, più che da normali case e palazzi. Li vedeva susseguirsi l'uno dopo l'altro, senza soluzione di continuità.

Dopo circa un chilometro di quello scenario, quando i due giunsero a una rotonda, Francesca scoprì che in realtà le abitazioni c'erano eccome. Villette bifamiliari, una schiera di palazzine, e poi il centro storico del paese, disteso su un altopiano a ridosso di una serie di montagne che fungevano da confine naturale tra la provincia di Macerata e quella di Ancona.

Il commissario, che conosceva quei luoghi abbastanza bene perché li aveva passati in rassegna in cerca dei mobili per l'appartamento che aveva preso in affitto, imboccò sicuro la terza uscita, una strada simile a quella che li aveva condotti fino a quel punto, piena di fabbriche da entrambi i lati.

«Dovrebbe essere questo» esclamò, fermando l'auto davanti a un prefabbricato non troppo diverso dagli altri.

Una signora di mezza età, con una folta chioma rossa fresca di tinta, stava scrivendo al computer in una specie di sgabuzzino, dietro un vetro protettivo. Appena li vide entrare alzò la testa dallo schermo, salutandoli.

«Buongiorno» rispose il commissario, accennando un sorriso di circostanza.

«Prego?» chiese la donna, vedendo che i due si stavano guardando attorno con aria curiosa.

«Avremmo bisogno di parlare con il titolare» le disse Bonaventura, tornando a guardarla in faccia.

«Al momento è impegnato con un cliente, chi lo desidera?»

«Il commissario Bonaventura e l'ispettore Gentilucci. Si tratta di una questione urgente.»

A quel punto, quella che aveva l'aria di essere la segretaria tuttofare dell'azienda si alzò in piedi e uscì dalla sua postazione come se fosse stata scossa da un fascio di corrente elettrica. Era alta quasi quanto Francesca, ma molto più robusta, con mani forti, che sembravano maschili.

«Oh, mio dio, è successo qualcosa?» chiese la signora portandosi una mano alla bocca.

«Ce lo può chiamare per favore?» ribadì il commissario.

«Certo, subito. Se volete accomodarvi.» Indicò due poltroncine alquanto vissute che stazionavano di fronte al piccolo ufficio, ma i due declinarono l'invito.

Trascorso appena un giro di lancetta, Bonaventura e Gentilucci si trovarono davanti un tipo che aveva la stessa stazza di un elefante.

«Mi ha detto la mia assistente che siete della polizia» disse l'uomo frenetico, sputacchiando una nuvola di bollicine di saliva.

«Lei è il signor?» cercò di capire il commissario, tirando fuori il proprio tesserino di riconoscimento e mostrandoglielo.

«Mario Moriconi.»

«È sua questa fabbrica?»

«Sì, sono il proprietario. Ma cosa sta succedendo?»

«C'è un posto dove possiamo parlare?»

L'ufficio di Moriconi sembrava essere stato arredato in epoche diverse. Da pezzi risalenti alla prima metà del secolo scorso, come la scrivania, si passava ad altri di modernariato, per finire con una serie di oggetti di design modernissimi, primo fra tutti una lampada a forma di uomo.

«Ci scusiamo per il disturbo, ma avremmo qualche domanda da rivolgerle» riprese di nuovo Bonaventura, questa volta accettando l'invito a sedersi, imitato dalla collega.

«Se siete qui per i due mesi di ritardo nel pagamento degli stipendi, proprio stamattina il mio commercialista ha provveduto ad appianare la situazione. Purtroppo abbiamo avuto dei problemi con un cliente che non voleva saldare.»

«Non si tratta di questo» lo stoppò il commissario, rassicurandolo.

«Sapete come sono i sindacalisti, non aspettano altro che...»

«Signor Moriconi, lavora qui Paolo Buratti?» s'intromise l'ispettore capo, andando dritta al sodo.

«Sì, è un magazziniere» rispose l'uomo, visibilmente disorientato.

«Da quanto tempo è impiegato nella sua azienda?» continuò Gentilucci, restando al centro della scena.

«Da cinque o sei anni, non ricordo bene, dovrei vedere nei registri. Perché mi state chiedendo di Buratti?»

«In pratica che tipo di mansione svolge?»

«Imballa i vari componenti che produciamo per la spedizione.»

«Si lavora su turnazione?»

«Sì, sette giorni su sette, il primo turno va dalle sei alle quattordici e il secondo dalle quattordici alle ventidue. Ma perché mi state chiedendo queste cose?»

«Potrebbe controllare quale turno ha svolto ieri Paolo Buratti?»

Brava, ispettore capo. Domande semplici e dirette. Ottima tecnica per estorcere informazioni all'evasivo elefante.

Moriconi, senza controbattere, fece come gli era stato chiesto. Si alzò dalla sua poltrona girevole e andò ad aprire un piccolo mobile laccato – un altro dei pezzi di modernariato – in cui teneva archiviate le stampe di tutti i passaggi dei badge dei dipendenti.

«Allora, vediamo, Buratti. Buratti, sì, eccolo qui. Il primo turno, dalle sei alle quattordici.»

«Ora sta lavorando?»

«Sì, oggi è nel turno del pomeriggio.»

«Avremmo bisogno di parlargli. Potrebbe mandarlo a chiamare?»

Moriconi si umettò le labbra, poi alzò la cornetta del telefono interno, incaricando il capo reparto di far salire in direzione il ragazzo.

«Ha combinato qualcosa?» provò a chiedere il proprietario della fabbrica nell'attesa che Buratti salisse ai piani alti, volgendo lo sguardo prima al commissario e poi all'ispettore capo.

«Che tipo è questo Paolo?» rivoltò invece la domanda Bonaventura.

«Per quello che mi riguarda un gran lavoratore. Qui dentro non ha mai creato problemi.»

«Fuori invece?» ribatté subito il commissario, sfruttando l'assist involontario che gli aveva lanciato Moriconi. Anche se Marinozzi gli aveva fatto sapere che Buratti non aveva precedenti penali, magari dalle cosiddette 'voci di corridoio' poteva emergere qualcosa d'interessante.

«Ogni tanto resta coinvolto in qualche rissa al campo sportivo durante le partite, cose da ragazzi» cercò di minimizzare l'imprenditore, confermando a sua insaputa quanto aveva accennato loro la madre di Chiara. Buratti era un tipo violento.

«C'è una stanza che possiamo utilizzare per parlare con lui?» chiese infine il commissario, per farsi trovare pronti prima dell'arrivo del ragazzo.

Quando Paolo entrò nella sala riunioni i due poliziotti, seduti intorno a un lungo tavolo che con ogni probabilità era stato prodotto lì dentro, non poterono fare a meno di leggergli negli occhi una certa dose di stupore mista a curiosità. Ma durò solo qualche istante, poi quello che fece trasparire dallo sguardo fu una vaga idea di sfida.

«Paolo Buratti?» gli chiese l'ispettore capo con un tono neutro.

L'ex fidanzato di Chiara Palmucci, testa rasata stile marines e corporatura di chi si allena in palestra almeno quattro volte a settimana, fece un gesto col capo a significare che era lui, ma al commissario non piacque.

«Allora? Sei tu Paolo Buratti o no?» rincarò la dose Bonaventura.

«Sì, sono io» rispose alla fine, con una voce più affilata di un coltellino svizzero.

«Allora chiudi la porta e siediti» gli ordinò il commissario.

Con un'aria alquanto irritata il ragazzo fece quello che gli era stato richiesto, incrociando poi le braccia al petto.

«Io sono il commissario Bonaventura della questura di Macerata, e la mia collega è l'ispettore Gentilucci.»

«E cosa volete da me?» ribatté Buratti senza scomporsi più di tanto.

«Conosci una certa Chiara Palmucci?»

«Sì, la conosco.»

«Sappiamo che siete stati fidanzati per un certo periodo, è così?»

«Ci siamo lasciati circa tre mesi fa.»

«Per quale motivo avete interrotto la relazione?»

«Si può sapere cosa volete da me?»

«Chiara è morta.»

Paolo si alzò in piedi di scatto, come se fosse ancora in tempo per salvarla in qualche modo.

«Siediti» lo riprese prontamente il commissario.

Il ragazzo iniziò a deglutire, indeciso su cosa fare; alla fine si lasciò cadere di nuovo sulla sedia.

«Non vuoi sapere com'è successo?» riprese la parola Gentilucci.

«Io non c'entro niente. Da quando ci siamo lasciati non l'ho più vista.»

«In cosa non c'entri niente?»

«Avete detto che è morta, no?»

«Sì, ma non ti abbiamo detto come» gli fece notare sempre l'ispettore capo, fissandolo.

Per qualche secondo Paolo Buratti rimase raggelato, come se qualcuno avesse azionato la funzione di fermo immagine, poi si passò una mano sul capo in un gesto di apparente insofferenza.

«È stata strangolata e gettata in un cassonetto» lo informò il commissario.

Ora anche gli occhi di Bonaventura erano fissi su quelli del ragazzo.

«E pensate che sono stato io? Vi ho già detto che non la vedo più da circa tre mesi» ribadì Buratti con tono fermo e deciso.

«Noi non pensiamo nulla. Stiamo solo cercando di raccogliere delle informazioni utili per l'indagine» mise in chiaro il commissario. «Tu non sei un indagato, e questo non è un interrogatorio, ma se preferisci possiamo farti convocare in commissariato.»

«Cosa volete sapere?» si addolcì Buratti dopo aver valutato lo scenario che gli era stato prospettato.

«Per quale motivo la vostra relazione si è interrotta?» gli chiese Gentilucci con l'intenzione di confrontare la sua versione con quella della madre della povera Chiara.

Invece di rispondere, Paolo iniziò a mordersi le labbra e guardare la superficie del tavolo, come se tra le venature del legno ci fossero scritte le parole giuste da dire, dando l'impressione ai due inquirenti di voler nascondere qualcosa.

«Ha sentito la domanda?» lo spronò Francesca, alzando il tono di voce.

«È stata lei a lasciarmi.»

Gli uscirono solo queste cinque parole, pesanti come macigni.

L'ispettore capo e il commissario gli lasciarono un po' di tempo per aggiungere qualcos'altro, ma dalla sua bocca non uscì più una sillaba.

I due poliziotti si guardarono e in un attimo compresero che avrebbero perso solo tempo. Gli intimarono di non allontanarsi da Macerata e se ne andarono senza tante cerimonie.

10

«Allora, ispettore, come le sembra questo primo giorno di lavoro a Macerata?» le chiese il commissario, staccando un attimo gli occhi dalla strada per voltarsi a guardarla.

«In tutta sincerità non lo immaginavo così movimentato.»

«In effetti da queste parti il tempo scorre in modo molto più tranquillo, di solito.»

Bonaventura tentò di abbozzare un sorriso, ma diede l'impressione di avere inghiottito un limone. Nell'abitacolo dell'Alfa 159 calò il silenzio, interrotto solo dalla suoneria del telefono del commissario.

«Sto guidando, Marino', dimmi.»

«È a Macerata?»

«Potresti venire al dunque?» Alzò la voce spazientito per spronare l'agente scelto a dare un senso a quella conversazione.

«Ha telefonato la segretaria del dottor Paolotto.»

«E allora?»

«Ha detto che il questore vuole vederla al più presto. Cosa devo riferire?»

«Che non ci sono problemi» si limitò a rispondere Bonaventura chiudendo la comunicazione.

«Tutto a posto?» lo interrogò l'ispettore capo che durante la telefonata del suo superiore era stata con le orecchie dritte per cercare di coglierne il significato.

«Cosa? Sì, tutto a posto.»

Il commissario scalò una marcia e, anche se la strada era più stretta e non proprio rettilinea, accelerò, aumentando l'andatura.

«E ora dove stiamo andando?» cercò di capire Francesca.

«La sto accompagnando in albergo. A proposito, dov'è che alloggia?»

«Sta scherzando?» replicò secca Gentilucci. «Ci sono ancora molte cose da fare prima di chiudere la giornata.»

«Non so a Milano, ma qui gli ordini non si discutono.»

Quella frase fu come uno schiaffo. L'ispettore capo si voltò verso il commissario per lanciargli una rapida squadrata di protesta, ma non riuscì a ottenere la sua attenzione. Quindi si rigirò e si mise a fissare la campagna che sfilava via dal suo finestrino come un'infinita tela di Renoir.

«Per oggi credo che possa bastare così. Domani la voglio in forma. Ci aspetta una giornata piena.»

«Le sembro per caso affaticata?» Gentilucci provò a riaccendere la questione voltandosi di scatto verso di lui.

Bonaventura invece di rispondere sorpassò una Smart, fregandosene della riga continua.

Durante il tragitto per arrivare all'hotel, i due non si scambiarono neanche una parola. Francesca non schiodò più lo sguardo da quelle dolci colline che pian piano lasciarono il posto al cemento dei primi palazzi di Macerata. Le sue labbra erano sigillate, ma solo per contenere quel senso di frustrazione che le mordeva lo stomaco, mentre il commissario riempì quei dieci minuti cercando di fare il punto sulla situazione.

Il questore voleva vederlo, di sicuro per parlare dell'omicidio Palmucci. Era la prassi. Per prima cosa gli avrebbe chiesto un resoconto dettagliato dell'accaduto e rivolto domande sullo stato delle indagini, anche se erano iniziate soltanto da poche ore. E fin qui la discussione poteva anche risultare accettabile, ma poi, con voce indurita, avrebbe iniziato a ordinargli come muoversi e dargli banali raccomandazioni, neanche fosse un pivello fresco di accademia. Ormai lo conosceva bene; sapeva che, se si voleva uscire indenni dall'ufficio del questore, a volte bisognava addolcire un po' la verità. Ecco perché aveva preferito scaricare la nuova collega e affrontarlo da solo. Non conoscendo ancora bene questa Gentilucci, non sapeva se poteva fidarsi di lei, doveva prima metterla alla prova.

Non appena l'ispettore capo fu entrata nell'hotel Principi – una struttura a quattro stelle in pieno centro storico e non molto lontano dalla questura –, il commissario ripartì imbucandosi in una strettoia non transitabile, e andò a parcheggiare al suo solito posto riservato, di fianco allo sportello immigrazione.

«Buonasera, dottore» lo salutò l'agente di guardia del turno pomeridiano. Bonaventura ricambiò con un'alzata di mano, sparì all'interno del palazzo e salì al primo piano.

«Commissario, finalmente è arrivato» fece Marinozzi non appena lo vide comparire dalla rampa di scale. «La segretaria del questore ha chiamato un'altra volta.»

«Avete finito con il rapporto?»

«Sì, è sulla sua scrivania. Ma la parte iniziale della terza pagina abbiamo dovuto inventarla, non siamo riusciti a capire cosa aveva scritto.»

«Ci sono altre chiamate per me?»

«No, nessun'altra. Dottore, per quella questione delle ferie?»

«Se ti fosse sfuggito, Marino', abbiamo un caso di omicidio da risolvere.»

L'agente scelto a quelle parole abbassò il capo e prese a fissare in modo assorto la parte della divisa che gli copriva il ventre, come se stesse riflettendo su un problema matematico.

«Commissario» lo chiamò alle spalle Pagliacci.

Bonaventura, che nel frattempo se ne stava andando, si fermò voltandosi.

«Commissario, ho i tabulati che mi aveva chiesto» gli fece l'agente, porgendogli un foglio. «Ieri la vittima ha ricevuto due sole chiamate. Il numero risulta intestato a un certo Paolo Buratti.»

«Ho visto. Grazie, Pagliacci.»

«Ci sarebbe anche questo» aggiunse, allungandogli un secondo foglio.

«Cos'è?»

«È stata trovata l'auto della vittima. Una Toyota Yaris. Era parcheggiata in piazza Mazzini.»

«Ora dove l'hanno portata?»

«È nel deposito dei vigili urbani, a disposizione. La scientifica l'ha già passata al setaccio. Sembra pulita, ma bisogna aspettare gli esami di laboratorio.»

Bonaventura archiviò l'informazione e si chiuse in ufficio. Prima di rispondere alla chiamata del questore, voleva fumarsi una sigaretta.

Spalancò la finestra, andò a sedersi e se ne rollò una, lasciandosi andare sullo schienale. La prima tirata era sempre la migliore. Scioglieva i nervi. Sbuffò una nuvoletta di fumo verso l'alto.

Paolo Buratti...

Telefoni ancora una volta a Chiara, ma visto che continua a non risponderti, perdi la testa. Allora cosa fai? Sali in macchina e raggiungi Macerata a tutta velocità. Ti metti a cercarla finché non la trovi. A questo punto le dici che vuoi parlarle, ma lei non ti ascolta. Vuole tornare a casa. T'innervosisci. Provi ad avvicinarti. Lei ti allontana. Allora ti va il sangue al cervello e le metti le mani al collo. Stringi. Chiara perde i sensi. Impaurito la sistemi in macchina. Chiudi lo sportello. La chiami, ma lei non risponde. Le dai un colpetto sulla guancia, ma niente. Le dita ti tremano. Gliele appoggi sul collo e non senti niente. Chiara è morta. Parti. Non sai dove andare. Hai paura. Ti nascondi da qualche parte e poi butti il corpo in un cassonetto fuori mano.

Dopo la quinta tirata, Luca spense la sigaretta nel posacenere e tirò fuori dalla tasca il cellulare. Prima di andare dal capo c'era ancora una cosa che voleva fare.

Trovò sulla rubrica il nome Angelini e fece partire una chiamata. Al secondo squillo la solita voce dell'operatore telefonico gli comunicò che l'utente non era raggiungibile.

«Prima o poi dovrai rispondere» disse, rivolgendosi a un ipotetico ispettore Angelini, poi prese il rapporto sull'arresto del conte Olezzi Mantovani e uscì dalla stanza.

Il dottor Paolotto accolse il commissario con un tagliente: «Finalmente!» Poi aggiunse: «Si sieda, Bonaventura.»

Luca obbedì e iniziò subito a fare il punto della situazione, prima che il questore potesse aprire bocca per chiederglielo. Gli descrisse il cadavere, il luogo dove era stato rinvenuto, lo mise al corrente sulle presunte cause della morte della ballerina – anche se per l'ufficialità dovevano aspettare il responso del medico legale –, e ancora sui colloqui avuti con la donna che aveva telefonato al 113 per denunciare il ritrovamento del corpo, con la madre e infine con l'ex fidanzato della vittima.

Il dottor Paolotto lo lasciò parlare senza battere ciglio, con i gomiti poggiati sui braccioli della sua poltrona dirigenziale e le mani incrociate sotto il mento.

«Deve chiudere questo caso al più presto» disse il questore dopo aver fatto sedimentare per un po' le parole di Bonaventura. Una frase che aveva tutta l'aria di essere una sentenza.

Il commissario fece per rispondere e rassicurarlo in qualche modo, ma non fu abbastanza tempestivo.

«Deve trovare chi ha ucciso quella povera ragazza, a tutti i costi» rincarò Paolotto. «Ci stanno già col fiato sul collo. La notizia è passata sui tg nazionali. Da domattina saremo presi d'assalto.»

«Non si preoccupi, abbiamo già una pista» esagerò Bonaventura, con l'intenzione di farsi congedare e uscire da quella stanza prima che la sedia su cui poggiava le natiche iniziasse a surriscaldarsi.

Il dottor Paolotto prese a scrutarlo in modo sospettoso.

«E quale sarebbe questa pista?»

«Con ogni probabilità l'assassino conosceva la vittima.»

«E da cosa lo deduce?»

«Dal fatto che il corpo è stato nascosto. Se a ucciderla fosse stato un maniaco o un qualche balordo che voleva rapinarla, non si sarebbe preso la briga di occultare il cadavere.»

«Mi porti il responsabile. E niente cazzate, Bonaventura, intesi?»

Il commissario si alzò in piedi. Il colloquio era giunto al termine. O almeno era quello che sperava.

«E non si azzardi a rilasciare dichiarazioni alla stampa» aggiunse il questore rimarcando quest'ultimo concetto.

In tutta risposta il commissario gli allungò il fascicolo che a-vevano finito di trascrivere Marinozzi e Pagliacci e uscì dalla stanza.

11

Dopo essersi chiuso la porta alle spalle, Bonaventura gettò il mazzo di chiavi sulla piccola mensola vicino all'ingresso. Con un gesto frettoloso si tolse le scarpe facendo leva con la punta di un piede sul tallone dell'altro, e le abbandonò nel corridoio.

Il caldo torrido aveva reso ancora più pesante quell'impegnativa giornata di lavoro e Luca sentiva la necessità di placare la sua urgenza di refrigerio. A piedi scalzi si diresse in cucina, dove la sua mano si avvinghiò alla maniglia del frigorifero tirandola come se fosse la leva di un freno di emergenza. Una volta aperto lo sportello allungò il braccio verso il primo ripiano, poi lo abbassò al secondo per accorgersi che la bottiglia di Tuborg era finita, chissà come, nel cassetto riservato alla frutta e agli ortaggi.

Prese l'apribottiglie e con un gesto secco fece saltare il tappo in alluminio, che schizzò nel lavandino andandosi a incastrare tra i piatti della cena della sera prima. Dopodiché, come un adolescente svogliato, Luca si tuffò sul divano, impugnando il telecomando e schiacciando dei tasti a caso.

La voce di un giovane cuoco uscì a tutto volume dallo schermo. «*E ora inforniamo la teglia a centottanta gradi per trentacinque minuti...*»

Valentina era fissata con questi programmi di cucina, mi avrà costretto centinaia di volte a guardare trasmissioni gastronomiche quando avrei preferito un bell'ispettore Callaghan.

Anche se per lui quei momenti rappresentavano una vera tortura, in quel preciso istante ne avvertì la mancanza. Come spinto da un sentimento nostalgico, si soffermò qualche minuto a osservare il conduttore in divisa, quindi cambiò ripetutamente canale imbattendosi prima in una televendita di gioielli, poi in un viso a lui noto: si trattava di Giovanni Menghi, un giornalista locale.

Ci mancava Faccia da schiaffi.

L'inviato di Macerata Tv, con il microfono ben stretto tra le mani e un austero cruccio sul viso magro che gli faceva assumere l'aspetto di un addetto alle pompe funebri, stava riportando i fatti di cronaca accaduti in città nelle ultime ventiquattr'ore.

«*La giovane vittima è stata ritrovata questa mattina nel cassonetto della spazzatura che potete vedere alle mie spalle, in contrada Montanello. Non sappiamo ancora se Chiara Palmucci facesse parte di un giro di droga o se frequentasse ambienti poco raccomandabili. Gli inquirenti...*»

«Visto che non lo sai, perché non chiudi il becco?» esclamò Bonaventura, spegnendo la tv e appoggiando la bottiglia di birra, ormai mezza vuota, sul tavolino davanti al divano.

Restando seduto, sfilò dalla tasca l'occorrente per una sigaretta e, con fare automatico, prese tra le dita il tabacco, lo adagiò nella cartina, proseguì con la rollatura e in pochi minuti il suo rimedio distensivo fu pronto.

Diede due profonde tirate godendosi la sensazione del fumo che uscendo di bocca gli accarezzava le labbra.

I suoi occhi seguirono per un po' i bianchi riccioli di vapore, poi si posarono sull'orologio a parete. Le venti e trentacinque.

Facendo leva sulle ginocchia si alzò per avvicinarsi all'angolo cottura, aprì gli sportelli della credenza in cerca di qualcosa da mettere sotto i denti, ma non trovò nulla che potesse definirsi cena – tranne una confezione di fette biscottate e un pacchetto di noccioline aperto da chissà quante settimane.

Meglio che mi faccia una doccia e chiami Il re della pizza.

Attraversò il corridoio sbottonandosi la camicia e, non appena entrò nella camera adibita a guardaroba-sgabuzzino, il piede urtò contro qualcosa di duro.

«Cazzo!» gridò, ruotando gli occhi verso il soffitto e massaggiandosi l'estremità inferiore con la mano sinistra. Ma la scossa di dolore che dal mignolo si stava propagando in tutta la gamba aumentò d'intensità, tanto da fargli trattenere il respiro.

'Se ti curassi di più delle tue cose, questo appartamento avrebbe un aspetto civile.' La voce di Valentina gli si palesò in testa, costringendolo a darle ragione. Si appoggiò allo stipite della porta e schiacciò l'interruttore della luce: gli bastò un unico sguardo per riconoscere l'oggetto responsabile dell'incidente.

Da sotto un lenzuolo bianco sporgeva una delle tre gambe del cavalletto, sul quale era appoggiata una tela. Afferrò un lembo della stoffa e, superata una breve esitazione iniziale, la tirò via fino a farla scivolare sul pavimento e lasciare scoperto il quadro.

Potrei chiamarti Senza donna, del resto ti ho abbandonato il giorno in cui Valentina è partita per Parigi.

Poi indietreggiò zoppicante e, fermandosi a due passi di distanza dal treppiede, si portò una mano al mento corrugando la fronte. Dopo essere restato in quella posizione per un paio di minuti, si riavvicinò al ritratto e, piegandosi sulle ginocchia, raggiunse la cassettina in legno dove era riposto il suo kit da pittore. Sfilò un pennello da un portamatite e, passando un dito sopra le setole, si accorse di quanto secche e indurite fossero diventate. Poi afferrò uno dei tubetti di acrilico e appena svitò il tappo le sue dita si tinsero di un blu profondo. Il fatto che la vernice fosse ancora liquida e viva lo incoraggiò ad alzarsi, andare in bagno e riempire un bicchiere con dell'acqua.

Riposizionatosi davanti alla tela individuò il pennello meno malconcio e s'immerse nel rituale di diluire il colore con un po' d'acqua e partire con i suoi tratti netti.

Ecco, ora il tuo naso ti conferisce la giusta dose di personalità. Sembra quasi quello del nuovo ispettore, di certo non uno di quelli alla francese, ma pur sempre perfetto in un viso dai lineamenti marcati.

Ripose di nuovo il pennello nel bicchiere e, dopo averlo fatto roteare per qualche secondo, decise che era giunto il momento di cambiare colore e passare a definire la chioma di quel volto senza nome.

Biondo cenere.

Scelta la tonalità da usare, riflettendo sul fatto che fino a quel momento i visi femminili da lui dipinti erano sempre stati circondati da folte capigliature more, ma ora che Valentina non c'era più era giunto il momento di cambiare. Per istinto cominciò a disegnare ciocche di capelli volanti, le lunghe pennellate di colore conferivano un aspetto di sospensione a quel viso ancora incompleto.

'Lo sguardo. Sembra che voglia dirci qualcosa.'

La voce di Francesca Gentilucci s'intromise all'improvviso nel suo atto creativo, rendendogli i sinuosi movimenti del polso più meccanici.

'Li guardi bene, questi occhi esprimono incredulità, sorpresa.'

Luca appoggiò il pennello nel bicchiere e rimase immobile a fissare il suo lavoro.

Chi hai visto per l'ultima volta, Chiara? Chi ha interrotto la tua vita gettandoti via come fossi un rifiuto?

Senza distogliere lo sguardo dalla tela, allungò un braccio per afferrare un panno appoggiato sullo schienale di una sedia. Cominciò a strofinarsi le mani, ma le macchie di vernice secca trattenute dal tessuto avevano trasformato l'asciugamano in un foglio di cartavetrata.

Paolo Buratti è stato l'unico a chiamarti al cellulare, ma è anche l'ultima persona che hai incontrato?

Per liberarsi del panno lo lanciò dal lato opposto della stanza, ma nel bel mezzo del tragitto un lembo andò a impigliarsi nell'estremità superiore del pennello, che finì sul pavimento insieme al bicchiere.

«Che casino.»

Prese istintivamente il lenzuolo che per più di un mese aveva rivestito la sua opera e, pestandolo ripetutamente con un piede, tamponò l'acqua che dalle fughe delle piastrelle aveva preso a estendersi fino alla base del cavalletto. Lo sforzo fisico gli fece risvegliare il dolore al mignolo che, acuto come la punta di un ago, catalizzò tutta la sua attenzione.

Mi dispiace, ma oggi non è la tua giornata fortunata. Rimarrai senza nome ancora per un po'.

Con passo claudicante si diresse in bagno, dove impostò il miscelatore della doccia per ottenere il getto più freddo possibile.

È un altro il nome che mi preme sapere.

12

Paolo Buratti era chiuso da più di tre ore nella stanzetta che veniva utilizzata per gli interrogatori. Due agenti lo avevano prelevato all'alba dalla sua abitazione di Appignano senza troppi complimenti, dandogli appena il tempo di mettersi qualcosa addosso, e dopo averlo fatto salire sulla volante lo avevano portato in commissariato.

Quella lunga attesa, che poteva superare anche le sei ore, faceva parte della preparazione. Bonaventura la chiamava la fase della riflessione. Il sospettato veniva abbandonato a sé stesso in una stanza e lasciato lì, senza che nessuno gli dicesse nulla.

Il sospettato cominciava così a passare mentalmente in rassegna tutta la storia. E più tempo passava, più emergevano i dubbi e il castello che si era costruito diventava meno convincente. E da lì prendeva a insinuarsi il tarlo che ci potesse essere qualcosa che non aveva funzionato. 'Forse qualcuno mi ha riconosciuto. Oppure quella donna che passava ha preso il mio numero di targa.'

In questo modo, quando iniziava il confronto con l'investigatore, il sospettato era cotto a puntino e non era più sicuro di niente, pronto a cadere in contraddizione e a fare qualche passo falso, anche se aveva organizzato il delitto nei minimi particolari.

Il commissario sperava che quella tecnica potesse funzionare anche con Paolo Buratti, soprattutto considerando che, non essendo un professionista del crimine, non era abituato a gestire simili pressioni.

Due anni prima, insieme ad Angelini, si era avvalso della stessa tecnica con un ingegnere che aveva ucciso la moglie per poter scappare all'estero con l'amante vent'anni più giovane. E alla fine era riuscito a farlo confessare.

Angelini, dove cazzo ti sei cacciato?

Per un attimo Bonaventura ebbe l'impulso di provare a telefonargli di nuovo, ma Gentilucci lo distrasse chiedendogli quanto tempo avesse ancora intenzione di attendere prima di procedere con l'interrogatorio.

Il commissario la guardò senza risponderle, indugiando sul collo longilineo della collega, intrappolato dal risvolto del colletto.

Non sentirà caldo?

Cosa nascondi?

«Commissario, mi sente?»

La voce dell'ispettore capo sembrò arrivare da un mondo lontano. Bonaventura si scosse, cercando di assumere un'aria autorevole e professionale.

«Sì... mi stava dicendo?»

«Chiedevo se non sarebbe il caso di andare da Buratti.»

«Non le hanno insegnato che in casi del genere non bisogna avere fretta?»

«Credo che buttarlo giù dal letto all'alba e tenerlo chiuso in una stanza per...» s'interruppe per guardare l'orologio che aveva al polso «tre ore e venticinque minuti sia sufficiente» fece notare Gentilucci.

«Lei dice?» ribatté d'istinto Bonaventura, poi si fermò per qualche secondo come a riflettere su quello che aveva detto la collega, quindi riprese cambiando tono. «Non so come siete soliti affrontare a Milano questo tipo di interrogatori, quello che posso dirle è che in passato questo modo di agire ci ha portato a risultati concreti, e non ho nessuna intenzione di modificarlo.»

Soddisfatto della filippica con cui aveva ribadito la sua autorità, si alzò e andò davanti alla finestra per rollarsi una sigaretta.

Per qualche istante Francesca fu sul punto di non lasciar cadere così la discussione e di far presente che a Milano, come diceva lui, avevano metodi ancor più duri dei suoi, che però utilizzavano solo in casi estremi. Alla fine decise di mettersi comoda sulla sedia incrociando le braccia. Non si trattava di un segno di sfida, ma di semplice attesa.

«Lei cosa ne pensa?» se ne uscì il commissario dopo aver sbuffato la prima nuvoletta di fumo fuori, verso il cielo.

«Riguardo a cosa?»

«Di tutta questa storia. Che idea si è fatta?»

«Ha tutta l'aria di essere il classico delitto passionale.»

«E di Buratti invece che mi dice?»

«Non mi piace, ma questo non significa che sia lui il nostro uomo.»

«Dobbiamo spremerlo come un limone, se è stato lui deve confessare.»

«Sembra un tipo tosto, non sarà facile.»

Sulle parole dell'ispettore capo si sentì il cigolio della porta che si apriva.

«Ecco i caffè che mi aveva chiesto, commissario.» Marinozzi entrò nella stanza, appoggiando sulla scrivania un vassoio con due bicchierini di plastica e alcune bustine di zucchero.

«Sei andato a prenderli direttamente in Colombia?» gli domandò Bonaventura, visto il tempo che era trascorso da quando glieli aveva chiesti.

«Mi scusi, ma c'era il tecnico che stava caricando il distributore.»

«Grazie» gli disse invece Gentilucci, aprendo una bustina di zucchero di canna e versandolo nel bicchierino.

«Commissario...»

«Che c'è, Marino'? Dobbiamo lavorare.»

«Il tipo chiuso nella sala interrogatori...»

«Si chiama Paolo Buratti.»

«Sì, be', volevo dire...»

«Cosa, Marino'?»

«Secondo me è stato lui» sentenziò finalmente Marinozzi,

cercando con lo sguardo l'appoggio dell'ispettore capo, che però non lo assecondò. «Sono sicuro» continuò.

«E come fai a essere così sicuro, sentiamo?» gli chiese il commissario prima di buttar giù il suo caffè con un sorso.

«È un tipo strano, non lo so, ha qualcosa che non mi convince. Da come si muove sembra un violento.»

«Perché, come si muove?»

«Stamattina quando i colleghi Mazza e Paolucci lo hanno chiuso di là aveva un'aria spavalda, sembrava volesse spaccare il mondo.»

«Lo sai che per arrestare qualcuno non ci si può basare sulle sensazioni ma ci vogliono le prove, sì?»

«Certo, commissario.»

«Bene. Quindi che ne dici se ora esci da quest'ufficio e ce le lasci trovare queste prove?»

Marinozzi senza farselo ripetere si voltò, aprì la porta e sparì dalla loro vista.

«Posso chiederle come ha intenzione di trovarle queste prove?» lo provocò Francesca, calcando la voce sulle ultime tre parole pronunciate da Bonaventura.

«Be', facendo il nostro lavoro» rispose lui con tono disinvolto.

Gentilucci prese a misurarlo con lo sguardo, poi gli concesse un sorriso professionale. Di rimando sorrise anche Luca, senza disturbare la sigaretta che aveva parcheggiato in un lato della bocca.

Quando mezz'ora più tardi aprirono l'ultima porta in fondo al corridoio, trovarono Buratti seduto con le braccia conserte e la testa reclinata all'indietro ad ammirare il soffitto come se fosse rivestito dalla *Creazione* di Michelangelo.

La prima impressione che ebbe Bonaventura fu che quelle quattro ore di isolamento non gli avessero fatto alcun effetto, che non lo avessero scalfito minimamente.

«Cosa volete da me? Si può sapere perché mi avete portato qui?» iniziò a inveire Buratti, drizzandosi di colpo e guardando prima l'uno, poi l'altra. «Io non ho fatto niente.»

Il commissario e l'ispettore capo fecero finta di non aver sentito e andarono a sedersi dall'altra parte del tavolo, completamente sgombro, posto al centro della sala.

«Lo so quali sono i miei diritti, non potete fare questo» continuò il ragazzo alzando il tono della voce.

A questo punto Bonaventura s'inserì secondo copione, facendo la parte dello sbirro cattivo, quella che gli piaceva di più.

«Apri bene le orecchie. Da adesso in poi rispondi solo alle nostre domande. Chiaro?»

Buratti parve sul punto di obiettare qualcosa ma si trattenne, abbassando la guardia e creando la condizione affinché Gentilucci potesse partire con l'interrogatorio.

«Signor Buratti» esordì l'ispettore capo. «Prima di tutto la informo che questa conversazione non verrà registrata né verbalizzata.» Fece una piccola pausa per fargli metabolizzare il concetto. «Allora, dai tabulati telefonici risulta che lei, l'altroieri, quando è stata uccisa Chiara Palmucci, ha composto il suo numero alle ore diciotto e dodici e alle diciotto e quattordici.»

Paolo Buratti rimase impassibile, sfidando gli sguardi dei due poliziotti.

«Per quale motivo l'ha chiamata?» lo incalzò l'ispettore capo.

«Cos'è, per caso è vietato telefonare?»

«Rispondi alla domanda» lo riprese Bonaventura con un tono che non ammetteva repliche.

Il sospettato lasciò passare qualche secondo, poi si giustificò dicendo che voleva semplicemente parlarle.

«Parlarle di cosa?» continuò ancora Gentilucci, sempre nella parte dello sbirro buono.

Buratti iniziò a guardarsi intorno e posò gli occhi su un manifesto della polizia di Stato appeso alla parete che aveva di fronte, alle spalle dei due inquirenti. Vi era raffigurata una volante e in basso la scritta VICINI ALLA GENTE.

«Allora?» lo richiamò Francesca.

A quanto pareva il ragazzo giocava a fare il duro. Bonaventura si alzò, avvicinandoglisi. «Ti rifaccio la domanda un'altra volta» esclamò, sforzandosi di non perdere la pazienza.

Paolo Buratti serrò la mascella.
«Cosa volevi dirle?»
«Mi ha lasciato così, dalla sera alla mattina, volevo solo dei chiarimenti» rispose alla fine, quasi sputando le parole.
«Negli ultimi due mesi le ha telefonato quarantanove volte» gli fece notare Gentilucci dopo aver dato una sbirciatina ad alcuni fogli che aveva poggiato sul tavolo.
«Non mi ha mai risposto» puntualizzò Buratti.
«E questo non le ha fatto venire in mente che forse non voleva ascoltarla?» gli domandò ancora la sbirra buona, e il volto del ragazzo assunse un'espressione interrogativa. «Quando l'ha vista per l'ultima volta?»
«Il giorno che mi ha lasciato» rispose il ragazzo vagando con lo sguardo da una parte all'altra della stanza.
«Guardami» lo esortò il commissario.
Buratti controvoglia fece quello che gli era stato chiesto.
«L'altroieri, dopo che Chiara per l'ennesima volta non ti ha risposto, sei andato da lei, non è vero?»
«No.»
«Sei salito in macchina diretto a Macerata.»
«Non è vero!»
«Stai zitto!» gli ordinò lo sbirro cattivo, che ormai aveva preso in mano le redini dell'interrogatorio. «Sei andato a cercarla e quando l'hai trovata sei partito all'attacco, ma lei non voleva ascoltarti, allora hai perso la testa e le hai messo le mani addosso fino a ucciderla» ricostruì l'ipotetica scena tutta d'un fiato.
«Io non c'entro niente. Sta tirando a indovinare!» sbraitò Buratti, alzandosi.
«Siediti» lo spinse giù Bonaventura.
«Voglio un avvocato. Non potete trattenermi. Io non ho fatto niente.»
«Dove ti trovavi lunedì scorso tra le venti e le ventiquattro?»
«Non avete nessuna prova contro di me.»
«Dove ti trovavi?»
«Lasciatemi andare.»
«Ti ricordo che due giorni fa è stata uccisa una ragazza, la tua

ex ragazza, per essere precisi, la stessa che ti ha lasciato e alla quale tu hai tentato di telefonare quarantanove volte in due mesi, tra cui *due* la sera della sua morte, poche ore prima che venisse strangolata e gettata in un cassonetto della spazzatura» fece Bonaventura, fermandosi per prendere fiato. «Comunque, se proprio insisti, sei libero di andartene» aggiunse cambiando registro. «Ma saremo costretti a convocarti alla presenza di un legale, e sai cosa significa? Sarai indagato per omicidio. Vuoi davvero questo? Se non c'entri niente con questa storia ti conviene dirci subito dove ti trovavi la sera che è stata uccisa Chiara Palmucci, e la finiamo qui.»

Dopo quelle parole nella sala calò un silenzio quasi irreale. Come se all'improvviso il mondo si fosse bloccato, ogni cosa fermata. Ma durò poco.

«A quanto pare sei un tipo tutto d'un pezzo» riprese a parlare lo sbirro cattivo. «La prossima volta che ci vedremo, e ti assicuro che sarà molto presto, non saremo così accomodanti. E ora fuori!» gli urlò contro.

Paolo Buratti si passò una mano sulla bocca, deglutì, prese a sfregarsi il mento, il collo. Poi chiese un bicchiere d'acqua. Il commissario acconsentì alla sua richiesta e con una telefonata gli fece portare una bottiglietta da mezzo litro.

«Ero con una donna, va bene?» sputò finalmente il rospo, dopo essersi rinfrescato la gola.

«Come si chiama?» volle sapere Bonaventura.

«Che ne so, è una di quelle che lavorano nei night club.»

«Una prostituta?»

«Sì.»

«Ce l'avrà pure un nome questa signorina, no?»

«Mi ha detto di chiamarsi Eva.»

«E dove possiamo trovarla questa Eva?»

«Al Passion Fruit.»

Il commissario memorizzò queste due informazioni, poi ripartì all'attacco.

«A che ora sei arrivato al locale?»

«Non lo so... credo fossero le ventidue... o forse le ventidue e trenta...»

«Credi?»

Buratti non rispose.

«E poi?» lo incalzò Bonaventura. Su quel punto ci sarebbe eventualmente ritornato più avanti.

«E poi cosa?»

«Dobbiamo cercare di ricostruire la tua serata. Cosa hai fatto dopo che sei entrato?»

«Sono andato al bar e ho ordinato qualcosa da bere.»

«E la ragazza?»

«Ce n'erano alcune sedute al bancone, ma non erano granché... quasi tutte di colore... e a me quelle non piacciono, così sono andato a mettermi in un divanetto e ho aspettato un po'.»

«Vai avanti» lo incitò Bonaventura.

«A un certo punto ho visto Eva.»

«La conoscevi già?»

«No, era la prima volta che la vedevo.»

«E poi cos'è successo?»

«Le ho offerto da bere e siamo stati insieme tutta la serata.»

«Siete usciti? L'hai portata da qualche parte?»

«No, non siamo usciti. Abbiamo bevuto un paio di bicchieri, poi siamo andati nella zona privé. Vuole sapere anche cosa abbiamo fatto là dentro?» chiese in tono provocatorio.

Sentendo quell'ultima frase, Bonaventura lottò per non rispondergli. Le parole volevano uscirgli furiose dalla bocca, ma la sua parte razionale le tenne a freno. Dalle parole c'erano buone possibilità che sarebbe passato alle mani, prendendolo per il collo e sbattendolo al muro. Era già successo in passato. Ma poi, dopo quella che poteva ritenersi sicuramente una bella soddisfazione, arrivavano, inevitabili, le conseguenze da pagare. Non gli piaceva essere sbeffeggiato, men che mai da potenziali sospettati di omicidio, ma in quel momento la priorità era scoprire chi aveva ucciso Chiara Palmucci.

«Fuori,» gli ordinò invece «e rimani a disposizione, con te non abbiamo ancora finito.»

Buratti non se lo fece ripetere, si alzò e prima che il commissario potesse aggiungere qualcos'altro, era già sparito.

13

Il deposito delle auto e moto della polizia municipale di Macerata si trovava all'interno di un capannone di medie dimensioni situato ai piedi della città, nella zona nord, adiacente al Centro fiere provinciale. Ma quella rimessa aveva anche un'altra funzione. Una parte dello stabile, infatti, era riservata ai mezzi che venivano sequestrati, in attesa di essere restituiti ai legittimi proprietari, e l'auto appartenuta a Chiara Palmucci era stata parcheggiata in quell'area.

Ad accogliere il commissario e l'ispettore capo c'era un cinquantenne dal volto rotondo e paffuto, con i capelli che cominciavano a brizzolarsi sulle tempie e la pelle bianchissima.

L'impiegato, dopo aver fatto firmare a Bonaventura un modulo che attestava la richiesta di poter visionare il modello targato GU765TR, che corrispondeva a una Toyota Yaris immatricolata tre anni prima, si alzò dalla sua postazione e fece strada ai due poliziotti.

«Da questa parte» disse, avviandosi lungo uno stretto corridoio con le pareti tappezzate da foto raffiguranti la dolce campagna marchigiana, al termine del quale entrarono in un ampio ambiente con due file di auto ai lati.

«È quella là» disse a un certo punto l'uomo, indicando la Toyota Yaris appartenuta a Chiara Palmucci. Era l'ultima auto della fila, accostata al muro di fondo.

«Se non vi serve altro...»

I due investigatori lo ringraziarono e lo lasciarono tornare al suo lavoro.

L'utilitaria giapponese era rossa con le finiture nere, e a un primo colpo d'occhio dava l'impressione di essere appena uscita da un autosalone.

«Cosa sta guardando?» chiese l'ispettore capo al suo superiore, che si era piegato sulle ginocchia e stava esaminando con particolare attenzione il paraurti anteriore.

«Non c'è neanche un graffio» osservò.

«E allora?»

«A quanto pare non aveva problemi a parcheggiare, nonostante Macerata sia una città scomoda, con strade strette e in pendenza.»

«Considerato che era una donna, la cosa la sorprende, non è vero?» ribatté Francesca non nascondendo una certa dose di sarcasmo.

Il commissario nel frattempo era andato a visionare il paraurti posteriore, facendo finta di non aver udito la domanda di Gentilucci. Anche quello era privo di segni.

«Non sembra avere tre anni di vita» disse poi Luca guardando prima le fiancate, poi il resto della carrozzeria.

«Questo cosa ci dice?»

«Niente... solo che a confronto della maggior parte delle donne, Chiara doveva tenere molto alla sua automobile.»

E tu, invece?

Il commissario avrebbe voluto approfondire quell'argomento, ma non era quello il motivo per cui erano lì.

«Cosa stiamo cercando di preciso?» chiese Francesca andando sul pratico.

«Non lo so, qualsiasi cosa...» rispose il commissario, e così dicendo aprì lo sportello sedendosi al posto di guida.

Anche l'interno era immacolato. Sul cruscotto non c'era un filo di polvere, e sui tappetini neanche il più piccolo dei sassolini. Bonaventura fece girare la chiave di accensione e controllò i chilometri percorsi. Trentaduemila e centonove. Il calcolo era presto fatto. La ragazza percorreva una media di diecimila chilometri l'anno.

Poi aprì il vano portaoggetti, in cui trovò solo i documenti che certificavano che Chiara Palmucci era la legittima proprietaria del veicolo, immesso su strada il sedici maggio del 2014. All'interno dell'abitacolo non c'era altro.

Gentilucci intanto aveva aperto il portabagagli, trovandovi solo un ombrello.

«Mai vista un'auto così pulita» sbuffò Bonaventura uscendo e richiudendo lo sportello.

Non sperava certo di trovarci la soluzione del caso, ma almeno un piccolo indizio, quello sì, invece era risultato un buco nell'acqua e, da quanto aveva visto, non c'era neanche molto da illudersi sulle rilevazioni eseguite dalla scientifica.

«Andiamo» disse alla collega. Tirò fuori cartine e tabacco e prese a rollarsi una sigaretta, aspettando di accenderla finché non fosse uscito.

Una volta fuori, riuscì a dare solo una tirata, poi venne interrotto dallo squillo del telefono.

«Dimmi, Moretti.»

«Avrei trovato qualcosa d'interessante riguardo Chiara Palmucci» esclamò l'ispettore con tono da grande notizia.

«Cosa?»

«Ho fatto qualche domanda in giro...»

«Taglia corto, Moretti.»

«Be', riguardo a presunti contatti di Chiara con l'ambiente della prostituzione non è emerso niente, la ragazza sembra pulita, ma a quanto pare per un po' di tempo ha frequentato un certo Rino Maccone.»

«E chi sarebbe?»

«Si tratta di un tossico con dei precedenti.»

«Di che tipo?»

«Mah, solite cose... spaccio, furti.»

Per qualche istante il commissario rimase in silenzio, come per soppesare l'informazione.

«Che tipo di frequentazione?» gli chiese poi, riprendendo a fumare.

«Questo non lo so. Un mio informatore mi ha solo detto di averli visti insieme un paio di volte. Vuole che faccia convocare Maccone?»

«No, dammi l'indirizzo, ci vado a parlare io.»

Dopo aver chiuso la chiamata fece segno a Gentilucci di salire in macchina. «Le dispiace guidare?» le chiese porgendole le chiavi.

Francesca rimase di stucco. «Parla sul serio? È sicuro di voler cedere la guida a una donna? 'Nonostante Macerata sia una città scomoda, con strade strette e in pendenza'?» lo canzonò facendogli il verso.

Bonaventura rise. «Lei mi sottovaluta, ispettore. Non sono il machista che vuole far credere.»

Francesca preferì non andare oltre nella discussione. Col caratteraccio che il commissario si ritrovava, poteva anche cambiare idea, e quel gesto, in fin dei conti, era una dimostrazione di fiducia nei suoi confronti. Guardandolo negli occhi con aria di sfida, gli prese le chiavi di mano e si avviò al posto di guida.«Allora?» fece prima di avviare il motore, curiosa di sapere il contenuto della telefonata.

«Sembra che Chiara frequentasse un tossico con dei precedenti.»

L'ispettore capo aggrottò la fronte.

«Lo so... neanche a me quadra molto» continuò Luca, come se avesse letto nei pensieri della collega.

«Quindi? Cosa facciamo?»

«Andiamo a parlare con questo tipo.»

Rino Maccone abitava in una palazzina di due piani costruita alla fine degli anni Cinquanta in Borgo San Giuliano, uno dei quartieri a più alta concentrazione di extracomunitari, soprattutto pakistani, ma anche afghani, indiani e cinesi. Non sembrava neanche di essere a Macerata.

L'Alfa 159 si fermò nel cortile interno dell'edificio, dov'era parcheggiato solo uno scooter. I due poliziotti scesero dall'auto e andarono a leggere i nomi sul citofono.

Maccone era il primo.

Il commissario suonò un paio di volte senza ottenere risposta. Provò di nuovo, ma inutilmente.

Sia Luca che Francesca si guardarono attorno, come se il tipo che cercavano potesse materializzarsi da un momento all'altro. Invece a materializzarsi fu una signora che aprì una finestra al primo piano, affacciandosi.

«Cercate qualcuno?» chiese in un dialetto maceratese ben marcato. Così, a prima vista, poteva avere ottant'anni.

«Rino Maccone» rispose il commissario avvicinandosi.

«Quel disgraziato...» sputò fuori la donna, come se fosse un pezzo di carne marcia.

«Lo conosce?»

«Certo che lo conosco! Mi deve tre mesi di affitto. L'appartamento dove sta è mio.»

«Sa per caso dove si trova? Ho suonato, ma non risponde nessuno.»

«Sta sempre in giro. È un poco di buono quello...»

«Frequenta qualche posto in particolare?»

«Io non lo so, ma potete provare a chiedere al bar in fondo alla strada.»

«Grazie.»

«Ma voi chi siete?»

«Ora dobbiamo andare» la liquidò il commissario senza dare spiegazioni. Se le avesse detto che erano della polizia, in cinque minuti tutto il quartiere avrebbe saputo che lo stavano cercando, compreso Maccone che se la sarebbe filata.

Il bar che, stando alle indicazioni della signora, doveva essere in fondo alla via, si trovava in realtà neanche a metà strada, ma non ce n'erano altri. I due investigatori entrarono, uno davanti all'altra.

«Salve» li salutò un ragazzo da dietro il bancone. Aveva un collo troppo lungo, come se glielo avessero tirato, e dei capelli che pareva volessero filarsela dalla testa.

Bonaventura e Gentilucci restituirono il veloce saluto, cercando di mettere a fuoco i presenti: quattro anziani che giocavano a carte, un altro che leggeva il giornale e più avanti due giovani che se la spassavano a biliardo.

«Stiamo cercando Rino Maccone,» fece a un certo punto il commissario al barista «lo conosce?»

Appena udito quel nome, uno dei due al biliardo lasciò cadere la stecca sul tappeto verde e imboccò l'uscita secondaria, affacciata su una piccola via di raccordo a un viale alberato che collegava quel quartiere con un'altra zona semicentrale.

Colti di sorpresa, Bonaventura e Gentilucci concessero una manciata di secondi di vantaggio al fuggitivo, che cercò di sfruttarli allontanandosi a tutta velocità come un centometrista. Il tempo di realizzare l'accaduto, e anche i due poliziotti uscirono dal bar come furie, iniziando l'inseguimento.

Era la prima volta che Bonaventura rincorreva qualcuno in quel modo; gli era successo in auto tanti anni prima, quando era di pattuglia e due balordi non si erano fermati a un posto di blocco, ma a piedi mai.

Vai, Luca, corri, corri...

A Gentilucci, invece, non era capitato neanche in macchina. Per lei, Macerata si stava rivelando una città insospettabile, ricca di sorprese.

«Fermati, polizia!» urlò il commissario riducendo la distanza col fuggitivo. I cinquanta metri di svantaggio iniziale si stavano assottigliando passo dopo passo. La collega gli era subito dietro e non faceva particolare fatica a tenere quel ritmo, anzi, avrebbe potuto accelerare senza problemi e sorpassare il commissario ma, per una qualche forma di rispetto nei suoi confronti, non lo fece. Aspettava un suo cedimento.

«Fermati, polizia!» ripeté Luca.

Ma di fermarsi, quel tipo, non aveva la minima intenzione. Era alto e magro, indossava dei jeans che avevano bisogno di un bel passaggio in lavatrice e una maglietta nera con su stampato il logo dell'Oktoberfest di Monaco. Riguardo all'età, era difficile dargliene una. Poteva averne dai cinquanta portati bene, ai venticinque portati malissimo. Aveva imboccato il viale alberato in direzione est, verso l'uscita della città. In quel momento non c'era nessuno lungo la strada, né automobili in transito né pedoni.

«Fermati! Vogliamo solo parlarti!» riprovò a gridare Bonaventura, che stava dando fondo a tutta la sua forza atletica. Le sigarette che fumava in quantità industriale in quel momento non si facevano sentire.

Ma lo smilzo lì davanti non aveva nessuna intenzione di parlare con loro.

Ancora trenta metri, forse venticinque, poi lo avrebbero acciuffato.

Dài, dài, dài...

Bonaventura sentiva il cuore battergli sempre più forte, ma non poteva mollare.

Venti metri.

Ancora un piccolo sforzo...

L'uomo davanti correva a testa bassa senza voltarsi, ma i suoi passi erano diventati sempre più pesanti, così come il suo respiro.

I metri nel frattempo erano scesi a dieci.

A cinque...

Aveva mollato.

Bonaventura gli fu addosso davanti alla saracinesca abbassata di una panetteria. Lo afferrò per un braccio e senza tanti complimenti lo sbatté contro la serranda.

Gentilucci si era fermata tre passi dietro al collega con la mano sulla pistola, pronta a qualsiasi evenienza.

«Cosa volete? Lasciami, cazzo!» sbraitò l'uomo, cercando di divincolarsi, ma il commissario pesava quasi il doppio di lui e non riuscì a spostarlo neanche di un millimetro.

Erano anni che Bonaventura non correva in quel modo, e il tempo passato si faceva sentire. Aveva il cuore in gola, il respiro affannato per lo sforzo. «Siamo... siamo della polizia di Macerata» si sforzò di articolare ansimando. «Come ti chiami?»

Silenzio. Anche Maccone era provato. Sudato e accaldato, boccheggiava per riprendere fiato.

«Allora? Ti ho chiesto come ti chiami!» Il commissario lo strattonò.

«Rino... Rino Maccone.»

«Perché sei scappato?» continuò Bonaventura senza lasciare la presa.

«Non ho fatto niente. Io... io sono pulito. Cosa volete?»

«Stammi bene a sentire...» Il commissario si concesse qualche secondo per immagazzinare ossigeno. «Le domande qui le faccio io, mi segui?»

Il ragazzo annuì.

«Se rispondi, bene, altrimenti ti portiamo in commissariato. Chiaro?»

Il ragazzo abbassò la testa. Aveva capito.

«Ricominciamo» riprese Luca. Il cuore sembrava finalmente essere tornato al suo posto e il respiro stava ritrovando un ritmo normale. «Perché sei scappato?»

Maccone prima di rispondere deglutì un paio di volte.

«Devo dei soldi a delle persone.»

«Eroina? Cocaina?»

Maccone deglutì di nuovo.

«Allora?»

«Eroina.»

«Della tua merda, in questo momento, non me ne frega niente. Ora ti farò una domanda, se risponderai nel modo giusto chiuderò un occhio, altrimenti... lo sai come funziona, vero? Mi sembra che ci sei già passato» gli spiegò il commissario.

«Co... cosa volete sapere?» balbettò Rino.

«Conoscevi Chiara Palmucci?»

«Chi?»

«La ragazza che è stata trovata morta nel cassonetto.»

«Ehi, ehi... Io non c'entro niente, io non ne so niente... io...»

«La conoscevi o no?» lo interruppe Bonaventura tirando fuori dalla tasca interna della giacca una foto della ragazza e sbattendogliela davanti agli occhi.

«Chiaretta...» disse Maccone non appena la mise a fuoco. «Mo... morta? Come... morta?»

Il commissario si voltò e lanciò un'occhiata a Gentilucci, che era ancora in posizione di guardia.

«Quindi la conoscevi...»

«Era la fidanzata di mio cugino.»

La fidanzata di tuo cugino...

«Paolo Buratti?»

«Sì, sì, lui... è mio cugino.»

«Che rapporto avevi con lei?»

Questa volta, invece di deglutire, Maccone prese a tirare su col naso.

«Ti ho fatto una domanda.»

«Ecco... io... insomma... mi ha prestato dei soldi...»

«Le chiedevi i soldi per farti?»

«È successo solo un paio di volte, ma avevo intenzione di ridarglieli.»

«Certo, come no. Quanto ti ha dato?»

«Venti, trenta euro... qualcosa del genere. Aveva il portafogli sempre mezzo vuoto.»

Il portafogli sempre mezzo vuoto...

Il commissario rimase qualche istante a soppesare quell'informazione. Considerando che Chiara non faceva i soldi prostituendosi e che girava con pochi spiccioli, il vestito da ottocento euro che indossava la sera in cui era stata uccisa e l'altro ancora più costoso che avevano trovato nel suo armadio insieme alla borsa Prada erano elementi che stonavano sempre di più.

«Quindi è stato tuo cugino a presentartela?»

«Sì, lui... a una festa.»

«E poi tu ti ci sei attaccato per spillarle i soldi.»

«No... io...»

«Tu cosa? C'è stato un motivo particolare per cui hai iniziato a chiedere i soldi a lei, o fai così con tutti quelli che conosci?»

«Non lavoro più da un pezzo...»

«I tuoi genitori dove sono?»

«Mio padre è morto, e mia madre mi ha sbattuto fuori di casa... vuole che vada in comunità...»

«E perché non ci vai? Guardati come sei ridotto...» disse staccandosi da lui.

Aveva il viso di un pallore innaturale, gli occhi di un colore sgradevole, ceruleo, come ricoperti da una patina densa e venefica, i denti gialli e rovinati.

Ma il commissario ancora non aveva finito.

«Girati» gli ordinò.

Maccone ci mise qualche istante a capire, poi fece come gli era stato detto.

Bonaventura lo perquisì finché non tirò fuori da sotto un calzino una bustina trasparente contenente qualche grammo di marijuana.

«Questa la prendiamo noi. E ora sparisci.»

Rino non se lo fece ripetere un'altra volta, sgusciando via da dove era venuto. Al bar lo attendeva il suo amico per finire la partita a stecca. O forse no. Conoscendolo, magari se n'era andato.

14

Visto dall'esterno, il Passion Fruit si presentava come un piccolo prefabbricato nascosto tra i grandi capannoni della zona industriale che divideva Macerata da Corridonia. Nel parcheggio antistante l'ingresso vi era un camioncino con una vela pubblicitaria che riportava la scritta RAGAZZA+DRINK EURO 15, e sullo sfondo visi e corpi seminudi in pose decisamente ammiccanti.

«Un prezzo modico per una serata in compagnia» commentò Gentilucci.

«Strano, considerato che questo è tutto tranne che un mercato in crisi» aggiunse Bonaventura, posteggiando l'auto accanto al furgoncino.

Arrivati davanti all'ingresso, il commissario schiacciò il pulsante di plastica ingiallita di quello che pareva essere un campanello o un citofono. Suonò due, tre, quattro volte, ma nel locale sembrava non esserci anima viva.

«Eppure si sente della musica provenire dall'interno.»

«Proviamo dall'ingresso posteriore» suggerì l'ispettore capo.

«Conosce già questo posto?» le chiese lanciandole uno sguardo stupito.

«No, ma di solito locali di questo tipo hanno una seconda entrata riservata alle ragazze.»

Sempre più acute le osservazioni della milanese.

Bonaventura, come per fare da scudo alla collega, la precedette di qualche passo nella perlustrazione del perimetro dello stabile.

Una porta semichiusa in ferro interrompeva la continuità della parete nord.

«C'è nessuno?» chiamò ad alta voce il commissario.

Dopo qualche secondo di attesa aggiunse un paio di colpi a palmo aperto sulla lastra di metallo.

A quel punto un energumeno dal cranio completamente rasato si presentò con addosso un quintale di muscoli e una serie di teste di drago tatuate sul collo taurino.

«Il locale apre alle ventidue» ringhiò con un accento dell'Est Europa.

«Sono il commissario Bonaventura, questura di Macerata» mise subito in chiaro Luca, con un piede sulla soglia.

L'uomo, che evidentemente non aveva capito, lo bloccò stendendo un braccio verso lo stipite della porta.

«Siamo della polizia» intervenne con fermezza Gentilucci mostrandogli il tesserino di riconoscimento.

«Polizia? Perché?»

«È possibile parlare con il titolare?» gli chiese il commissario.

«C'è un problema?» indugiò l'uomo.

«Se non ce lo chiama subito, lei sarà il primo ad avere un problema» sentenziò Bonaventura.

«Vado a vedere se è dentro.»

L'uomo scomparve per tornare qualche minuto più tardi in compagnia di un giovane dalla carnagione olivastra, che si presentò in modo spavaldo.

«Buonasera, Giancarlo Esposito.»

«Sappiamo già come si chiama» rispose secco il commissario, per nulla in vena di convenevoli.

«Ah, davvero? Se è per quella faccenda della SIAE ora è tutto apposto» mise subito in chiaro il proprietario del night club.

«Stiamo indagando su un omicidio, possiamo entrare?» intervenne Gentilucci.

«Quale omicidio? Io le mie ragazze le tratto bene, sono pulito.»

«Vogliamo solo farle qualche domanda» continuò l'ispettore capo.

«Preferisce rispondere qui fuori?» lo ammonì Bonaventura.

L'uomo con un cenno del capo fece capire al suo gorilla di far accomodare i due.

Un piccolo corridoio buio accolse i poliziotti, mentre il rumore dei loro passi, guidati da quelli del buttafuori, veniva assorbito da un sottofondo di musica lounge. Il soffitto piuttosto basso costrinse il commissario a incassare la testa nelle spalle e proseguire con gli occhi puntati sul pavimento languido come il binario di una stazione abbandonata. L'unica nota di colore di quello spazio era un fascio di luce che si stagliava a terra come un'obliqua linea di confine. Seguendo quel segmento luminoso il commissario alzò lo sguardo fino a incrociare lo spiraglio della porta di una stanza che dava sull'androne. Lì il corridoio era pervaso da un pungente odore di resina e corda bruciata. Quel tanfo dolciastro attirò la sua attenzione tanto da fargli arrestare il passo. I suoi occhi quindi attraversarono la stanza fotografando tre corpi sinuosi che ancheggiavano davanti a uno specchio in una coreografia di biancheria in lattice e scarpe in vernice rossa dai vertiginosi tacchi a spillo.

«È il camerino delle ballerine» precisò il titolare come a volersi giustificare di qualcosa.

Quindi i quattro proseguirono fino a raggiungere il cuore del Passion Fruit: una grande sala con divanetti in velluto blu e nel mezzo una pista da ballo con al centro una serie di pali per la lap-dance.

Il signor Esposito accese i faretti del bancone del bar e chiese ai suoi ospiti cosa desiderassero bere.

Con un gesto della mano il commissario fece intendere che né lui né la sua collega avrebbero preso nulla.

«Stiamo indagando sulla morte della giovane Chiara Palmucci.»

«Mai sentito questo nome, e poi io non gestisco le italiane» commentò il proprietario, versandosi della vodka.

«Abbiamo dei sospetti su un uomo, il quale dichiara che la

sera del delitto era in questo locale in compagnia di una delle sue ragazze.»

«Qui ogni sera ci sono centinaia di uomini, questo è il regno del testosterone. È come cercare un ago nel pagliaio» rispose mandando giù mezzo bicchiere del super alcolico.

«Signor Esposito, le consiglio di essere collaborativo» lo riprese Gentilucci. «Il nostro indagato sostiene di avere avuto rapporti con una certa Eva.»

«Questo non è un bordello, qui le ragazze non si prostituiscono. E poi metà di loro si chiama Eva.»

«Esposito, lei sa benissimo che ci sono mille motivi per cui potrei mettere i sigilli alla sua attività» lo minacciò Bonaventura allungando sul bancone la foto identificativa di Paolo Buratti.

Giancarlo Esposito la fissò per un lungo minuto, quindi scosse la testa.

«Vi ha detto solo che si chiama Eva?»

«Secondo la sua descrizione è una donna sul metro e settantacinque, bionda con i capelli corti.»

«Allora è Kitty, solo lei indossa una parrucca simile.»

«Kitty?»

«Sì, ognuna di loro ha un nome d'arte.»

«È possibile parlare con lei?»

«Andrei, vai a chiamarla» ordinò al buttafuori.

Il salone principale del Passion Fruit fu assorbito da un pesante silenzio. Il titolare cominciò a sistemare le bottiglie di alcolici sulla mensola alle sue spalle e, con lo stesso panno con cui diede una lucidata al bancone, prese a tamponarsi la fronte.

Bonaventura nell'attesa prelevò dal taschino l'occorrente per una delle sue sigarette – non l'avrebbe fumata subito, ma il solo odore del tabacco gli consentiva di mantenere una certa calma.

L'ispettore capo invece lasciò vagare gli occhi per il locale, immaginandolo per un attimo come una terra di confine in cui lo scambio denaro-intimità si avvaleva di regole lontane dal concetto di giustizia.

«Ecco la mia piccola Kitty» esclamò Esposito vedendo la ragazza far ingresso nella sala con il gorilla che, come un carceriere, la teneva stretta per un braccio.

«Salve, siamo della polizia» si presentò Gentilucci andandole incontro.

«I signori devono farti delle domande, e tu da brava dirai loro ciò che sai» le spiegò il titolare, come se si stesse rivolgendo a una bambina di cinque anni.

«Vi chiedo di lasciarci soli con lei» intervenne il commissario.

«Ma Kitty non parla bene l'italiano, io posso esserle d'aiuto.»

«Per riconoscere il volto in una fotografia basta un cenno del capo, quindi ora sparite.»

Senza opporre resistenza i due lasciarono la ragazza sola con gli inquirenti.

«Tu sei Eva, giusto?» chiese Gentilucci con tono pacato.

La donna annuì, stringendosi la cinta dell'accappatoio che copriva il suo corpo seminudo.

«Da quanto tempo lavori in questo locale?» domandò il commissario.

La giovane rimase in silenzio e abbassò gli occhi, fissandoli su un punto imprecisato del locale.

«Non ce l'abbiamo con te, vogliamo solo sapere se ti trovavi qui la sera di lunedì tre agosto» la rassicurò Gentilucci.

Eva girò la testa verso l'ispettore capo, ma le sue labbra restarono strette, come sigillate dalla paura di qualcosa di più grande di lei.

«Ascolta, non ci interessa se non hai i documenti in regola, o se sei minorenne» continuò Francesca.

«Riconosci quest'uomo?» intervenne subito dopo il commissario mostrandole la foto di Buratti.

La giovane spostò lentamente l'attenzione sulla stampa.

«Era con te lunedì sera?»

La ragazza fece una sorta di smorfia che animò il suo viso, ma che i due poliziotti non riuscirono a decifrare come un sì o un no.

«Ti dice qualcosa questo volto?» insistette con voce ferma Bonaventura.

«Io non so» rispose Eva scuotendo il capo.

«Ti chiedo di fare uno sforzo, questa persona potrebbe aver ucciso una ragazza.»

«Ci sono molti uomini qui e io non ricordo» affermò sistemandosi il bavero dell'accappatoio.

«Eppure si tratta di due notti fa, sono sicuro che se ci rifletti bene puoi esserci d'aiuto.»

Eva gettò di nuovo lo sguardo sulla fotografia che ritraeva il primo piano e il profilo di Paolo Buratti. Stavolta lo fissò a lungo con un'espressione priva di qualsiasi emozione.

«Assomiglia a tanti ragazzi, io non posso dire se era con me.»

«E questo tatuaggio sotto l'orecchio? Nessuno dei tuoi clienti ne ha uno così?»

«Io non ho clienti, io faccio ballerina.»

«Certo, come no, e io sono frate indovino» sbottò il commissario, sbattendo una mano sul bancone.

«Che volete da me? Devo tornare al lavoro» si difese la ragazza indietreggiando di un passo.

«Eva, calmati» intervenne Gentilucci.

«Se vuoi tenerti il tuo *lavoro* è meglio che cambi atteggiamento» esplose Bonaventura, inveendole contro.

«Il commissario e io stiamo solo cercando di confermare l'alibi che questa persona ci ha fornito.»

«Io non so davvero. Tutti i ragazzi hanno tatuaggi e poi la notte qui luce poca, davvero non posso dire.»

«Quindi non hai nient'altro da aggiungere?»

Kitty scosse la testa facendo segno di no. Ormai certi di non poter ricavare altre informazioni dalla ragazza, i due poliziotti la congedarono.

Appoggiati al bancone del bar, il commissario e l'ispettore capo continuarono a fissare la foto di Paolo Buratti.

«Pensi che abbia detto la verità?» chiese Bonaventura.

«Buratti non lo so, ma la ragazza sembrava piuttosto confusa. Non avrà neanche diciotto anni e forse è in Italia da poco.»

«Dobbiamo controllare le telecamere a circuito interno.»

Affacciandosi al corridoio che univa la sala principale al retro del locale, Bonaventura chiamò il titolare. La musica a tutto volume impedì al proprietario di sentire, quindi il commissario alzò la voce, urlando il suo nome una seconda volta.

«Che succede? Eva si è rifiutata di parlare?» chiese Esposito trafelato, raggiungendo gli inquirenti.

«Può mostrarci i filmati delle telecamere?» domandò con fermezza il commissario.

«Quali telecamere?»

«Quelle per la sorveglianza del locale.»

«La privacy dei miei clienti è una priorità. Non ho mai fatto installare roba del genere qui dentro.»

«E nel parcheggio?»

Esposito accennò un sorriso, quindi si avvicinò a Bonaventura e quasi sussurrò: «Se lei decidesse di trascorrere una serata *diversa,* suppongo che vorrebbe farlo nella massima riservatezza, o sbaglio?»

Sul viso di Esposito comparve un ghigno provocatorio tipico delle persone abituate a gestire grandi quantità di denaro, una smorfia arcigna come a dire 'Tu rappresenti la legge, ma nel mio regno le regole le stabilisco io'.

In quel preciso istante Bonaventura avrebbe voluto afferrarlo per il colletto della camicia, trascinarlo contro il bancone e sbatterlo in galera per una delle mille accuse di cui sicuramente era macchiato, dallo sfruttamento della prostituzione, allo spaccio di sostanze stupefacenti.

«Esposito, metta da parte la *riservatezza.* Se sa qualcosa le consiglio di passare a trovarmi in commissariato quanto prima» si limitò a dire a denti stretti, guardandolo dritto negli occhi.

All'interno del Passion Fruit scese un silenzio gelido, anche la musica proveniente dai camerini sembrava essersi congelata. Senza aggiungere parola, i due poliziotti attraversarono la pista da ballo lasciandosi alle spalle quel luogo di verità artefatte.

15

Il mattino seguente, arrivato davanti al portone dell'istituto di medicina legale, un palazzone di tre piani del secolo scorso, Bonaventura diede un'ultima tirata alla sigaretta, cercando di gustarsi ogni sfumatura di sapore del nuovo drum giallo che gli aveva consigliato il tabaccaio di corso Garibaldi. Poi si tolse gli occhiali e se li infilò nel colletto aperto della camicia e a quel punto, come succedeva ogni volta che doveva varcare quella soglia, fece un lungo sospiro. Nonostante i tanti anni in polizia, il commissario ancora non riusciva ad abituarsi all'odore che si respirava all'interno di quelle mura. Un misto di disinfettante e morte, dove a prevalere, nonostante gli sforzi dell'impresa di pulizie, era sempre quello della morte. Alla fine si fece forza e suonò il campanello per annunciarsi.

Dopo aver salito due rampe di scale si trovò davanti alla postazione di una sua vecchia compagna di liceo che da una decina d'anni era impiegata presso la segreteria di quell'istituto.

Appena lo vide, la donna si alzò in piedi, sistemandosi la camicetta che le stava troppo stretta e sottolineava le sue rotondità.

«Luca, come stai? Sono più di due mesi che non ti fai vedere, ma cosa hai fatto, ti sei tagliato i capelli? Ti stanno bene» lo salutò avvolgendolo con un sorriso che lasciava intendere molte cose.

Andreina Dominici era innamorata di Bonaventura fin dai tempi delle scuole superiori e cercava di uscire allo scoperto ogni volta che Luca le capitava a tiro, ma non riusciva mai a fare centro.

«Quest'anno le ferie? Le hai già prese?» continuò ancora, imperterrita. «Io ci andrò da lunedì prossimo, per tre settimane.»

«Scusami, Andreina, ma...»

«Ho prenotato in un villaggio in Sardegna, a Palau, direttamente sul mare. Dicono che sia un posto fantastico. Sei mai stato in Sardegna? Io la adoro. Lo scorso anno...»

«Sono venuto per gli esami sul corpo di Chiara Palmucci» la interruppe il commissario in modo secco, sovrastando la sua voce.

«Ah sì, povera ragazza, ho sentito quello che le è successo. Che brutta storia. Conosco la madre, abbiamo frequentato un corso di yoga insieme. Dovresti venire anche tu...»

«Magari ne parliamo un'altra volta, ora vado un po' di fretta.» E così dicendo, visto che conosceva la strada come le sue tasche, le fece l'occhiolino e sparì dietro una porta su cui era attaccata una targhetta con su scritto VIETATO ENTRARE.

Non fece in tempo a fare neanche due passi, che le sue narici furono prese d'assalto da una zaffata di un qualche detergente chimico simile all'alcol, ma più pungente, per poi lasciare spazio a un odore peggiore, qualcosa che ti entra nel naso, rimbalza in gola, continua su e giù e non vuole saperne di andarsene.

Come farà 'sta gente a lavorare qui dentro?

«Buongiorno, commissario» lo sorprese alle spalle, facendolo sobbalzare, un trentenne dinoccolato, aggredito da una calvizie incipiente.

«Enrico, ma che accidenti ti è saltato in testa?»

«Mi scusi, non volevo spaventarla.»

Bonaventura gli lanciò un'occhiata secca a mo' di rimprovero, quindi abbassò la guardia stringendogli la mano.

«Le posso offrire un caffè?» cercò di farsi perdonare il dottor Enrico Miliani, indicando il distributore automatico posizionato dall'altra parte della stanza, di fianco alla finestra.

«Grazie, ma vado di fretta. Bruno non c'è?»

«Se vuole parlare con lui è nella sala autopsie. Sta aprendo il cranio di un settantenne deceduto a causa di un aneurisma sacciforme. Ma per entrare deve mettersi il camice.»

«Credo che ne farò a meno.»

Bonaventura conosceva il dottor Miliani da un paio d'anni, da quando era diventato assistente di Montanari, e ancora non era riuscito a inquadrarlo. A volte gli sembrava che aprisse la bocca solo per prenderlo in giro.

Enrico abbozzò un sorriso infilando entrambe le mani nelle tasche del camice.

«Sono qui per Chiara Palmucci. Mi hanno chiamato dal commissariato dicendomi che era pronto il referto dell'autopsia.»

«Sì, sono stato io a telefonare» lo informò il giovane medico. «Il dottor Montanari mi ha detto che era piuttosto urgente, quindi ho cercato di fare il più presto possibile.»

«L'hai eseguita tu?»

«Sì, io. Montanari si è preso alcuni giorni di permesso. È rientrato stamattina.»

Questa storia deve averlo scosso parecchio. Prima riprende a fumare, e ora questi giorni di permesso.

«Venga, andiamo nel mio studio» lo invitò a seguirlo l'anatomopatologo.

I due attraversarono un corridoio dalle pareti verdi istituzionale e, giunti più o meno a metà, entrarono in una stanza che a Bonaventura più che un ufficio sembrò uno sgabuzzino.

«È solo un appoggio momentaneo» disse Miliani come a giustificarsi dell'assenza di un vero arredo, notando lo sguardo indagatore del commissario. «Il mio ufficio lo stanno tinteggiando e l'unico posto disponibile era questo» continuò, alzando le spalle.

I due si sedettero uno di fronte all'altro su due sedie separate da uno scrittoio.

«Come ti ho detto non ho molto tempo» tagliò corto Bonaventura.

In realtà di tempo ne aveva più che a sufficienza, ma non ne poteva più di quell'odore acre che si respirava lì dentro e voleva uscire per rigenerare le sue narici con il profumo del tabacco.

«Allora, cosa mi dici? Com'è morta?» continuò il commissario.

«In realtà c'è poco da dire, è morta per occlusione delle prime vie aeree» lo informò il medico aprendo il fascicolo denominato Palmucci che era poggiato sullo scrittoio.

«Strangolamento» disse il commissario rivolgendosi più che altro a sé stesso.

«Asfissia meccanica per strozzamento» precisò l'uomo con il camice bianco.

«Strozzamento, va bene» si corresse Bonaventura.

«Il decesso della ragazza potrebbe essere avvenuto in qualche secondo, una dinamica compatibile con una costrizione effettuata dalle mani di un uomo.»

«E non di una donna?»

«Non è del tutto impossibile, ma dovrebbe avere delle mani forti e robuste, insomma mani simili a quelle di un uomo.»

«Si è difesa?»

«Direi di no. Deve essere stata colta di sorpresa. Non aveva pelle sotto le unghie o segni di lotta. Forse neanche si è resa conto di morire.»

«Segni di violenza sessuale?»

Il medico scosse la testa. «Chi l'ha uccisa non l'ha toccata né prima né dopo averla strozzata» chiosò l'anatomopatologo.

Per un lungo attimo sospeso i due si guardarono dritti negli occhi.

«Però ci sarebbe una cosa» continuò Miliani come se avesse studiato quella frase per dare pathos al momento.

«Di che si tratta?» lo intimò a parlare il commissario.

«La ragazza era incinta. Di tre mesi.»

Bonaventura si prese qualche secondo per registrare l'informazione, poi abbassò la testa non trovando altro modo per esprimere l'amarezza.

Bastardo!

Si portò una mano sul taschino della camicia tirando fuori

tabacco e cartine. Se ne rollò una in fretta e furia sotto gli occhi sbarrati di Miliani, poggiandosela sulle labbra.

«Commissario, mi scusi, ma qui non si può fumare.»

Luca si tolse la sigaretta dalla bocca, iniziando a rigirarsela tra le dita.

«Se vuole, in fondo al corridoio, subito dopo i bagni c'è un balcone...»

«Lascia stare, non importa. Dimmi invece dell'ora del decesso.»

Miliani iniziò a scorrere i fogli che aveva sottomano finché non trovò quello che stava cercando.

«Ecco qua. Allora, il decesso è avvenuto in un arco di tempo compreso tra le ventidue e le ventiquattro del tre agosto.»

Bonaventura si alzò in piedi come per andarsene, ma non uscì, restando in piedi di fronte a Miliani.

«Abbiamo un sospettato, è possibile eseguire un esame del DNA per sapere se era lui il padre?» chiese il commissario dopo averci riflettuto su qualche istante.

«Durante il periodo gestazionale coesistono due sistemi circolatori: il feto-placentare e il materno-placentare. La placenta riceve sangue da entrambi i sistemi circolatori...»

«Per favore, puoi parlare in modo comprensibile?»

«Oh, sì, mi scusi. Il test può essere eseguito già dalla nona settimana di gestazione con un semplice campione di plasma.»

16

«Marino', che dice l'oroscopo oggi?» se ne uscì Bonaventura con tono di scherno, dando due colpi di nocche alla porta aperta dell'ufficio.

«Buongiorno, dottore» rispose l'agente scelto sollevando lo sguardo solo per un secondo, per poi immergersi di nuovo nella lettura del giornale.

«Se disturbo passo più tardi» proseguì il commissario.

«Siamo sulla stampa nazionale» esclamò il sottoposto con l'euforia di un bambino.

Bonaventura si avvicinò alla sua scrivania e gli sfilò il giornale dalle mani per dare una rapida occhiata ai titoli.

«Bastardi, tutto fa spettacolo in periodo di elezioni» commentò, spostandosi verso la finestra.

«'Giallo di provincia: la questura di Macerata sulle tracce del killer'» decantò Marinozzi, orgoglioso di leggere il nome della sua città su una delle più importanti testate italiane.

«Basta con queste sciocchezze e convoca Buratti.»

«Il *killer*?» domandò ironico l'agente scelto.

«Marino', ci tieni a restare a Macerata o preferisci un trasferimento immediato a Catanzaro?»

«Lo chiamo subito, commissario.»

L'agente scelto cominciò a cercare il numero dell'indagato mentre Bonaventura restò immobile davanti alla finestra, con lo sguardo puntato oltre piazza della Libertà e il pensiero rivolto alle parole del dottor Miliani.

'Chi l'ha uccisa non l'ha toccata né prima né dopo averla strozzata.'

«L'ispettore se la prende comoda oggi» ruppe quindi il silenzio, girandosi verso Marinozzi.

«Sa come sono fatte le donne, amano sistemare le loro cose con precisione.»

«Quali cose?»

«Stamattina è arrivata con uno scatolone pieno di scartoffie, mi sono offerto di aiutarla, ma appena le ho consegnato le chiavi si è dileguata nel corridoio.»

«Marino', puoi essere più chiaro? Quali chiavi?»

«Quelle dell'ufficio di Angelini.»

Appena Marinozzi pronunciò quel nome, il commissario si precipitò fuori dalla stanza.

«Dottore, ho detto qualcosa di sbagliato?» provò a chiedergli l'agente scelto, ma la sua voce rimase incastrata tra le quattro mura.

I passi di Bonaventura divorarono il pavimento con una tale voracità che in pochi secondi si trovò davanti all'ufficio del suo ex collega. Sulla targhetta in ottone era stato sovrapposto un foglio con su scritto DOTT.SSA FRANCESCA GENTILUCCI, ISPETTORE CAPO.

I suoi occhi scandirono bene ogni singola lettera; era come se vedere scritto quel nome gli desse la conferma ufficiale che Angelini non era assente per un breve periodo a causa di un permesso speciale, ma era stato allontanato fino a data da destinarsi.

Dove diavolo sei finito?

«Prego, commissario, entri pure» lo sorprese la voce di Gentilucci che, dalla porta semichiusa, aveva intravisto la sua sagoma.

Un po' tentennante Bonaventura raggiunse la collega.

«Mi fa piacere che le abbiano assegnato l'ufficio sullo stesso corridoio del mio» disse tutto d'un fiato infilandosi le mani in tasca e lanciando una rapida occhiata all'ambiente.

«Davvero? Dal suo tono di voce non si direbbe.»

«Perché?»

«Ha lo sguardo di un condomino sconvolto per l'arrivo dei nuovi vicini di casa» ribatté lei, continuando a sistemare dei fascicoli sulle mensole dietro la scrivania.

«Se è così le chiedo scusa, torno ora dall'istituto di medicina legale.»

«Ci sono novità?»

«Chiara era incinta di tre mesi» rispose secco il commissario accomodandosi sulla sedia girevole.

Quanti casi abbiamo risolto in questa stanza, caro Andrea, certo quando non parlavamo di donne o di calcio.

«È un'informazione che potrebbe dare una svolta alle indagini» commentò Gentilucci smettendo di svuotare lo scatolone che aveva appoggiato sul davanzale della finestra.

«Le analisi del DNA del feto saranno pronte tra qualche giorno.»

«Nel frattempo dobbiamo capire se Buratti era al corrente di questa notizia.»

«L'ho già fatto convocare da Marinozzi.»

«Certo che con il carattere che si ritrova non so se si sottoporrà volentieri al prelievo del DNA.»

All'improvviso due colpi secchi alla porta seguiti da un «Permesso?» interruppero la loro conversazione.

«Avanti» rispose Gentilucci.

«Pagliacci, spero ci porti buone notizie» lo accolse il commissario facendo ruotare la sedia verso l'ingresso.

«Benedetta Maggi questa mattina si trova nella palestra Body Work, in località Collevario» rispose tutto d'un fiato senza staccare gli occhi da un post-it che stringeva in mano.

«Bene, credo che sia il caso di andarci a fare due chiacchiere» replicò il commissario.

«Scusate, è spuntata fuori una testimone?» chiese l'ispettore.

«Ho mandato una pattuglia a casa della madre di Chiara. Volevo sapere di più del suo giro di amicizie.»

«E questa Benedetta Ma...»

«Maggi» puntualizzò Pagliacci, immobile sull'uscio della porta.

«A quanto pare era la sua migliore amica» specificò Bonaventura.

«La stessa che le aveva procurato l'ingaggio di ballerina per l'Opera?»

«Vedo che ha un'ottima memoria» commentò compiaciuto il commissario.

«Il gestore della palestra ha detto che il corpo di ballo si allena fino alle undici e trenta» intervenne Pagliacci.

Bonaventura diede un'occhiata all'orologio che aveva al polso.

«Allora è meglio sbrigarci» suggerì Gentilucci alzandosi e infilandosi la borsa a tracolla.

I due poliziotti uscirono dal centro storico con la solita auto di servizio. Bonaventura armeggiò con il pulsante dell'aria condizionata impostando la temperatura al minimo. Nello stesso momento Gentilucci si sistemò il foulard color arcobaleno che le copriva il collo.

«Se ha freddo posso spegnerla» propose il commissario.

«Ho solo un po' di mal di gola, ma sto bene.»

Bonaventura non avrebbe mai fatto a meno dell'aria condizionata, tantomeno se si trattava di un percorso in auto da affrontare nelle ore più calde della mattinata. La sua era una domanda che nascondeva tutt'altra curiosità.

Di cosa ti vergogni? Temi di mostrare una scottatura o una voglia? Eppure come ispettore capo sembri così sicura di te.

L'auto procedeva a singhiozzo nel traffico cittadino, mentre nell'abitacolo si era formato un silenzioso groviglio di pensieri: Bonaventura si stava scervellando sul possibile segreto della sua collega e Gentilucci, per evitare domande allusive, rifletteva su come dirottare la conversazione verso argomenti inerenti all'indagine in corso.

«Dove ci troviamo?» domandò l'ispettore capo concentrata a guardare le vie e i palazzi che costeggiavano il loro percorso.

«È una zona residenziale piuttosto tranquilla. Proseguendo si scende a valle fino ad arrivare alla superstrada che collega l'Adriatico con l'Umbria.»

«Un quartiere che frequentava anche Chiara?» chiese posando lo sguardo su una giovane donna intenta a spingere un bambino sull'unica altalena all'interno di un giardino.

«A quanto pare quest'ultimo periodo ci veniva quasi tutti i giorni per recarsi in palestra.»

Tra i due piombò di nuovo il silenzio, fino a quando il commissario avvistò un parcheggio libero all'ombra di un pino. Senza neanche mettere la freccia svoltò a destra per infilarci la vettura. L'asfalto, rialzato dalle radici dell'albero, graffiò sonoramente contro il rivestimento del paraurti anteriore.

L'insegna sbiadita BODY WORK era incastrata tra quella più recente di una lavanderia self service e quella di un negozio di fiori. Prima di spingere il maniglione della porta d'ingresso Bonaventura diede due profonde boccate alla sigaretta.

«Non le farà male tutto questo fumo già dal mattino?» azzardò Gentilucci, notando che le sigarette precedevano e seguivano tutte le azioni e i pensieri del suo collega.

«È stata la questura di Milano o la ASL a mandarla qui a Macerata?» rispose lui accennando un sorriso, aprendo la porta e facendo segno alla sua collega di entrare per prima.

Un odore acre di sudore punse le narici dell'ispettore capo che, per reazione, se le sfregò con il pollice e l'indice della mano destra. Bonaventura invece proseguì spedito verso il bancone della reception. Il gracchiare dei suoi passi a contatto con il pavimento di linoleum fu interrotto dalla sua stessa voce.

«C'è nessuno?»

Alla domanda del commissario seguì un'eco di musica classica, quella sulla quale avrebbe dovuto allenarsi anche Chiara.

Gentilucci, dopo aver lanciato uno sguardo nella penombra della sala pesi, raggiunse il suo collega e, notando che sul desk era posizionato un campanello simile a quelli degli hotel, lo schiacciò un paio di volte con il palmo della mano.

Dopo qualche secondo si affacciò una giovane con un asciugamano intorno al collo e in mano una bottiglietta contenente una bevanda blu.

«Buongiorno, come posso aiutarvi?» li salutò, mostrando

il sorriso entusiasta con cui si accolgono dei potenziali nuovi clienti.

«Siamo della polizia» si presentò Bonaventura esibendo il tesserino di riconoscimento.

«Oh, mio dio, cos'è successo?» domandò la ragazza sgranando gli occhi e passandosi un lembo dell'asciugamano sulla fronte.

«Lei è?»

«Sono Claudia Ciccioli, una dei titolari.»

«Stiamo indagando sull'omicidio di Chiara Palmucci.»

«Il caso di cui parlano tutti i giornali» disse la giovane indicando la cesta dei quotidiani, che riportavano tutti la tragica notizia.

Il commissario glissò l'affermazione e proseguì con la sua richiesta.

«Vorremmo parlare con Benedetta Maggi.»

«Ciao, Claudia. Contaci per la prossima lezione di spinning.» Un gruppo di donne passò dietro i due poliziotti salutando la loro insegnante. La ragazza si limitò ad alzare una mano e annuire con un cenno del capo.

«Sappiamo che è qui per le prove di ballo» disse Gentilucci.

«Allora si trova nella sala che mettiamo a disposizione dell'Opera festival.»

«Sarebbe così gentile da andare a chiamarla?»

«Il coreografo è un tipo scorbutico e per nessun motivo al mondo lascerebbe che un suo allievo abbandoni le prove.»

«Sono certo che per noi farà un'eccezione» concluse il commissario infilando una moneta nel distributore di bevande calde.

17

«Buongiorno.»

Udendo il saluto i due poliziotti, che stavano ammirando il panorama attraverso una delle finestre che affacciavano sulla campagna, si voltarono verso quella voce.

«Benedetta Maggi?» chiese Luca alla ragazza, accartocciando il bicchierino del caffè e gettandolo nel cestino dei rifiuti.

«Sì.»

«Salve. Io sono il commissario Bonaventura e lei è l'ispettore Gentilucci.» Le tese la mano.

«Siete qui per Chiara, non è vero?» esordì Benedetta, mettendo da parte quella timidezza che troppe volte in passato l'aveva bloccata di fronte a estranei. Ma nonostante la sua prova di coraggio, la voce suonò come frenata da una buona dose di emotività.

Entrambi gli inquirenti presero a studiarla con attenzione. Era una ragazza eccezionalmente alta per far parte di un corpo di ballo, e così magra che il commissario dovette resistere all'impulso di vuotare il distributore automatico e costringerla a mangiare. I capelli rossi erano legati in una coda di cavallo che metteva in risalto i lineamenti finemente cesellati. Sul palcoscenico dello Sferisterio non sarebbe certo passata inosservata.

«Venga, sediamoci» la invitò Gentilucci avvicinandosi a un divanetto di pelle rossa sistemato dalla parte opposta del bancone di accoglienza. Avendo colto il disagio della ballerina, preferì che quell'incontro avvenisse in una zona più riservata.

Benedetta, dopo qualche attimo di esitazione, seguì l'ispettore capo abbassando la testa.

«Non si preoccupi, non è un interrogatorio, non c'è verbale. Diciamo che è una semplice chiacchierata» cercò di tranquillizzarla il commissario. «Abbiamo bisogno di sapere qualcosa di più su Chiara e voi eravate molto amiche, non è vero?»

«Sì, trascorrevamo molto tempo insieme.»

«Da quanto la conosceva?» prese di nuovo la parola Gentilucci, con l'intenzione di portare avanti lei la conversazione.

«Potrei dire da sempre. La prima volta ci siamo incontrate a un corso di danza per bambine, avevamo circa cinque anni.»

«La madre ci ha detto che anche Chiara faceva parte del corpo di ballo dello Sferisterio.»

«Sì, io ho lavorato per la stessa compagnia nella sessione invernale al teatro Lauro Rossi, e visto che qualche mese fa una delle ballerine ha subìto un infortunio, ho proposto a Chiara di presentarsi alle selezioni per la nuova stagione.»

«Lei conosce Paolo Buratti?»

«Sì, il suo ex fidanzato.»

«Cosa ci può dire riguardo al loro rapporto?»

«È stato lui a ucciderla?»

«Non lo sappiamo. Stiamo tentando di ricostruire un quadro della situazione il più preciso possibile.»

Benedetta fece un gesto d'assenso, poi rispose alla domanda dell'ispettore capo dicendo che la sua amica si era resa conto fin da subito che Paolo non era il tipo giusto per lei, ma non riusciva a lasciarlo.

«Cosa significa che non riusciva a lasciarlo?» volle capire Gentilucci prima di proseguire con altre domande.

«Lui era molto geloso, le stava sempre addosso, non la faceva respirare...» A quel punto fece una pausa come se volesse pesare le parole una per una prima di pronunciarle. «Chiara gli voleva bene, in un certo senso si era affezionata a lui, ma non lo amava.»

«Ma poi tre mesi fa lo ha lasciato» s'intromise il commissario.

«Lui non si rassegnava, la cercava in continuazione.»

«Sa se da allora si sono più incontrati?» le domandò Gentilucci riprendendo il comando.

«No, Chiara evitava anche di rispondergli al telefono.»

«E dopo Paolo Buratti ci sono stati altri uomini nella vita di Chiara?»

Bonaventura notò un lampo d'indecisione negli occhi della ragazza.

«Può stare tranquilla, signorina, questa conversazione è strettamente confidenziale. Qualsiasi particolare le venga in mente potrebbe essere utile per l'indagine.»

La ragazza si prese il labbro inferiore tra i denti e dopo qualche istante di indecisione disse: «In realtà ci sarebbe un tipo...»

«Vada avanti» la incoraggiò l'ispettore capo.

«A Chiara non piaceva e neanche a me, la guardava sempre in modo strano, come se...»

«Come se?» Gentilucci la esortò a proseguire.

«Sembrava la volesse divorare con gli occhi.»

«Be', Chiara era una bella ragazza, sicuramente avrà avuto molti corteggiatori.»

«Sì, ma lui era diverso.»

«Si spieghi meglio.»

«A me faceva quasi paura. Non lo so, forse mi sbaglio ed è solo una mia impressione, ma mi dava l'idea di un maniaco sessuale.»

Prima di continuare con le domande, l'ispettore capo si voltò fino a incrociare lo sguardo del commissario.

«Questo *lui* ce l'ha un nome?»

«Fabio Nannucci. Anche lui è stato assunto per la stagione del Macerata Opera Festival.»

«È un cantante? Un ballerino?»

«Un tecnico delle luci.»

«Ci faccia capire» si mise di nuovo in mezzo Bonaventura. «Chiara e questo Fabio Nannucci hanno avuto una relazione?»

«Relazione? Non esattamente... Chiara cercava in tutti i modi di evitarlo, ma lui era molto insistente. Le stava sempre appiccicato. Non perdeva occasione di rivolgerle battute allusive.»

«E sono mai usciti insieme?»

«No, mai.»

Dopo questa risposta calò uno strano silenzio, quasi irreale. Il commissario, che fino a quel momento era rimasto in piedi, si sedette di fianco a Benedetta, dall'altro lato rispetto a Francesca.

«Sapeva che la sua amica aspettava un bambino?» se ne uscì a un certo punto, senza troppi giri di parole.

«Un bambino?» esclamò la giovane meravigliata, fissando lo sguardo sul commissario.

«Sì, Chiara era incinta di tre mesi.»

«Non è possibile, non avevamo segreti. Non mi avrebbe mai nascosto una cosa del genere.» Per la prima volta da quando avevano iniziato quella conversazione, Benedetta aveva usato un tono di voce fermo e deciso.

«Signorina Maggi...»

«È stata uccisa per questo?» chiese la ragazza, stavolta cercando la risposta negli occhi dell'ispettore capo.

«Può essere, o forse non c'entra niente» le fece la poliziotta.

Davanti a quella risposta incerta, Benedetta fu risucchiata dalla disperazione. Il suo esile corpo scomparve tremando tra i cuscini della poltrona, mentre le mani cercavano di nascondere l'imminente pianto.

«Signorina Maggi, si sente bene?» riprese l'ispettore capo.

La ballerina annuì, ma Gentilucci concesse alla ragazza qualche minuto per riprendersi, poi quando Benedetta sollevò di nuovo la testa: «Quand'è stata l'ultima volta che ha visto Chiara?»

«Il giorno prima che venisse uccisa. Siamo state alle prove sul palco dello Sferisterio insieme, e dopo al bar, per il solito aperitivo» rispose quasi al rallentatore, asciugandosi gli occhi col dorso della mano.

«E la notte dell'omicidio, lei dov'era?»

«In un locale del centro con delle amiche, non penserete per caso...»

«Non stiamo pensando niente, cerchiamo soltanto di ricostruire i fatti. Sappiamo che Chiara è uscita di casa intorno alle ventuno e trenta. Vi siete viste?»

«No. Quella sera mi ha detto che sarebbe restata a casa.»

«Secondo lei per quale motivo le ha mentito?»

Invece di rispondere alla domanda di Gentilucci, Benedetta nascose ancora una volta il viso tra le mani e si abbandonò a un pianto convulso e disperato.

«Tenga» le fece l'ispettore capo porgendole un fazzolettino.

Benedetta lo prese e si asciugò gli occhi. «Non era da lei comportarsi così con me.» La frase sembrava terminata, ma non era così. Benedetta fece per spiegare ai due il rapporto speciale che la legava a Chiara, ma nuove lacrime non glielo permisero.

A parlare allora fu Bonaventura.

«Ha qualche idea su dove potrebbe essere andata?» le chiese.

La ragazza non rispose, limitandosi a scuotere la testa mentre si asciugava gli occhi.

Si era chiusa e irrigidita, le mani le tremavano leggermente. Non bisognava essere un pokerista provetto per interpretare ciò che il suo corpo stava dicendo. 'Lasciatemi stare.' Ma per i due poliziotti ancora non era arrivato quel momento. Dovevano saperne di più.

«Ci pensi, è importante» provò a insistere il commissario senza arretrare di un millimetro.

La ballerina per un po' non diede segni di vita, poi, a un tratto esplose: «Cosa volete che vi dica? Non lo so. A me aveva detto che sarebbe rimasta a casa, e ora invece vengo a sapere che se n'è andata da qualche parte...» Nella sua voce c'era una leggera punta di risentimento.

Bonaventura non aveva smesso neanche un attimo di tenerle gli occhi puntati addosso.

Sembra sincera.

E se invece sta coprendo qualcuno?

Se era così, lo avrebbe scoperto presto. Benedetta Maggi poteva essere una fonte fondamentale per mettersi sulle tracce dell'assassino, dopotutto era la migliore amica di Chiara, ma per il momento l'incontro poteva considerarsi terminato.

La ragazza aveva fornito loro una nuova pista, un nuovo sospettato da mettere subito sotto torchio.

I due poliziotti si alzarono in piedi ringraziandola per la collaborazione e promettendole che avrebbero fatto tutto quanto in loro potere per trovare il colpevole e assicurarlo alla giustizia.

18

'Non era da lei comportarsi così con me...'

Quella frase di Benedetta Maggi continuava a ronzare nella testa di Bonaventura come una mosca fastidiosa.

Chiara, Chiara... se davvero il tuo rapporto con Benedetta era così speciale come dice lei, perché non le hai detto che eri incinta?

«Commissario» lo chiamò Gentilucci. «Tutto bene?»

Luca si scosse dai suoi pensieri, e dopo aver annuito inforcò gli occhiali e salirono in auto.

«Posso farle una domanda?» chiese subito dopo aver messo in moto.

Francesca si voltò verso di lui, e un istante prima che potesse rispondergli di sì il commissario era già partito all'attacco.

«Lei ha mai mentito alla sua migliore amica?»

«Sono cose che possono succedere.»

«Secondo lei perché Chiara non ha detto a Benedetta di essere incinta?» continuò a interrogarla il commissario, con la stessa intensità che avrebbe usato con un testimone chiave da far cantare.

L'ispettore capo tornò a guardare davanti a sé.

L'Alfa 159 nel frattempo si era immessa sulla carreggiata e aveva iniziato a percorrere in senso opposto la strada che i due avevano fatto poco prima per raggiungere la palestra.

«Forse non lo voleva questo bambino.»

«Mi sta dicendo che stava pensando a un aborto?»

«Be', potrebbe essere una possibilità, dovuta a mille ragioni diverse. Ragionando per assurdo, Chiara potrebbe essere stata violentata e aver provato una tale vergogna da tenere segreta la gravidanza.»

«In effetti non è un'ipotesi da scartare» convenne il commissario.

«Oppure...»

«Oppure?» la incalzò Bonaventura, curioso di sapere quali altre prospettive potesse aprire la milanese.

«Era minacciata da chi l'aveva messa incinta. Magari si trattava di un uomo sposato che non voleva riconoscere il bambino.»

Luca annuì con l'aria saggia di chi sa come va il mondo, poi per alcuni secondi restarono entrambi in silenzio a fissare la parte posteriore di un'ambulanza fuori servizio, ferma al semaforo.

«Lei cosa pensa sia successo?» domandò ancora il commissario, appena scattò il verde.

«Io di solito evito di crearmi degli scenari definiti. Primo, perché cerco di concentrarmi solo sui fatti, in modo analitico; secondo, perché mi è stato insegnato a comportarmi così fin dai tempi dell'accademia» rispose Gentilucci, ma non aveva ancora finito. «Appena arrivata a Milano, quello che sarebbe stato il mio superiore, il commissario Giordanelli, mi ha accolto con queste parole: 'Un bravo poliziotto mentre pensa agisce.' E io cerco di non dimenticarle.»

Ma chi cazzo si crede di essere questa?

«E lei, invece? Cosa pensa sia successo?» gli rigirò la domanda, senza nascondere un filo d'ironia che fece alzare ancora un po' la pressione al commissario.

Prima di parlare, Bonaventura contò fino a dieci. Se non lo avesse fatto, con tutto quel sangue che gli era arrivato al cervello, avrebbe di sicuro dato voce al suo pensiero, ma visto che di mezzo c'era un caso di omicidio da risolvere il più in fretta possibile, decise di raffreddarsi un po'.

«Non lo so, ma lo scoprirò molto presto.»

«Scopriremo» lo corresse lei.

Fregandosene della striscia continua e di trovarsi in un centro abitato, Bonaventura cambiò marcia e sorpassò una Panda che sembrava non aver ben chiaro dove dovesse andare, poi voltò su rampa Zara per entrare nel centro storico.

«La madre» disse l'ispettore capo, non appena l'auto fu ferma in piazza della Libertà.

«La madre, cosa?»

«Bisogna farle sapere che Chiara era incinta.»

Bonaventura restò qualche secondo a riflettere. Nonostante gli scocciasse, dovette ammettere a sé stesso che l'ispettore capo aveva ragione. Anche se...

«Preferirei prima parlare con Buratti.» E così dicendo scese dalla macchina, subito imitato dalla collega, ed entrarono in commissariato.

«Marino', Buratti è dentro?» chiese Bonaventura all'agente scelto che, udendo la voce del suo superiore, saltò sulla sedia.

«Sì, commissario, da due ore. Ha chiesto un avvocato.»

Luca raccolse l'informazione e fece per andarsene, ma Marinozzi si alzò. C'era dell'altro.

«Dottore, ecco io...»

«Tu cosa?»

«Ricorda che le avevo chiesto le ferie? L'anniversario di matrimonio... dovrei prenotare...»

«Ancora con questa storia? È stata ammazzata una ragazza, Marino', lo vogliamo trovare il colpevole, o no?» grugnì il commissario.

«Certo, ma...»

«Prima chiudiamo 'sto caso e prima te ne andrai al mare.»

«Mia moglie vuole andare a Venezia...»

«C'è il mare pure lì, no?»

Il commissario lo congedò con una pacca sulla spalla, dirigendosi a grandi falcate verso la stanza degli interrogatori. Anche lui, come il suo sottoposto, voleva staccare la spina per qualche giorno, ma prima aveva un compito da portare a termine.

«Voglio un avvocato» ringhiò Buratti scattando in piedi dalla sedia appena Bonaventura e Gentilucci entrarono in quel piccolo bunker – tre metri per tre senza finestre, solo uno specchio da cui i poliziotti potevano riprendere e tenere sotto controllo quanto accadeva tra quelle quattro mura.

«Siediti.»

«Che cazzo volete ancora da me? Vi ho già detto tutto quello che sapevo.»

«Tranne la cosa più importante.»

«Che cazzo significa?» fece il ragazzo alzando il tono.

Il limite della pazienza di cui disponeva il commissario stava per essere raggiunto. Ancora un 'cazzo' e, quant'è vero Dio, glieli avrebbe fatti rimangiare tutti, uno a uno. Se qualcuno doveva urlare e inveire, quello era lui, non certo Buratti.

«Te lo dico io che significa. Chiara era incinta.»

«Stronzate. Mi state prendendo per il culo. Voglio un avvocato. Avete capito? Un avvocato!» E rimarcò la richiesta alzandosi ancora in piedi con una tale foga che fece rovesciare la sedia all'indietro.

«Di tre mesi. Siediti.»

Paolo Buratti in tutta risposta fece un sorrisino beffardo.

A quel punto Bonaventura ne aveva le palle piene. Per un attimo gli attraversò la mente il pensiero di dargli una bella lezione. Una di quelle di cui si sarebbe ricordato per tutta la vita. Per prima cosa lo avrebbe afferrato per il collo e sbattuto al muro e, mentre lo teneva immobilizzato con il braccio sinistro al livello della gola, gli avrebbe dato una scarica di cazzotti centrando per lo più il fegato, la zona più dolorosa, fino a fargli sputare sangue.

Per fortuna di Paolo Buratti, quella voglia del commissario di sgranchirsi un po' i muscoli se ne andò subito. Fece appena in tempo a sentirne l'acquolina in bocca. Se Bonaventura avesse seguito l'istinto, ci sarebbe stata un'inchiesta interna, e con ogni probabilità avrebbe perso il caso a cui stava lavorando.

«Ti va un caffè?» chiese, invece, cambiando tattica.

«Non voglio nessun cazzo di caffè. Voglio andarmene.»

«Quindi tu non ne sapevi niente?»

Buratti lo guardò con aria di sfida.

«Allora non avrai certo problemi a sottoporti al test del DNA, o sbaglio?»

19

Bonaventura spense la sigaretta nel vaso di gerani antistante l'ingresso dello Sferisterio, poi con entrambe le mani spinse il pesante portone di legno. Seguito da Gentilucci, il commissario varcò la soglia che delimitava la Macerata contemporanea da un'umanità indipendente sospesa tra arte e storia. I loro occhi impiegarono qualche secondo per abituarsi all'oscurità del nuovo ambiente e riconoscere che le spesse pareti in pietra si srotolavano in due lunghi corridoi paralleli.

«Ballerini e figuranti, subito in scena!» gridò la voce di un uomo, e un instante dopo i due poliziotti si videro passare davanti decine di corpi accarezzati da veli bianchi e blu, e i cui piedi scalzi sfioravano appena il pavimento per essere inghiottiti da un varco che dava verso l'esterno.

«Dovremmo spostarci se non vogliamo diventare parte dello spettacolo» commentò Gentilucci indietreggiando fino ad appoggiare le spalle al muro.

«La danza non è mai stata il mio forte» commentò Bonaventura salendo su un gradino in pietra per non essere d'intralcio al passaggio degli artisti.

«Non si può stare qui. Questo luogo è riservato agli addetti ai lavori» li rimproverò la stessa voce di prima.

«Abbiamo visto la porta socchiusa e siamo entrati» spiegò l'ispettore capo.

«Purtroppo devo chiedervi di uscire. Da questa parte, per favore» li invitò a seguirli.

«Siamo della polizia» si presentò il commissario.

«Ci deve essere stato un malinteso. Durante le prove non serve il presidio delle forze dell'ordine.»

«Non siamo qui per fare sorveglianza» esclamò Luca.

L'uomo gli lanciò un'occhiata alquanto diffidente.

«Commissario Bonaventura e ispettore Gentilucci» continuò, mostrando il tesserino di riconoscimento.

«Scusate, credevo che...»

«Lei chi è?»

«Sono Massimo Brini, il direttore di scena. È successo qualcosa?» domandò l'uomo moderando il tono e stringendo a sé una cartellina in plastica. A giudicare dal grigiore dei capelli e dalle rughe attorno agli occhi, doveva avere circa sessant'anni.

«È lei che gestisce tutto il carrozzone?» cercò di capire Bonaventura, a cui non erano sfuggite la parlata accelerata e le pupille piuttosto dilatate del suo interlocutore.

«Io mi limito a eseguire gli ordini del signor Murro, il regista» si affrettò a precisare Massimo Brini, dentro il suo vestito grigio senza forma.

«E dove possiamo trovare questo Murro?»

«Sta dirigendo le prove, dovrebbe essere in platea.» E con una mano indicò la direzione da seguire.

Bonaventura e Gentilucci imboccarono il corridoio alla loro destra lasciandosi guidare da un incalzante ritmo di strumenti a fiato e tamburi. L'ispettore capo sfiorò con le dita la parete alla sua sinistra per aiutarsi a salire la buia rampa di scale che poco dopo li avrebbe condotti al primo giro dei loggioni. Appoggiando le mani sull'umida ringhiera di ferro, i due poliziotti si trovarono unici spettatori del grande spazio semicircolare che si apriva davanti a loro. I sei settori di sedie che occupavano l'arena fino al centro dello Sferisterio sembravano tasselli di un puzzle resi brillanti dall'incerta luce del tramonto che ora lasciava spazio ai raggi dei fari artificiali.

«Non mi era mai capitato di vedere il palco da questa angolazione» commentò il commissario fissando gli occhi sull'orchestra, posizionata sotto le grandi tavole di legno.

«È un luogo incantevole» commentò Gentilucci cercando di far suo con un unico sguardo l'immenso spazio che le si era aperto davanti. «Dall'esterno non si direbbe che le mura antiche custodiscano tanta bellezza» proseguì, alzando il viso verso i loggioni più alti.

«Sì, è sempre emozionante entrarci» commentò il commissario mantenendo l'attenzione sul centro dell'arena.

«Ha l'abbonamento alla stagione lirica?» gli domandò incuriosita l'ispettore capo.

«Io no, ma Valentina è un'appassionata del genere» proseguì fissando il baritono e il soprano tenersi per mano e dare fiato ai loro polmoni.

«Una sua amica?»

«La mia ex compagna, lei è un'appassionata di arte... Ma lasciamo stare. Piuttosto raggiungiamo il regista.»

Ci mancava di mettermi a pensare ad alta voce.

Luca cominciò a scendere i gradini che portavano in platea e la sua mente non poté fare a meno di tornare a quella sera in cui, mentre assistevano alla *Turandot*, Valentina tirò fuori dalla borsa un plaid con cui mise al riparo le gambe di entrambi dalla frescura della notte. L'imbarazzo iniziale conferitogli da quel gesto si sciolse subito nell'istinto di volerla stringere tra le braccia.

Un potente e improvviso crescendo di archi interruppe i suoi ricordi.

«Dovrebbe essere quel tizio calvo con il completo bianco e il papillon» suggerì Gentilucci indicando un uomo sulla cinquantina che muoveva le braccia in aria in modo ritmato.

Bonaventura fece un cenno col capo in segno di assenso e insieme si avviarono in quella direzione.

«Ci scusi,» fece il commissario «è lei Murro, il regista?»

L'uomo, colto di sorpresa, si voltò di scatto.

«Sì, sono io, ma voi chi siete? Chi vi ha fatto entrare?» disse tutto d'un fiato come a giustificarsi dello spavento preso.

«Io sono il commissario Bonaventura e lei è l'ispettore Gentilucci. Avremmo bisogno di parlarle» gli fece Luca con un tono che non ammetteva repliche.

Murro, invece, replicò.

«Ora non è possibile, sto lavorando» rispose voltandosi di nuovo verso il palco e facendo segno ai ballerini di occupare tutto lo spazio a loro disposizione.

«Siamo qui per l'omicidio di Chiara Palmucci.» Bonaventura richiamò di nuovo la sua attenzione.

Il regista si girò e lo fissò con uno sguardo vago.

«La ballerina che è stata uccisa e gettata in un cassonetto dei rifiuti» precisò Gentilucci.

«Era una delle mie migliori allieve. Aveva molto talento. Con la costanza degli allenamenti si sarebbe affermata anche a livello internazionale. Il corpo di ballo ha subìto una grave perdita.» La ricordò così. Poi, con rapidi gesti della mano riprese a dare indicazioni agli artisti, ignorando i due poliziotti.

«Le chiediamo di dedicarci soltanto qualche minuto.»

«L'opera andrà in scena tra pochi giorni e io dovrei interrompere le prove? Non avete la minima idea del lavoro che c'è dietro uno spettacolo del genere» fece presente Murro girandosi appena con la testa prima di gridare al soprano di alzarsi dal trono egizio e proseguire sulle note di 'Donna, chi sei?'.

«È stata uccisa una ragazza che lavorava per lei» ribadì il commissario, continuando a fissarlo per sottolineare l'urgenza della propria richiesta. Ma il regista si ostinava a non capire, e si mise a sfogliare il massiccio copione che teneva in mano.

Quel gesto fece ribollire il sangue a Bonaventura che, preso da uno scatto d'ira, sottrasse a Murro il plico di fogli.

«Mi ha sentito?»

Il regista rimase per qualche istante paralizzato dal gesto del commissario, poi gridò una parola sconosciuta al suo vocabolario: «Pausa!»

All'interno dello Sferisterio scese un silenzio sgomento. I musicisti attoniti rimasero immobili sulle loro sedie, mentre gli attori sembravano sagome di legno inchiodate al parquet.

«Dieci minuti di pausa!» ribadì il regista.

«Si può sapere cosa sta succedendo?» chiese una donna corpulenta appena alzatasi da una poltroncina del secondo settore.

«Lei chi è?» domandò secco Bonaventura.

«Mia moglie» si affrettò a rispondere Murro.

«Sono Caterina Ornelli Biagiotti, il direttore artistico del Macerata Opera Festival» precisò lei sistemandosi il vistoso scialle rosso intorno alle spalle.

«Siamo qui per indagare sull'omicidio di Chiara Palmucci» intervenne l'ispettore capo, ancora stupita per il gesto con cui il suo superiore aveva fatto desistere Murro, facendogli interrompere il terzo atto del *Nabucco*.

«Sì, ma nessuno è autorizzato a fermare le prove» affermò stizzita il direttore artistico.

«L'arte non è considerata un mestiere al pari degli altri» commentò Murro guardando in cagnesco il commissario.

«Una vostra ballerina è morta e noi abbiamo bisogno di farvi qualche domanda per proseguire le indagini» chiarì Gentilucci, facendo oscillare il suo sguardo dal regista al direttore artistico.

«Cosa volete sapere?» cercò di tagliar corto Murro, smanioso di ritornare a dirigere lo spettacolo che per tre settimane avrebbe portato Macerata agli onori della cronaca nazionale.

«Oltre al fatto che era una brava ballerina, cosa può dirci di Chiara Palmucci?» iniziò Francesca, cercando un punto da cui tirare la matassa.

«Cosa posso dirvi? Non saprei... era una delle tante persone che girano qui dentro.»

«Qualcuno le ha stretto le mani al collo fino a strozzarla e poi l'ha buttata in un cassonetto come fosse spazzatura» intervenne bruscamente il commissario, facendo la voce grossa.

Per un po' il signor Murro non fece altro che deglutire, posando lo sguardo ora su Bonaventura, ora su Gentilucci, senza trovare una via d'uscita.

«Be', ecco... in pratica ci siamo parlati solo una volta, alcuni mesi fa mi ha chiesto se secondo me aveva le qualità per diventare una ballerina professionista.»

«E lei cosa le ha risposto?»

«Come ho già detto, la ragazza aveva del talento.»

«Chiara, si chiamava Chiara» gli ricordò il commissario.

Il regista deglutì un'altra volta.

«E dopo di allora?»

«Dopo di allora, niente. L'ho diretta come dirigo tutti gli altri. Niente di più.»

Bonaventura tirò fuori dalla tasca tabacco e cartine e si preparò una sigaretta.

«Ne vuole una?» Lo avrebbe preso volentieri a pugni per la sua arroganza, ciononostante gli offrì da fumare, ma lui rifiutò con un gesto della mano. Per educazione il commissario fece la stessa proposta al direttore artistico, che interruppe la sua espressione impassibile scuotendo appena il capo. Luca accese la sua, sbuffando fuori una bella nuvola di fumo che prese a salire con molta lentezza, come se non ne avesse voglia ma fosse costretta dalle leggi della fisica.

«Sa se per caso c'era qualcuno qui dentro che la infastidiva?» Altra sbuffata.

«Infastidiva? No. Che io sappia nessuno.»

«Cosa ci può dire di Fabio Nannucci?»

«Nannucci... non conosco nessun Nannucci.»

«Dovrebbe lavorare dietro le quinte» cercò di rinfrescargli la memoria Francesca.

«Mi faccia pensare... ah, sì, si occupa delle luci. Per caso sospettate di lui?»

Bonaventura fece un'ultima tirata e schiacciò poi quel che restava della sigaretta sotto il tacco, procurandosi un'occhiataccia dalla sua collega.

«Questo non la riguarda.»

«Se con le domande avete finito, vorrei riprendere le prove.»

«Certo» sputò il commissario continuando a fissare il regista dritto negli occhi.

«Se dovesse venirvi in mente qualcosa, ci trovate in questura» aggiunse Gentilucci rivolgendosi prima a Murro e poi a sua moglie.

Tra i quattro scese il silenzio, nessuno aveva più niente da dirsi. Poi Murro si rimpadronì del copione, e Bonaventura, dopo aver lanciato un ultimo sguardo indagatore sui due artisti, risalì gli scalini dell'arena seguito dalla collega.

20

Un frenetico andirivieni di passi riempiva uno spazio reso angusto da enormi matasse di corda e tavole di legno. Murro aveva ripreso a dirigere le prove, e il dietro le quinte dello Sferisterio si era trasformato nell'immagine accelerata di un cantiere edile in piena attività.

«Tanto è ordinata la scena, quanto è infernale ciò che si nasconde dietro» commentò Gentilucci indicando al collega una scala a pioli che intralciava il percorso.

«Di chi è questa frase?» chiese Bonaventura superando con abilità una bobina di cavi elettrici.

I due si guardarono e, mentre Francesca stava per rispondergli che era farina del suo sacco, sbucarono da un corridoio laterale due addetti ai lavori intenti a trasportare un'ingombrante seduta in legno. Svoltarono rapidi verso i due poliziotti, e per poco un bracciolo del trono regale non andò a conficcarsi nel fianco del commissario.

«Ehi! Fate attenzione!» esclamò Bonaventura balzando verso destra per evitare il pezzo di scenografia.

«Scusa, non ti ho visto» fece uno dei due facchini proseguendo frettoloso in direzione opposta all'accesso al palco.

«Sapete dove possiamo trovare Fabio Nannucci?» si intromise Gentilucci cogliendo l'occasione per chiedere informazioni.

«Provate tra gli elettricisti» si sbrigò a rispondere l'operaio prima di scomparire dietro a un'enorme tenda nera.

I due poliziotti si scambiarono un lungo sguardo perplesso. Il mondo dell'arte sembrava impenetrabile anche nel suo aspetto logistico.

«Questo posto è peggio di un labirinto.»

«Possiamo provare a scendere nel magazzino» propose Gentilucci.

«E come fa a sapere che ce n'è uno?»

L'ispettore capo mostrò al suo superiore la freccia affissa alla parete di fronte a loro.

Questa donna riesce sempre a sorprendermi.

Un'ampia scalinata fece strada ai due poliziotti; superata la prima rampa di gradini, l'accesso al sotterraneo si fece buio e angusto.

Si aprì davanti a loro l'ennesimo corridoio, su cui si affacciavano diverse porte verde pastello. Le passarono in rassegna una a una fin quando la loro attenzione fu attratta da uno stanzone aperto dal quale proveniva un forte odore di nicotina.

«C'è nessuno?» domandò il commissario avvicinandosi allo stipite in pietra.

«Sono qui, il faretto è quasi pronto» si fece sentire una voce roca maschile.

«Sei tu Fabio Nannucci?»

«Sì...» rispose un ragazzo con espressione stupita, stringendo tra le labbra l'ultima parte di una sigaretta.

«Siamo della polizia» esordì il commissario.

«Lo so che è proibito fumare, ma non pensavo che quello stronzo del direttore di scena arrivasse a tanto.»

«Siamo qui per l'omicidio di Chiara Palmucci, non per un divieto di fumo.»

Il ragazzo lasciò cadere il cacciavite sul tavolo di lavoro e prese a strofinarsi le mani sul gilet nero multitasca.

«Alcuni testimoni ci hanno riferito che nutrivi un certo interesse per la ragazza.»

«E chi vi avrebbe detto questa cazzata?» ringhiò l'elettricista buttando a terra il mozzicone di sigaretta e pestandolo con un piede.

Ecco un altro spaccone.

«Le domande le facciamo noi, tu limitati a rispondere.»

Il commissario e Nannucci erano uno di fronte all'altro. Occhi negli occhi.

'Altrimenti?' disse il ragazzo con lo sguardo.

«Altrimenti ti faccio convocare in commissariato e procediamo con un bell'interrogatorio formale, iscrizione nel registro degli indagati, avvocato, e giornalisti che ti faranno pelo e contropelo» esagerò Bonaventura. Gli spacconi non gli piacevano neanche un po'.

Nannucci pensò bene di riformulare la domanda in un modo più consono. «Cosa volete sapere?»

«In che rapporti eri con Chiara Palmucci?»

Il ragazzo fece una semplice smorfia, pensando forse di cavarsela in quel modo. Ma per il commissario non era sufficiente.

«Hai sentito la domanda?»

«Non sono sordo.»

«Allora rispondi, perché non te la rifarò un'altra volta.»

«Non me la scopavo, se è questo che intende.»

«E allora cosa ci facevi?»

«Niente.» E incrociò le braccia al petto in segno di sfida.

«Perché le ronzavi intorno?»

«Io non ronzo intorno a nessuno.»

«Quindi smentisci il fatto che facevi di tutto per trovarti in presenza della vittima durante le prove?»

«Volete scherzare?»

«Signor Nannucci, la faccenda è seria, la prego di essere collaborativo» intervenne l'ispettore capo cercando di smorzare i toni.

«Come potete vedere io lavoro qui sotto, mentre Chiara ballava sul palco. Ci saremmo incontrati sì e no un paio di volte.»

Il commissario prese a camminare nello stanzone, posando gli occhi sui vari attrezzi da lavoro appesi alla parete e su un consistente numero di fari riposti in fila su un bancone.

Chiara è stata strozzata dalle mani di un uomo. Forti, robuste.

«Dove si trovava la sera del tre agosto?» chiese Gentilucci senza troppi giri di parole. Di solito questa domanda serviva a mettere l'interrogato in una situazione di disagio, con le spalle al muro, per vedere la sua reazione. Ma Fabio non fece una piega.

«Ero a lavorare, sul palco. Dovevamo finire di montare lo scheletro per posizionarci i fari» rispose guardando in faccia l'ispettore capo.

«Quindi qualche volta ci sali su quel *palco*?» intervenne Bonaventura girandosi di scatto verso il ragazzo.

Nannucci non rispose, iniziando a sistemarsi i lunghi capelli neri legati da un doppio giro di elastico.

«Fino a che ora sei rimasto all'interno dello Sferisterio?»

«Le ventidue... le ventitré... non ricordo.»

«E poi? Dove hai proseguito la serata?»

«Fabio, quanto ti ci vuole per questo riflettore?» chiese affacciandosi sulla soglia un biondino, probabilmente un suo collega.

«Ho quasi finito, te lo porto sopra tra un minuto.»

«Sbrigati, Murro s'incazza» aggiunse il giovane, per poi scomparire come un fulmine dalla visuale dei tre.

Nannucci riprese in mano il cacciavite e a testa bassa proseguì il suo lavoro.

«Ti ho chiesto cosa hai fatto una volta uscito da qui la sera dell'omicidio di Chiara» scandì di nuovo Bonaventura.

«Sono andato a casa» affermò il ragazzo, restando concentrato sul suo operato.

«Qualcuno può confermarlo?»

«Il mio coinquilino non c'era e io ne ho approfittato per guardarmi gli ultimi episodi di *Breaking Bad*.»

«Quindi eri solo in casa?»

Nannucci annuì, dando un ultimo giro di vite alla base del faretto. I due poliziotti si scambiarono un cenno d'intesa: era chiaro che per il momento non sarebbero riusciti a cavare ulteriori informazioni dal giovane.

«Resta in zona, nei prossimi giorni potremmo avere bisogno di parlare ancora con te» aggiunse Bonaventura.

«E chi si muove, sarò rinchiuso qui dentro fino all'ultima replica del *Nabucco*.»

Il commissario e l'ispettore capo si congedarono e percorsero a ritroso le due rampe di scale, ritrovandosi di nuovo nel dietro le quinte. Non c'era nessuno, e l'atmosfera risuonava delle potenti voci del coro che si stava esibendo sul palco.

Gentilucci suggerì al collega di proseguire lungo un corridoio laterale, l'unico sgombero da statue rappresentanti faraoni dell'antico Egitto, lance dell'epoca e cassette degli attrezzi. Bonaventura, non avendo alternative da suggerire, decise di affidarsi all'intuito dell'ispettore. Il picchiettio dei loro passi risuonò amplificato dalle pareti in pietra fino a quando, dopo una ventina di metri, i due poliziotti si ritrovarono all'esterno, proprio nello stesso punto dal quale il loro sopralluogo aveva avuto inizio.

«Davvero suggestivo» commentò Bonaventura appoggiando ancora una volta le mani sulla ringhiera di ferro e osservando la nutrita schiera di coristi raggiungere il proscenio, intonando: 'Le memorie nel petto raccendi,/ ci favella del tempo che fu!/ O simile di Sòlima ai fati traggi un suono di crudo lamento.'

«Di crudo lamento» ripeté a bassa voce Gentilucci. «Chissà se la voce di Chiara si è spenta proprio tra queste mura» si chiese l'ispettore capo mentre i cantanti interpretavano le ultime note del *Va', pensiero*: '...che ne infonda al patire virtù/ che ne infonda al patire virtù/ al patire virtù.'

21

L'umidità della sera conferiva una sottile corposità all'aria, mentre i sampietrini di piazza Mazzini assorbivano i passi dei due poliziotti come fossero giganti granelli di un bagnasciuga.

«Ci prendiamo qualcosa da bere?» propose Bonaventura posando lo sguardo sui tavolini dei tre bar che si affacciavano sulla piazza.

«La ringrazio, ma mi aspetta la mia ora di jogging» rispose assertiva Gentilucci.

«A meno che non voglia correre con l'arma di ordinanza infilata negli shorts, le consiglio di evitare il fitness notturno.»

L'ispettore capo guardò l'orologio che teneva al polso e sgranò gli occhi. Il sopralluogo nello Sferisterio le aveva fatto perdere la nozione del tempo, assorbendola in un passato-presente indefinito.

«È che correre mi aiuta a schiarire le idee.»

«Le garantisco che lo stesso effetto può fornirglielo una bella birra ghiacciata» suggerì Luca passandosi un fazzoletto dietro la nuca per difendersi dall'afa serale.

Il caffè dell'Opera, nonostante il nome altisonante, era un locale con una quindicina di tavolini, cinque dei quali posizionati all'esterno, a pochi metri dalle ripide scalette che portavano in piazza della Libertà.

«Buonasera, commissario, il solito anche stasera?» gli fece un giovane cameriere presentandosi con il taccuino pronto alla mano.

«Sì, una bella bionda media.»

«E per la signora?»

«Un centrifugato di pesca, menta e anguria.»

«Mi dispiace, di analcolico abbiamo solo succhi di frutta o bibite in lattina» la informò il ragazzo incassando la testa tra le spalle.

«Un succo d'ananas andrà bene.»

Quando il cameriere si congedò, Luca aveva già rollato e acceso l'ennesima sigaretta.

«Qui non siamo a Milano» commentò poi con un mezzo sorriso dal quale uscì uno sbuffo biancastro.

«Cosa vuole dire?»

«Che i locali non servono cocktail d'avanguardia.»

«In compenso il personale sembra conoscere bene i propri clienti» ribatté lei, come a voler mantenere al centro l'ago della bilancia metropoli-provincia.

«Sì, con Angelini venivamo spesso qui per rilassarci dopo il lavoro.»

Andrea, dove cazzo sei finito? Ti sei perso un bel giretto nello Sferisterio tra cantanti, ballerini e arroganti artistoidi. Ti sarebbe piaciuto.

Il cameriere ritornò con le ordinazioni, lasciando anche una ciotolina di mais tostato e un'altra di chips.

Con un gesto rapido Luca afferrò il suo bicchiere, se lo portò alla bocca e con soli due sorsi ingollò metà della birra. Quando riappoggiò il boccale sul tavolo, Gentilucci stava ancora svitando il tappo della bottiglietta del suo succo di frutta.

«Allora, cosa ne pensa di questo caso?» chiese il commissario, sgranocchiando una patatina.

«Abbiamo due sospettati e nessuno di loro ha un alibi valido.»

«È vero, ma a breve sarà pronto l'esame del DNA di Buratti.»

«Secondo lei mentiva quando si è dichiarato all'oscuro della gravidanza della vittima?» chiese Gentilucci portandosi una mano sotto al mento.

«Di certo non è un soggetto di cui fidarsi. Come quel Murro... chissà cosa nasconde dietro a quel fare da intellettuale snob.»

«Pensa che conosca la vittima più di quello che ci ha voluto far credere?»

«Chiara Palmucci era una ragazza bella e di talento, scegliere un cinquantenne pelato come fidanzato non sarebbe un po'... riduttivo?»

«Consideri che Murro è un uomo di cultura, dal fisico ancora tonico e ben curato, i tipi come lui di solito sono apprezzati dalle ragazze.»

Il commissario incassò quell'affermazione come un pugno allo stomaco.

«E se avesse avuto la pancia e un vistoso doppio mento?» chiese Bonaventura aggrappandosi di nuovo al suo bicchiere.

«Perché questa domanda?»

«Si può preferire un uomo a un altro solo per il fascino della cultura?»

«Si riferisce forse a Valentina amante dell'Opera?»

Ma che mi prende? Sembro un disperato che non sa affrontare la fine di una relazione.

«La sua ex l'ha forse lasciata per un intellettuale?» proseguì Gentilucci richiamando l'attenzione del suo collega.

«Un professore di filosofia che le ha promesso un posto da ricercatrice alla Sorbona» si lasciò sfuggire ancora Bonaventura.

«Notevole» commentò Gentilucci senza precisare se il suo apprezzamento fosse rivolto al professore o all'occasione offerta a Valentina.

I due restarono qualche minuto in silenzio; Gentilucci si portò il bicchiere di succo alle labbra mentre Bonaventura si sparò una manciata di grani di mais in bocca.

«Di certo Chiara aveva un debole per i ragazzi ribelli, quelli con l'atteggiamento da duro che credono di poter conquistare il mondo.»

«La classica brava ragazza: eccellente negli studi e anche nella danza, ma con una vita parallela segreta» commentò l'ispettore capo riappoggiando il bicchiere sul tavolo.

«Una sorta di 'insospettabile colpevole', ma al contrario.»

«Anche se in fondo ogni vittima ha le sue 'colpe'.»

Le parole di Gentilucci riecheggiarono qualche istante nel silenzio della piazza, prima di confondersi con le voci di un gruppo di adolescenti che aveva preso d'assalto la vetrina dei gelati del bar.

Bonaventura alzò la mano per richiamare l'attenzione del cameriere e farsi portare un'altra birra. Gentilucci invece, stringendo tra le dita il suo bicchiere ancora quasi pieno, prese a guardarsi intorno, lasciando scivolare gli occhi sul perimetro della piazza una, due, tre volte, come se facesse jogging pur restando immobile sulla propria sedia.

«Ha notato qualcosa?» le domandò Luca accorgendosi dell'espressione della collega.

«Pensavo a Benedetta Maggi. Ha detto che l'ultima volta che ha visto la sua amica è stata dopo le prove, per un aperitivo al bar. Chissà se anche l'assassino era solito passare del tempo con le ballerine dopo gli allenamenti» fece lei con sguardo meditativo stringendosi il colletto della camicia con la mano destra.

Più che dalle parole, Bonaventura fu rapito dal gesto della collega. Ormai l'aveva sempre sorpresa a nascondersi dietro a foulard colorati o ad ampi baveri della camicia. Mandò giù un abbondante sorso della sua seconda consumazione, senza riuscire a distogliere lo sguardo da Francesca.

È una donna intelligente. Chissà perché le hanno proposto un trasferimento... Probabilmente dava fastidio a qualcuno.

«Di sicuro l'omicida appartiene alle conoscenze più strette di Chiara» commentò poi Luca.

«Qualcuno a cui lei si è negata, oppure una persona che voleva nascondere per sempre una scomoda verità.»

«E lei invece, cosa nasconde?» chiese Bonaventura con l'espressione rilassata che solo un mezzo litro di birra poteva conferirgli.

«Come, scusi?»

«Non fa che sollevarsi il colletto della camicia o sistemarsi tutti quei foulard colorati che indossa.»

«Cos'è, sono finita nel registro degli indagati ma si è dimenticato di dirmelo?» ribatté lei irrigidendo la parte superiore del busto.

«Si tratta di semplice curiosità.»

«Fa bene a essere curioso, commissario, ma si limiti a esserlo nelle indagini.»

«Non pensavo di essere inopportuno.»

«La nostra professione ci impone d'indagare ogni giorno nelle vicende di vittime o di criminali, ma ciò non ci conferisce il mandato per scavare nelle vite private degli altri» disse Francesca con tono fermo e severo. Poi, senza neanche finire la consumazione, aprì la borsa, prese il portafogli e lasciò sul tavolino una banconota da dieci euro.

«Lasci stare, offro io» intervenne il commissario.

«È meglio che ognuno pensi alla propria parte» concluse Francesca, alzandosi e salutandolo con un sorriso tirato.

Che cazzo avrò detto per farla alterare così? Cosa avrà di tanto grave da nascondere?

22

'Cos'è, sono finita nel registro degli indagati ma si è dimenticato di dirmelo?'

La mattina seguente, Bonaventura si alzò con la voce di Francesca che gli ronzava in testa.

Quell'alone di mistero e irritabilità nelle parole della collega proprio non gli andava giù. Dopo aver indossato un paio di jeans, una camicia bianca e afferrata la giacca blu scuro dall'armadio, si infilò in macchina e promise a sé stesso che avrebbe scoperto da solo cosa nascondeva Gentilucci, e lo avrebbe fatto proprio quella mattina. Alle otto e venti era già seduto alla sua scrivania. La maggior parte dei colleghi doveva ancora arrivare, quindi, se voleva soddisfare la sua curiosità, doveva approfittare di quei pochi minuti di calma.

D'altronde sono un poliziotto... e il nostro mestiere è investigare...

...sì, ma per catturare i malviventi, non per ficcare il naso nella vita privata dei colleghi.

Il commissario era combattuto. Voleva sapere quello che era successo al nuovo membro della sua squadra, ma dentro di sé sentiva che stava oltrepassando il limite.

Non ti riguarda, Luca. Se vuole, sarà lei a raccontarti cosa nasconde sotto quei foulard.

Ma per quando si deciderà a farlo potrebbe essere già rientrata a Milano...

Ci voleva una sigaretta.

Tirò fuori dalle tasche tutto l'occorrente e se la preparò. Il fumo riusciva sempre a schiarirgli i pensieri.

Non ti starai mica innamorando di lei?

Subito la sua mente volò verso Valentina. Al loro primo incontro... alla loro prima vacanza al mare... a quando le aveva chiesto di andare a vivere da lui...

Sembrava tutto perfetto tra loro, e invece lei, di punto in bianco, se n'era andata.

Al diavolo!

Diede un'ultima tirata, poi spense la sigaretta nel posacenere e accese il pc. Non appena si fu collegato alla rete, entrò in Google.

Non c'è niente di male a fare una ricerca su Internet, tutti possono farla. Chissà, forse anche lei ha indagato su di me prima di accettare il trasferimento.

Digitò il nome della sua nuova collega, aggiungendo le parole chiave 'polizia+Milano'.

In un istante lo schermo si riempì di una serie di link perlopiù facenti capo a quello della questura del capoluogo lombardo, dove Francesca Gentilucci veniva citata semplicemente come membro dell'organico della squadra mobile, e di seguito per le varie promozioni ottenute fino a diventare ispettore capo. C'erano anche articoli di quotidiani locali che la menzionavano come protagonista di indagini su furti, rapine, traffico di droga, ma niente che facesse riferimento a lei come vittima di un qualche incidente automobilistico o violenza privata o scontro a fuoco.

Considerando che qualcosa doveva pur essere successo – e non da tanto tempo, considerando il disagio che la cosa ancora le procurava –, o lei non aveva denunciato il fatto o era stato insabbiato. Ma da chi? E per quale motivo?

A meno che non si tratti di una qualche malattia... Francesca, stai male?

La curiosità lo stava divorando.

Non posso rimanere con questo dubbio.

Non aveva alternativa. Avrebbe preferito evitarlo, ma se

voleva far luce su quella vicenda, doveva alzare la cornetta e parlare con qualcuno del commissariato milanese in cui aveva prestato servizio Francesca.

E se parlo con la persona sbagliata?

E se le riferiscono di questa mia chiamata?

E se...

Sbatté le mani sulla scrivania, dandoci un taglio. Lasciò da parte i motori di ricerca ed entrò direttamente nel sistema operativo della polizia di Stato. Non era certo il modo più discreto per indagare sulla vita privata della sua collega, ma era di sicuro quello più efficace.

Nel commissariato di Porta Genova figuravano attualmente tre commissari e sei ispettori capo. Lasciando da parte questi ultimi, i nomi fra cui scegliere quello da chiamare erano: Mazzanti Pierluigi, Romei Fabrizio e Giordanelli Giordano.

Cercò di ritornare indietro con la memoria a quando era nell'ufficio del questore per essere messo al corrente dell'arrivo di Gentilucci, ma non ricordava che Paolotto avesse nominato qualche collega di Milano, ricordava che aveva detto solo 'commissariato di Porta Genova'.

Doveva andare a intuito.

Prima, però, visualizzò le schede di servizio dei commissari per cercare di inquadrarli. Tutti e tre lavoravano in quel commissariato da più di dieci anni. Tutti e tre avevano un curriculum impeccabile, senza la minima macchia. Tutti e tre avevano superato i quarantacinque anni, sposati, con figli.

Passò a guardare le foto.

A parte i baffi di Giordanelli, si somigliavano molto. Potevano benissimo essere scambiati per tre fratelli. Capelli rasati, testa rotonda, sopracciglia folte, occhi scuri, lineamenti ben scolpiti, labbra sottili...

Poi all'improvviso gli venne in mente una frase di Francesca. *'Appena arrivata a Milano, quello che sarebbe stato il mio superiore, il commissario Giordanelli, mi ha accolto con queste parole: Un bravo poliziotto mentre pensa agisce.'*

Bonaventura digitò il numero del commissario prescelto e,

dopo essere restato in attesa per un paio di minuti, fu preso d'assalto da un «Pronto, chi parla?» talmente minaccioso da fargli scostare la cornetta dall'orecchio.

Altro che Giordano Giordanelli. Dal tono di voce avrebbe potuto benissimo chiamarsi mister Incazzato Nero.

Come minimo starà interrogando qualcuno.

Luca a quel punto optò per tenere un profilo basso.

«Mi scusi se la disturbo, sono Luca Bonaventura, commissario della mobile di Macerata» si presentò.

«Macerata?» domandò Giordanelli, come se fosse sicuro di aver già sentito il nome di quella città, ma non ricordasse in quale circostanza.

«Esatto, volevo avere delle informazioni circa l'ispettore capo Gentilucci» disse Bonaventura sforzandosi di mantenere un tono professionale.

«Francesca, certo! È stata trasferita da voi» esclamò, colto dal piacevole ricordo della collega. «C'è qualche problema?» aggiunse poi con voce cupa.

«No, tutt'altro. L'ispettore Gentilucci mi sembra un soggetto estremamente valido e in gamba.»

«E allora? Cosa vuole sapere?»

A quel punto Bonaventura si fermò. Considerando la poca loquacità di Giordanelli, non sapeva bene come andare avanti.

«È ancora in linea?»

«Sì, ci sono. La sto chiamando perché avrei bisogno di un'informazione» disse, pentendosi subito di aver utilizzato la parola 'bisogno'. Il suo non era un bisogno, ma una curiosità.

«Questo me lo ha già detto. Può essere più chiaro?»

«Diciamo che si tratta di una questione interna, abbastanza delicata, di cui non posso fornirle i dettagli, purtroppo» cercò di rimediare.

«Non ho tutto il giorno... se vuole arrivare al punto...»

Con la mano libera Luca si massaggiò le tempie.

«Ho notato che...»

«Accidenti, Bonaventura. Mi vuole dire una volta per tutte cosa vuole?»

«Riguarda... il suo trasferimento» disse tutto d'un fiato il commissario.

Questa volta a restare in silenzio fu il poliziotto milanese. Il suo respiro si era fatto pesante. «Cosa vuole sapere esattamente?» chiese serio, dopo una lunga pausa.

«Voglio sapere se ha pestato i piedi a qualcuno. È importante. Sono il suo capo e devo capire con chi ho a che fare» rispose Luca con voce ferma.

Giordanelli si concesse ancora qualche istante di silenzio, come se stesse valutando se parlare o meno, finché decise di dirgli la verità. Ma fece una premessa: quel colloquio non era mai avvenuto.

Luca ascoltò con attenzione ogni singola parola che a mezza bocca usciva dalle labbra di Giordanelli, e quando chiuse la telefonata fu come se nella stanza la temperatura fosse scesa di dieci gradi.

E ora?

Non avrebbe fatto niente.

Con Giordanelli non ho mai parlato.

E si preparò un'altra sigaretta.

Quella notizia lo aveva scosso molto, sentiva un senso di inquietudine scorrergli in tutto il corpo, le mani avevano preso a prudergli e una sorta di bollore gli stava incendiando le vene.

Devo pensare ad altro, non è semplice, ma non posso farmi risucchiare tutta l'energia dal passato di Francesca.

Con un gesto ormai meccanico, accese una sigaretta, obbligando il suo pensiero a concentrarsi sul presente. Dare un nome all'assassino di Chiara, quella doveva essere la sua priorità.

23

Certo, può essere tutto, anche che Chiara avesse perso la testa per un cinquantenne, non è certo una cosa insolita.

Bonaventura fece l'ultima tirata, poi spense la terza sigaretta della mattinata. L'orologio appeso sopra la scrivania segnava le nove e un quarto. Se avesse continuato di quel passo, avrebbe avuto bisogno di un'altra confezione di cartine, e anche il tabacco iniziava a scarseggiare. Certe giornate, per il commissario, erano più 'fumose' di altre. Aveva spesso pensato di darci un taglio, una volta per tutte, ma il buon proposito per il momento continuava a restare confinato nella sfera delle intenzioni.

Si lasciò andare contro lo schienale.

'Consideri che Murro è un uomo di cultura, dal fisico ancora tonico e ben curato, i tipi come lui di solito sono apprezzati dalle ragazze.'

La frase di Gentilucci lo aveva tormentato tutta la sera e ancora non abbandonava i suoi pensieri, facendo crescere in lui la convinzione che la nuova collega non fosse rimasta indifferente al fascino del regista. Non che gli importasse più di tanto, e poi i gusti delle persone non si possono discutere.

Ma se Murro ha tutto questo fascino, allora io? Proprio in quel momento squillò il telefono. Il commissario fece un respiro profondo, sentiva che stava sopraggiungendo il desiderio di accendere un'altra sigaretta, ma cercò di non farci caso e alzò la cornetta.

«Bonaventura.»

«Buongiorno, commissario, sono Miliani, la disturbo? Chiamo dall'istituto di medicina legale.»

«Non mi dica che sono pronti i risultati del test.»

«Sorpreso?»

«Allora? Non mi tenga sulle spine.»

«Il campione del soggetto che mi ha dato da esaminare è risultato negativo.»

«Significa che non è lui il padre?»

«Proprio così.»

«Ne è sicuro?»

«Senza ombra di dubbio.»

«La ringrazio.»

«Ad ogni modo, nella relazione spiegherò l'esame in maniera analitica» aggiunse Miliani con una certa precisione, tipica dei medici legali.

«I particolari non mi interessano. Quello che mi ha detto mi basta.»

Non appena riattaccò, Luca si accese la quarta sigaretta. A quel punto ci voleva. Le prime due tirate le fece quasi di fila, con movimenti meccanici, poi tirò indietro la testa guardando lo sbuffo di fumo che saliva.

Se non è stato Buratti, chi è stato a metterla incinta? Nannucci, Murro o qualcun altro ancora?

Restò in quello stato a rimuginare per un bel po', finché Gentilucci non fece irruzione nella stanza con una cartellina in mano.

Il commissario si sollevò istintivamente dalla poltrona con il desiderio di correrle incontro e confortarla per la verità appena appresa sul suo conto, come se Gentilucci non fosse l'ispettore capo, ma solo Francesca.

Ma che sto facendo? Lei non sa che io so. Devo far finta di niente, devo trattarla come una qualsiasi collega e basta.

Quindi si lasciò cadere di nuovo sulla poltrona.

«Ho i risultati della scientifica» gli disse l'ispettore dopo un breve saluto.

«E io quelli del medico legale riguardo al test del DNA.»

«È lui il padre?» lo interruppe lei non riuscendo a trattenersi.

«A quanto pare non è stato Buratti a metterla incinta.»

Sul volto di Francesca fece capolino una piccola smorfia di delusione. «Questo non vuol dire che non sia lui l'assassino» se ne uscì l'ispettore capo poco dopo, con un tono che cercava di mostrare una certa sicurezza.

Bonaventura prese a sfregarsi le guance che iniziavano a colorarsi di nero. Non si radeva da tre giorni, e per il momento non aveva nessuna intenzione di farlo. A volte gli piaceva tenere la barba incolta. Secondo lui gli donava una bella dose di 'fascino misterioso'.

«Anzi, potrebbe aver ucciso Chiara spinto dalla gelosia» continuò Francesca.

Dalle guance, il commissario era passato nel frattempo a lisciarsi il collo.

Non fa una piega.

«Potrebbe, però dobbiamo dimostrarlo. Mi stava dicendo degli esami sul pc della vittima.»

«Sì, eccoli qua, e poi ho anche quelli sull'auto» disse passandogli la cartellina che teneva in mano. «Non sembra essere emerso nulla di strano a parte un paio di cose.»

«E sarebbero?»

«Chiara aveva un profilo Facebook che ha chiuso più o meno due mesi fa.»

«Dopo essersi lasciata con Buratti, il periodo combacia.»

«È probabile che lui la infastidisse.»

«O magari preferiva il reale al virtuale, e a un certo punto se ne è resa conto» provò a ribattere il commissario.

Ma dalla faccia che fece la collega, capì che quell'ipotesi non aveva troppo senso.

«L'altra cosa?»

«In pratica ha fatto lo stesso con una casella di posta elettronica. L'ha chiusa due giorni dopo la chiusura del profilo Facebook e ne ha aperta un'altra.»

«Sono riusciti a recuperare qualche messaggio?» chiese, invece di leggere il rapporto che stringeva in mano.

«Niente. Il vecchio account è stato ripulito, e sul nuovo ci sono solo un paio di scambi di mail riguardanti lezioni universitarie.»

«E in merito all'auto, invece?»

«Niente, completamente pulita. Ci sono solo le impronte di Chiara. Probabilmente l'aveva fatta lavare da poco.»

Bonaventura lasciò cadere la cartellina sulla scrivania.

«E ora cosa facciamo?» chiese Gentilucci.

«Buratti.»

L'ispettore capo restò interdetta per alcuni secondi, non riuscendo a comprendere cosa intendesse dire.

«Bisogna mettere le mani sul computer di Buratti e vedere se ci sono mail scritte a Chiara» chiarì il concetto.

«Per questo abbiamo bisogno di un mandato da parte del magistrato.»

«Ci penso io, lei vada a cercare Pagliacci e gli dica di tenersi pronto.»

«Commissario...» fece Gentilucci alzandosi dalla sedia.

«Sì?»

«Per quanto riguarda la gravidanza di Chiara... dovremmo andare dalla madre, è giusto che sappia. E magari può darci anche qualche informazione utile.»

«Sì, è vero, non possiamo più rimandare. Vada a farle visita oggi pomeriggio» concluse Bonaventura congedando la collega.

Appena restò solo si accese l'ennesima sigaretta, pensando al discorso da fare al magistrato. L'ultima volta che aveva chiamato per una richiesta simile, il pm gli aveva chiuso il telefono in faccia.

Questa volta, invece, il magistrato di turno ascoltò con molto interesse quanto aveva da dire e gli rilasciò l'autorizzazione ancor prima che Bonaventura gli formulasse la richiesta, anticipandolo e facendogli risparmiare tutto il discorso che si era preparato.

Il commissario lo ringraziò, segnandosi il suo nome: dottor David Ottoni. Sicuramente gli sarebbe tornato utile in futuro.

24

Mentre usciva dal centro storico per raggiungere la casa di Chiara Palmucci, Francesca prese a rimuginare su Macerata. Quel posto le piaceva? Poteva essere adatto a lei? Come si sarebbe trovata se avesse dovuto viverci per sempre? Quella era una realtà completamente diversa da Milano, dall'ambiente dov'era nata e cresciuta. Avrebbe finito per adattarsi, o l'avrebbe rigettato come un organo non compatibile trapiantato nel suo corpo?

Di una cosa, però, era sicura. Da quando era lì, Francesca aveva scoperto che in una giornata maceratese si potevano fare molte più cose che in una milanese. La vita, infatti, nelle Marche scorreva molto più tranquilla, soprattutto in strada, dove il traffico era tutto sommato accettabile, niente a che vedere con quello tentacolare del capoluogo lombardo, che finiva per sottrarre una grande quantità di tempo alla vita di ogni giorno.

E poi c'era anche da considerare la qualità dell'aria. Cosa non da poco. Aveva letto in un articolo di Legambiente che la concentrazione di polveri sottili nelle zone della pianura Padana era la più elevata d'Europa.

Certo, c'era anche il rovescio della medaglia... In una grande città non ci si annoiava mai, si poteva trovare di tutto, dal grande concerto di star internazionali, al ristorante etiope, mentre in un piccolo centro di provincia bisognava avere molta più fantasia per sfruttare il tempo libero in modo originale.

Era così assorbita da quei pensieri che solo dopo aver percorso tre quarti di viale dell'Indipendenza si accorse di non aver imboccato il bivio per via Galileo Galilei. Proseguì per altri cento metri fino a trovare una piazzola dove fare manovra e ripercorrere un tratto di strada a ritroso. Dopo un paio di minuti si trovò davanti al civico 120, parcheggiò l'auto, fece un bel respiro e tornò a concentrarsi sul caso.

Si annunciò al citofono cercando di mantenere un tono di voce neutro, poi però ci mise un'eternità a salire la rampa di scale. A ogni gradino rifletteva su come comunicare la notizia della gravidanza di Chiara, su quali parole scegliere per non aggiungere altra sofferenza a una madre già provata dal dramma di aver perso una figlia. Per quanto si scervellasse, ben presto si accorse che in casi come quelli non esistevano parole migliori o peggiori, la verità sarebbe suonata comunque cruda e feroce.

Ester Palmucci la attendeva sul pianerottolo. Dall'ultima volta che l'aveva vista le sembrò invecchiata di cinquant'anni. Aveva il viso solcato dal dolore, gli occhi lucidi, lo sguardo vuoto.

«Ha detto che ci sono delle novità... Avete trovato l'assassino?» chiese subito la signora con un filo di voce.

«Posso entrare?» chiese Gentilucci accennando un sorriso. Non le sembrava opportuno affrontare un argomento così delicato sul pianerottolo.

«Certo, mi scusi.» Ester le fece cenno di seguirla in casa.

Appena mise piede nell'appartamento, Francesca tornò con la mente alla mattina del loro primo incontro, quando lei e il commissario Bonaventura erano andati lì per comunicare alla vedova Palmucci la morte della figlia. Stavolta però lei era da sola. Non che la cosa la spaventasse, ma le infondeva quel senso di ansia che si prova quando si sa di non aver alcun supporto in caso di necessità.

«Si accomodi» disse la donna.

L'ispettore accolse l'invito, e si sedette su una poltrona di fronte a quella dove si accasciò Ester.

«Signora, come saprà, nei casi di omicidio si procede con

un'autopsia sul corpo della vittima» iniziò Francesca. «È la prassi.»

Alla parola 'autopsia' Ester alzò di scatto la testa e la fissò dritta negli occhi. Il suo sguardo si era fatto severo, sembrava implorarla di non rivelarle nulla circa i dettagli inquietanti rilevati sul corpo della sua bambina.

«Sua figlia...»

«Se le hanno fatto del male, preferisco non saperlo» affermò la donna con tono deciso.

«No, non si tratta di questo.»

«E allora di cosa?»

«Chiara era incinta» disse alla fine Francesca.

«Un bambino? La mia piccola aspettava un bambino?»

All'improvviso gli occhi di Ester si accesero di una gioia così intensa che dal suo viso scomparve ogni traccia di dolore.

«Sì, il feto era di tre mesi» proseguì l'ispettore capo.

Era...

Quel verbo coniugato al passato riportò Ester alla realtà.

I suoi lineamenti si irrigidirono, e in meno di un secondo la consapevolezza di aver perso non solo una figlia, ma anche un nipote, la risucchiò in un luogo lontano. Oscuro. Freddo. Inospitale. Un posto non adatto alla vita.

Francesca, guardando la donna, pensò che da un momento all'altro potesse chiudere gli occhi, reclinare la testa in avanti e scivolare sul pavimento.

«Vuole un bicchiere d'acqua?» provò a chiederle.

Ester non pareva aver sentito.

«Si sente bene?» cercò di sincerarsi Francesca allungando una mano fino a sfiorarle una spalla.

La donna accettò quel gesto di conforto, appoggiando la sua mano su quella della poliziotta, mentre le lacrime le rigavano il viso. Ma quelle lacrime non erano di disperazione o rabbia. Erano lacrime che scendevano silenziose, senza sosta, come un ruscello di montagna.

«Signora, un'ultima cosa...» proseguì Francesca con voce pacata.

Ester a quelle parole rispose solo con un piccolo gesto del capo.

«Pensiamo che Chiara avesse una nuova relazione.»

«Una nuova relazione?»

Francesca si limitò a guardarla negli occhi.

«Non me ne ha mai parlato, ne siete sicuri?» domandò la donna piuttosto sorpresa.

«Il test del DNA ha dimostrato che il bambino non era di Buratti.»

Era decisamente troppo. Insopportabile. Chiara, la sua bambina, la sua unica figlia le aveva nascosto una parte della sua vita. Eppure si erano sempre confidate su tutto, erano l'una la migliore amica dell'altra. Tra di loro non c'erano mai state zone d'ombra, almeno questo è quello che lei aveva sempre creduto.

Ester sgranò gli occhi, spalancò le labbra ma dalla sua bocca non uscì una parola.

«Ha idea di chi frequentasse Chiara in questo periodo?» provò a domandare Gentilucci.

Se volevano trovare l'assassino, avevano bisogno di quante più informazioni possibili.

La donna rimase in silenzio scuotendo la testa, poi prese a fissare il pavimento, finché non scoppiò di nuovo in un pianto sommesso. La sua bambina le aveva nascosto un segreto importante, un nome che se solo lei lo avesse saputo, avrebbe condotto i poliziotti alla verità.

Ma purtroppo non lo sapeva. In quel momento Francesca intuì che per arrivare alla verità avrebbero dovuto percorrere un'altra strada. Probabilmente sarebbe stata più lunga e impervia, ma era sicura che l'obiettivo finale non gli sarebbe sfuggito.

Di nuovo seduta in auto, prima di ripartire, l'ispettore Gentilucci rimase qualche istante ad ammirare la campagna verdeggiante che dietro la palazzina da cui era appena uscita si srotolava fino a raggiungere l'orizzonte.

Le suscitava un senso di calma, pace, serenità.

A Milano un panorama del genere sarebbe stato impensabile. A volte si scorgeva il cielo a malapena...

Più guardava la campagna, più le cresceva dentro la voglia di calpestare quell'erba con le sue scarpe da jogging.

Alla fine si decise. Avrebbe provato a solcare di corsa uno di quei sentieri che intravedeva in lontananza, doveva solo chiedere a qualcuno di farsi indicare un posto adatto.

Mise in moto riprendendo la strada per il centro storico, cercando di togliersi dalla testa per un po' tutto ciò che riguardava il lavoro, anche se sapeva già che non sarebbe stato possibile.

25

Il getto gelido della doccia era l'unico rimedio in grado di lenire la morsa della calura. Dopo quindici minuti passati immobile a gustarsi la cascata d'acqua, Luca uscì dal box rigenerato, si cinse un asciugamano intorno alla vita e con uno più piccolo si frizionò i capelli. Quel gesto di solito gli conferiva una sensazione di benessere, ma quella sera no. Nella sua testa picchiettavano troppi pensieri: l'esito negativo dell'esame del DNA di Buratti, la notizia che Chiara aveva deciso di dare un taglio al mondo virtuale...

Molte informazioni, ma ancora nessuna che possa definirsi una prova.

Raggiunse la camera da letto, tirò fuori dall'armadio un paio di jeans, che si infilò nonostante la resistenza della pelle ancora umida, poi aprì il secondo cassetto del comò ed estrasse una maglietta bianca di cotone.

E questa cos'è?

Dal fondo del mobiletto spuntava la t-shirt dell'ultimo concerto di Vasco Rossi.

Il regalo di Valentina per il nostro primo anniversario. L'ha indossata sempre e solo lei nelle giornate di studio o come camicia da notte.

Senza pensarci, si portò l'indumento al naso e inspirò a fondo.

Non so perché continuo a conservare queste cose, devo decidermi a gettarle nella spazzatura.

L'unica cosa da cui, nonostante tutto, non poteva separarsi era la passione per la pittura.

Da qualche giorno, la lunga pausa artistica che si era imposto dopo aver visto la sua relazione sfumare aveva lasciato spazio a un'irrefrenabile pulsione a usare i colori per creare nuove forme di vita. Quindici minuti dopo, infatti, le dita di Bonaventura stringevano con vigore il pennello, mentre con morbidi movimenti del polso dava continuità ai lineamenti del viso impresso sulla tela.

Aveva piazzato il treppiede al centro del soggiorno per approfittare degli ultimi raggi di sole. La penombra lo rilassava, ma allo stesso tempo lo incitava a proseguire nel suo lavoro prima di doversi avvalere della luce artificiale.

Mi piaci, ma allo stesso tempo mi fai paura.

Luca indietreggiò di qualche metro e, osservando la sua opera, si accorse che gli occhi della donna avevano uno sguardo piuttosto inquietante. Senza accorgersene, il commissario aveva trasferito l'espressione di terrore della povera Chiara Palmucci sul viso del ritratto.

Se solo riuscissi a fare lo stesso con le tue labbra, magari le potresti muovere per un secondo, il tempo di pronunciare il nome del tuo assassino.

Scosse il capo, come a rendersi conto che parlare con un dipinto non lo avrebbe portato da nessuna parte. Appoggiò il pennello nel bicchiere e spostò la sua attenzione sull'orologio a parete, notando che le lancette segnavano le diciannove e quarantacinque.

È l'ora di mettere qualcosa a tavola.

Con un gesto repentino aprì il congelatore. «Pollo con salsa barbecue e patate al rosmarino» pronunciò ad alta voce la descrizione del prodotto riportata sul retro della confezione. «Oppure qui abbiamo del filetto di merluzzo, basilico e pachino» proseguì rovistando nella mensola superiore e afferrando l'altra pietanza candidata alla cena.

Scelse il menu a base di carne, versò il contenuto in un piatto e inserì il tutto nel microonde, impostando il timer sui cinque minuti e in modalità defrost. Nell'attesa tornò a fissare il dipinto; seppur a buon punto, non era ancora finito.

Cosa ti manca? Cosa posso aggiungere prima di apporre la mia firma sulla tela?

In realtà Luca sapeva benissimo di cosa aveva bisogno la sua donna bidimensionale. Di un nome. E dedicarsi ad altro gli avrebbe concesso il giusto tempo per riflettere. Quindi aprì il primo cassetto posizionato sotto il lavello e tirò fuori delle posate, una tovaglietta in bambù e una ciotola.

Valentina era fissata con queste cose. Fosse per lei, avrei dovuto trasformare il mio appartamento in un tempio giapponese. Addirittura pretendeva che comprassi un futon. Figuriamoci se potevo dormire per terra!

Il ricordo dell'ex fidanzata fece ancora una volta irruzione nei suoi pensieri; del resto avevano condiviso quell'appartamento per quattro anni, e la maggior parte delle cose parlava ancora di lei. Per evitare la morsa della nostalgia accese la tv, quale miglior distrazione della cronaca concitata di una corsa di motociclismo o della squillante voce di una presentatrice di talk show?

Il pollo con salsa barbecue era pronto e giaceva immerso per metà in un liquido denso color melassa. Il commissario ne tagliò un pezzo e se lo infilò subito in bocca. Masticava con voracità, un po' per abitudine, un po' per tirar fuori il sapore della carne bianca che stentava a farsi percepire. Mandò giù il primo boccone aiutandosi con un copioso sorso di birra, ma per poco la cena non gli andò di traverso.

«*Questa mattina la cittadinanza si è stretta nel dolore per la perdita della giovane ballerina.*»

La voce carica di pathos del giornalista stava commentando la cerimonia funebre di Chiara, svoltasi qualche ora prima presso la chiesa di Santa Croce.

«*Durante l'omelia il parroco ha invitato i presenti a collaborare con le forze dell'ordine, sottolineando il fatto che l'assassino non ha ancora un nome.*»

Bonaventura afferrò il telecomando per cambiare canale, ma si bloccò.

«*Ascoltiamo ora il ricordo di alcune persone che sono state vicine alla vittima*» proseguì l'inviato difendendosi dalla piccola folla che si era creata intorno a lui, mentre l'operatore spostava l'inquadratura su una coppia di mezza età.

«*Accanto a me abbiamo la fortuna di avere la dottoressa Ornelli Biagiotti, il direttore artistico del Macerata Opera Festival, una persona che conosceva bene la povera Chiara.*»

«*Buonasera*» salutò la donna, giocherellando con la vistosa collana di perle che le pendeva dal collo.

«Ma con quale faccia ti definisci 'persona vicina alla vittima'?» le inveì contro il commissario.

«*Chiara era un vanto per il nostro corpo di ballo, una ragazza di talento e con grandi possibilità di carriera, cosa che può confermarvi anche mio marito*» esclamò la donna, dirottando il microfono verso l'uomo che le stava accanto.

«*In quanto regista del* Nabucco, *confermo la grave perdita artistica che lo spettacolo ha subìto. Chiara Palmucci era uno degli elementi migliori su cui potevamo contare. Non sarà facile trovare una sostituta all'altezza.*»

«Certo, eri così addolorato che a momenti ti veniva un infarto quando ti ho chiesto di fermare le prove, razza di ipocrita!» gridò Bonaventura puntando la forchetta contro il piccolo schermo.

«*Suppongo che la prima dello spettacolo subirà uno slittamento sul calendario*» disse il giornalista con espressione compassionevole.

«*L'arte è vita, e sono convinto che Chiara in quanto artista non avrebbe mai voluto che la rappresentazione, di cui era parte integrante, subisse delle variazioni*» affermò Murro, i lineamenti composti in un'espressione professionale.

«*Lo spettacolo, nonostante tutto, deve continuare. Porteremo in scena il* Nabucco *nella data fissata, proprio in sua memoria*» concluse, rimpadronendosi di nuovo del microfono, il direttore artistico.

«Servirsi di un funerale per pubblicizzare un evento! Io vi sbatto dentro a tutte e due!» urlò Bonaventura alzandosi e gettando il suo piatto, ancora pieno, nel lavandino.

Con lo stomaco ormai chiuso, tornò a fissare il quadro. Senza dubbio la donna dipinta era Chiara, ma il nome che gridavano i suoi occhi era ancora quello di uno sconosciuto.

26

Stavano procedendo come da manuale, eppure il caso sembrava richiedere qualche guizzo di originalità in più.

Forse dipende da me, non sono concentrato a sufficienza. Prima Angelini che sparisce, poi l'arrivo della milanese.

Bonaventura sedeva di traverso sulla poltrona girevole del suo ufficio, le gambe allungate, un braccio sullo schienale. E naturalmente stava fumando.

Cos'è che mi sfugge?

Cercò di scoprirlo, ripercorrendo tutte le fasi dell'indagine che aveva condotto da quando era stato scoperto il corpo di Chiara Palmucci. Per aiutarsi, scrisse su un foglio i nomi delle persone che ruotavano intorno alla vittima e sotto ognuna appuntò tutte le varie informazioni che riteneva utili.

Paolo Buratti e Fabio Nannucci erano segnati in cima. Poi, più in basso, Anselmo Murro. Al momento, erano gli unici tre uomini che, in un modo o nell'altro, erano entrati nel mondo di Chiara – escludendo Rino Maccone, la cui frequentazione con la ragazza era stata già chiarita ed era risultata irrilevante ai fini dell'indagine.

Solo tre uomini. Un po' poco.

Qualcosa non quadrava, mancavano dei tasselli, e gli tornò in mente una frase che aveva fatto sua fin dai tempi dell'accademia: 'Sono sempre le supposizioni, ciò che diamo per scontato e non mettiamo in discussione, a trarci in inganno.'

Proprio in quel momento prese a squillare il telefono. Il commissario si raddrizzò di scatto quando sentì la voce di Angelini.

«Allora sei vivo!» gli urlò contro.

«Non mi dirai che ti manco» lo prese in giro l'ispettore.

«Lo sai che non posso stare senza te» ribatté Bonaventura usando lo stesso tono, poi si fece serio. «In questi giorni ti avrò chiamato un centinaio di volte, dove accidenti sei finito?»

«Ora non posso parlare...»

«Che cazzo significa che non puoi parlare?»

«Volevo solo dirti di lasciare libero il mio ufficio che ritorno.»

«Il tuo ufficio è andato.»

«Cosa?»

«Sei stato rimpiazzato da una milanese.»

«Da chi?»

«Non una donna da sbavarci dietro, ma ha comunque un suo perché. Allora, dove ti trovi?»

«Ti conosco troppo bene, se parli in questo modo immagino che hai già perso la testa per lei.» E accennò una mezza risata.

«Me lo dici o no dove ti sei cacciato?»

«Ora devo lasciarti, mi stanno chiamando, devo ritornare in aula. Ti richiamo io.»

«Andrea?»

Ma Angelini aveva messo giù.

«Andrea?» ripeté il commissario. «Al diavolo» imprecò tra i denti, lasciando cadere il telefono sulla scrivania.

Perché tutti questi segreti? Che sta succedendo?

Per un po' si mise a ipotizzare dove poteva essere confinato il suo amico, ma erano immagini perlopiù confuse e fuori fuoco che si sovrapponevano una sull'altra senza soluzione di continuità. A interrompere il flusso dei suoi pensieri fu Gentilucci.

«Disturbo?» fece Francesca affacciandosi al suo ufficio.

«No, se porta con sé novità importanti.»

«Vorrei, ma l'incontro con la signora Ester Palmucci non è andato come speravo» rispose l'ispettore capo scuotendo la testa.

«Sia più chiara.»

«È stata dura... Quando le ho detto che Chiara aspettava un

bambino, per un attimo il suo viso si è acceso di speranza, per poi sprofondare nel buio più totale» proseguì Gentilucci con tono sommesso.

«Comunicare la morte di un caro non è mai facile, figuriamo quella di una vita che doveva ancora nascere.»

«E quando le ho detto che il padre non era l'ex fidanzato della figlia...»

«È crollata» l'anticipò il commissario.

«Esatto, ha sgranato gli occhi e non è riuscita a proferire più una parola.»

«Quindi non sappiamo se Chiara avesse altre frequentazioni?» domandò Luca.

«Quando gliel'ho chiesto si è limitata a scuotere il capo, come per scacciare dalla mente cose che la sua bambina non sarebbe mai stata in grado di fare.»

«Quanti segreti tra madri e figlie...» commentò con amarezza Bonaventura.

«Commissario?» lo chiamò Marinozzi.

«Che c'è, Marino'?» fece infastidito per l'improvviso ingresso dell'agente scelto.

«Il questore... ha telefonato la sua segretaria... vuole vederla.»

Alla parola 'questore', Bonaventura si passò entrambe le mani sul volto, come a voler cancellare tutti i pensieri che avevano iniziato a ronzargli in testa da quando era entrato in ufficio, ma non fu sufficiente. Per schiodarli via sarebbero state necessarie un bel paio di tenaglie.

Marinozzi era ancora lì, fermo sulla soglia come uno stoccafisso.

Il commissario si tirò su e congedò l'ispettore capo, che salutò l'agente scelto e uscì dall'ufficio.

«Pagliacci dove sta, Marino'?» chiese il commissario.

«Sta prendendo la dichiarazione di una donna che dice di essere stata maltrattata dal marito, forse vuole denunciarlo.»

«Occupatene tu e di' a Pagliacci di fare una lista di tutti i compagni di corso di Chiara Palmucci e di darla all'ispettore Gentilucci.»

«Agli ordini.»

«E allora vai.»

«Una cosa commissario...»

«Allora?»

«Che tipo di corso?»

«Università, Marino', ne hai mai sentito parlare?» E, uscito dall'ufficio, si allontanò lungo il corridoio.

Il questore lo accolse con l'espressione tipica di chi attende un aereo che ha cinque ore di ritardo.

«Prego, si sieda» lo invitò sulla graticola.

Il commissario provò a far finta di non aver udito, restando in piedi, ma Paolotto lo esortò ad accomodarsi con un ampio gesto della mano.

«Allora, dottor Bonaventura, a che punto siamo con l'omicidio Palmucci? Ci sono novità?» esordì con un tono di voce piuttosto ambiguo, come se stesse in qualche modo ironizzando sull'operato del commissario. Almeno fu quello che percepì Luca.

«Al momento ci sarebbero tre sospettati.» Bonaventura tentò di risultare convincente, anche se sapeva benissimo che per nessuno di questi aveva delle prove.

«Tre sospettati» ripeté il questore. «E potrei sapere chi sarebbero?»

«Paolo Buratti» rispose il commissario, spiegando che si trattava dell'ex fidanzato della vittima che continuava a infastidirla. «Fabio Nannucci,» proseguì a elencare «un tecnico delle luci che si era innamorato di lei, ma che lei non corrispondeva.»

«E il terzo?»

Il commissario si schiarì la voce. E mentre lo faceva pensò che forse avrebbe fatto meglio a dire che i sospettati erano solo due. Il terzo, infatti, era più che altro una sua sensazione.

Alla fine si decise a tirare fuori anche questo nome. «Anselmo Murro.»

Il questore saltò sulla poltrona.

«Il regista del *Nabucco*?»

Il commissario fece un segno d'assenso.

«Faccia attenzione, Bonaventura, non si metta a giocare col fuoco, potrebbe scottarsi.»

«Seguo solo il mio istinto.»

«Per una volta metta da parte il suo... istinto e prenda in considerazione i fatti.»

«Ma i fatti potrebbero portare nella sua direzione.»

«Si tratta di una persona molto in vista qui a Macerata.» E così dicendo il questore si lasciò cadere contro lo schienale in pelle. Il sottotesto era chiaro: 'Non si azzardi a infastidirlo.' «Cerchi di usare la massima discrezione, ha capito?» continuò, addolcendo un po' la pillola.

«Credevo volesse arrivare all'assassino.»

«È quello che vogliamo tutti, ma senza sollevare inutili casi mediatici, chiaro?»

Chiaro.

27

A bordo dell'Alfa 159, Gentilucci controllò il suo riflesso nello specchietto retrovisore. Il foulard che aveva scelto per quella giornata sembrava un tutt'uno cromatico con la camicetta in seta azzurra, e questo le conferì un immediato senso di sicurezza. Poi tornò a concentrarsi sulla guida perché, anche se il centro storico di Macerata per lei iniziava a non avere più segreti, non voleva rischiare di sbagliare strada e ritrovarsi a compiere due volte il giro delle mura.

Nonostante fossero le undici e trenta del mattino, a percorrere viale Don Bosco c'erano solo lei e un autobus di linea urbana.

I suoi occhi incrociarono l'insegna di una farmacia sotto la quale una scritta segnalava la temperatura di trentadue gradi. Pensò subito che il caldo avesse fatto fuggire proprio tutti.

Per un istante ebbe la sensazione di essere di nuovo nella sua Milano, avvolta dalla calura e dal silenzio del mese di agosto.

L'autobus si fermò davanti alla stazione ferroviaria e Gentilucci ne approfittò per schiacciare l'acceleratore, superarlo e continuare verso la sua destinazione. Una volta lasciatasi alle spalle corso Cairoli, prese in mano la cartellina appoggiata sul sedile del passeggero. I suoi occhi scorsero rapidi un elenco di una sessantina di nomi affiancati da una colonna con codici alfanumerici.

La sua speranza era quella che almeno uno di loro fosse in grado di fornire informazioni interessanti.

Ripose la cartellina sul sedile e tornò a concentrarsi sulla guida.

La sede della facoltà di beni culturali consisteva in un edificio moderno completamente bianco, e i pungenti raggi del sole, respinti dalla ringhiera metallica delle scale di accesso, lo rendevano difficile da guardare a occhio nudo. Parcheggiata l'auto in uno dei posti riservati ai docenti, Francesca varcò la soglia d'ingresso con passo deciso.

«Salve, sono l'ispettore capo Gentilucci» si presentò a un uomo che sedeva dietro un box vetrato.

«Ho capito subito che non era un'insegnante, sa?» la salutò l'usciere cercando di darsi un tono.

«Dovrei vedere alcuni studenti.»

«Certo, li può trovare in sala lettura, in fondo al corridoio a destra» rispose l'uomo intuendo che non era il caso di dilungarsi in convenevoli.

Le pareti del pianoterra erano rivestite da bacheche strabordanti di fogli. Comunicazioni ufficiali si sovrapponevano ad annunci di affittacamere, colorati post-it proponevano un lavoro part-time ben retribuito, mentre una stampa sbiadita invitava all'acquisto di un pc di seconda mano a un prezzo imbattibile.

Compiaciuta, rifletté sul fatto che nonostante il passare degli anni, l'atmosfera universitaria fosse rimasta sempre la stessa.

Proseguì superando due grandi aule deserte fino a incontrarne una più piccola dalla porta socchiusa. Accanto allo stipite una targa metallica riportava la scritta LABORATORIO LINGUISTICO.

Come ipnotizzata, Francesca fissò per un lungo minuto la parola 'laboratorio'. Poi, per istinto, cominciò a leggere e rileggere quelle undici lettere sempre più velocemente, fino al punto che, nella sua mente, quei caratteri presero a invertirsi, tremare, diventare liquidi e assumere dimensioni enormi tanto da fuoriuscire dalla lastra di alluminio.

Si domandò perché, dopo mesi di assenza, quella sensazione di confusione e soffocamento si facesse viva proprio in quel momento.

In quello stesso istante la sua fronte mutò in un mosaico di minuscole gocce di sudore, i polmoni le si gonfiarono di un'aria priva di ossigeno e dalla bocca scomparve ogni traccia di saliva.

Sì sforzò di restare calma, convincendosi che quell'improvviso malessere era legato soltanto a un ricordo. A un episodio avvenuto in un'altra città, in un posto lontano da dove si trovava in quel momento, in un altro laboratorio.

Con la mano destra cercò sostegno su un calorifero mentre, senza neanche accorgersene, con la sinistra aveva iniziato a liberare il collo dal foulard. In meno di un secondo le sue dita furono a contatto con una pelle rovente, le cui pieghe gridavano ancora aiuto.

«Lascio aperto?» le domandò una donna dal marcato accento anglosassone, uscendo dal laboratorio linguistico.

Francesca rimase in silenzio con gli occhi sgranati, come se davanti a lei non ci fosse nessuno.

«Non è qui per la prova di assistente di lingua inglese?»

«No... io, veramente, cercavo la sala lettura» rispose Gentilucci ricomponendosi e dileguandosi verso la fine del corridoio, quasi sfuggendo da qualcosa più grande di lei.

Il sudore ora avvolgeva il suo corpo in un velo di ghiaccio, il ritmo cardiaco sembrava essere tornato alla normalità e il respiro, anche se stanco, era di nuovo in grado di farla sentire viva.

Riavvolse con cura il foulard intorno al collo e con una falcata decisa si obbligò a varcare la soglia dell'aula.

Ad accoglierla c'era un piccolo gruppo di studenti appoggiati a banchi in legno; alcuni avevano lo sguardo perso nel display del cellulare, altri invece sembravano immersi in una concitata conversazione.

«Buongiorno, ragazzi» esordì Gentilucci attirando la loro attenzione.

I giovani interpretarono quel saluto come un richiamo all'ordine e ognuno di loro prese posto su una sedia.

«Sono l'ispettore capo Francesca Gentilucci, credo che abbiate già intuito il motivo di questo incontro.»

«Sta indagando sull'omicidio di Chiara» disse una ragazza della prima fila.

Gentilucci rispose annuendo, poi fece seguire un lungo silenzio, come a recuperare quella parte di fiato ancora preda dell'attacco di panico di qualche minuto prima.

«I giornali dicono che il maggior sospettato sia il suo ex, è stato lui a ucciderla?» chiese un ragazzo sollevando gli occhiali da sole e infilandoseli tra i capelli.

«Come ti chiami?» gli domandò Gentilucci prendendo in mano la cartellina.

«Edoardo.»

«Edoardo... Ripani?» continuò lei facendo scorrere il dito lungo l'elenco dei nomi.

«Esatto, per caso sono tra gli indagati?» proseguì il giovane aggiungendo una grassa risata.

Gentilucci non rispose e lasciò vagare lo sguardo per tutta l'aula.

Dei sessanta nomi presenti nel suo elenco, davanti a sé ne poteva contare solo cinque. Considerò che gli altri fossero tornati dalle loro rispettive famiglie oppure partiti in vacanza.

Si avvicinò a una sedia libera – mettersi comoda l'avrebbe aiutata a sostenere il suo fisico ancora provato –, poi però decise di restare in piedi e passeggiare tra i banchi: un atteggiamento informale avrebbe reso più facile entrare in sintonia con quei possibili testimoni appena ventenni.

«So che con questo caldo preferireste stare altrove, ma ascoltatemi bene, le informazioni di ognuno di voi possono essere fondamentali ai fini delle indagini.»

«Ci vuole portare in tribunale?» domandò sempre lo studente con gli occhiali da sole.

«No, Edoardo. Qualsiasi cosa direte resterà tra me e voi, non ci sarà nessun verbale di questo incontro.»

«Io Chiara non la conoscevo molto bene. Saremo uscite insieme due-tre volte in tre anni» intervenne la ragazza in prima fila, come a mettere subito in chiaro il suo rapporto con la ex compagna di studi.

«Io invece ho scritto con lei una tesina per l'esame di storia contemporanea, ma non posso dire che eravamo amiche» si inserì nel discorso una giovane minuta dalla carnagione più bianca del latte.

«Ho bisogno di sapere se in quest'ultimo periodo avete notato qualcosa di particolare nel suo atteggiamento, se arrivava tardi a lezione o se magari non si presentava affatto.»

«Chiara era una secchiona, non avrebbe fatto un'assenza neanche con quaranta di febbre» affermò Edoardo tirando fuori dalla tasca degli shorts il cellulare.

«Però alle ultime lezioni di restauro aveva sempre fretta di andar via» intervenne la giovane dalla carnagione chiara.

«E ti ha mai detto il perché?» la incalzò Gentilucci.

«Credo frequentasse un corso di danza o qualcosa del genere.»

«Non era un corso, ma gli allenamenti per la stagione allo Sferisterio.»

«Vedo che sei piuttosto informato, Edoardo» disse l'ispettore capo.

«Diciamo che non mi sono mai lasciato sfuggire l'occasione per parlare un po' con lei» si giustificò il ragazzo mostrando un sorriso che lasciava intendere che la sua compagna non gli era mai stata indifferente.

«Avete per caso notato se quando usciva dalla facoltà c'era qualcuno ad aspettarla?»

«Veniva sempre con la sua auto, qualche volta mi ha anche dato un passaggio fino al convitto» si reinserì nel discorso la studentessa della prima fila.

«C'era qualcuno che magari poteva avercela con lei per qualche ragione?»

Gli studenti si confrontarono tra loro lanciandosi occhiate, sguardi interrogativi, poi alcuni scossero la testa, altri alzarono le spalle, ma tutti rimasero in silenzio.

Gentilucci riportò lo sguardo sulla cartellina, come a cercare tra quei nomi quello del testimone chiave.

Si era fatta l'idea che tra i presenti nessuno fosse in possesso di informazioni rilevanti. Sarebbe stato meglio tornare quando le aule sarebbero state di nuovo piene, ma ciò significava attendere due mesi prima di dare un nome all'assassino di Chiara.

«Vi ha confidato se in quest'ultimo periodo si frequentava con qualcuno, magari aveva un nuovo ragazzo?» proseguì la poliziotta con una domanda più diretta.

«Sì, aveva un nuovo flirt» intervenne una studentessa con delle meches multicolor, che fino a quel momento era rimasta in silenzio.

«E come fai a dirlo?» domandò Edoardo con una punta di gelosia.

«Era palese. Aveva sul viso quell'espressione sognante tipica di noi ragazze quando incontriamo l'uomo perfetto.»

«Ti ha anche detto il nome di questa persona?» domandò speranzosa Gentilucci.

«No, Chiara non mi ha mai parlato della sua vita privata, è soltanto una mia intuizione. Sono cose che si capiscono.»

'Cose che si capiscono' non era certo un'informazione che avrebbe potuto riferire in commissariato, soprattutto se frutto delle supposizioni di una ventenne.

Nella sala lettura c'era un'altra presenza che non sfuggì all'attenzione dell'ispettore capo, una giovane dalla pelle ambrata e con il capo coperto da un velo, che aveva seguito l'intera conversazione senza mai intervenire.

Gentilucci cercò di individuare il suo nome sulla griglia, ed escludendo i cognomi Anastopoulos e Badescu, suppose che la ragazza si chiamasse Fatima Hamdani.

Per cercare di chiamarla in causa proseguì l'incontro con un'altra domanda, stavolta puntando gli occhi su di lei. «Ragazzi, qualcuno di voi sa perché Chiara aveva chiuso il suo profilo Facebook?»

La studentessa con il velo non rispose, mentre il primo a parlare fu ancora Edoardo.

«Diceva che i social network le rubavano tempo allo studio e quindi ha preferito cancellarsi.»

«Anche a me ha detto la stessa cosa, ora che aveva anche l'impegno della danza non voleva distrazioni» intervenne la ragazza in prima fila.

«Bene, nessun altro vuole aggiungere qualcosa?»

I ragazzi scossero la testa, al che Gentilucci li congedò ringraziandoli e invitandoli a contattarla qualora si ricordassero di episodi rilevanti ai fini delle indagini sull'omicidio.

L'ispettore capo restò nell'aula giusto il tempo di annotarsi il nome dei presenti al colloquio, poi si infilò la cartellina sotto il braccio e uscì. Una volta nel corridoio si accorse che uno degli studenti era rimasto ad attenderla.

«Sei Fatima, vero?»

«Sì» rispose la ragazza quasi sibilando.

«Conoscevi Chiara?» le domandò Gentilucci intuendo che quello era il motivo per cui la ragazza si trovava lì.

«Sì, cioè no... non bene. Sono qui da pochi mesi con il progetto Erasmus» rispose con marcato accento francese.

«Vuoi dirmi qualcosa?»

Fatima rimase in silenzio, ma Gentilucci si accorse che le labbra della giovane a stento trattenevano delle parole. Per farla sentire più a suo agio la invitò a tornare nella sala lettura e, una volta dentro, socchiuse la porta.

«Qualsiasi dettaglio può aiutarci a risolvere il caso, se hai visto o sentito qualcosa ti chiedo di raccontarmelo.»

«La scorsa settimana, non ricordo bene il giorno, mentre aspettavo l'autobus...» iniziò Fatima interrompendosi subito dopo.

«Sì?» la incoraggiò a proseguire Francesca.

«L'ho vista uscire dalla facoltà, correva, sembrava avesse molta fretta, ho provato a salutarla, ma...»

«Ma?»

«Non credo mi abbia vista o forse non voleva fermarsi per non farlo aspettare.»

«Farlo aspettare, chi?»

«Non lo so.»

«Fatima, per favore, potrebbe essere molto importante, chi è che aspettava Chiara?»

«Un uomo.»

«Sei in grado di descriverlo?»

«Quel pomeriggio pioveva, il suo volto era quasi tutto coperto dall'ombrello, ho solo notato che indossava un completo nero o forse blu scuro, sembrava elegante.»

«Cos'altro hai visto?»

«Niente di particolare.»

«E poi?»

«Quando Chiara lo ha raggiunto si sono abbracciati.»

«Che comportamento avevano? Ti sono apparsi solo amici o hai avuto l'impressione che tra loro ci fosse qualcosa di più?»

«Non lo so, è arrivato l'autobus e sono andata via.»

Per un lungo istante Gentilucci e Fatima si guardarono negli occhi. Per quanto la poliziotta volesse carpirle più informazioni, la ragazza sembrava essere stata sincera nel confermare che la sua testimonianza era terminata con l'arrivo di quell'autobus.

Francesca la salutò, lasciandole il suo biglietto da visita. Poi restò sola in quell'aula a immaginare Chiara, china su un quaderno intenta a prendere appunti e al tempo stesso desiderosa che le lancette dell'orologio segnassero al più presto il termine della lezione.

Provò a immaginare Buratti con indosso abiti eleganti nel tentativo di riconquistarla. Poi cancellò dalla sua mente quell'idea e si convinse che molto probabilmente quel giorno Chiara fosse ansiosa di abbracciare il suo 'uomo perfetto'.

28

Cosa ne penserà Bonaventura?, si chiese Francesca mentre saliva le scale del commissariato.

Era curiosa di conoscere la sua opinione riguardo a quanto le aveva riferito Fatima.

'*...ho solo notato che indossava un completo nero o forse blu scuro, sembrava elegante.*'

Questo, secondo Francesca, poteva rivelarsi un dettaglio importante ed era ansiosa di sapere se il suo superiore la pensasse come lei. Per quanti sforzi facesse, non riusciva proprio a immaginarsi né Buratti né Nannucci con un vestito elegante.

«Dottoressa» la salutò Marinozzi, non appena passò davanti alla sua postazione.

«Sto cercando il commissario, è nel suo ufficio?» gli chiese lei senza fermarsi.

«Ma come... non sa niente?» L'agente sembrava stupito.

«Cosa dovrei sapere?» Gentilucci tornò indietro e si posizionò di fronte a Marinozzi.

«Il commissario ha avuto...»

«Cosa?» lo spronò l'ispettore capo, ma l'agente era in evidente difficoltà.

«Ecco... diciamo che gli è successo un incidente.»

«Potrebbe essere più preciso?» Francesca sembrava sinceramente preoccupata.

Marinozzi si schiarì la voce e finalmente la mise al corrente di quello che era successo a Bonaventura.

«È stato un albanese. Stamattina abbiamo ricevuto una chiamata... una signora ci ha avvertito che in un appartamento di fianco al suo, in via Zara, stava succedendo il finimondo. In attesa che si liberasse una volante, il commissario è andato a dare un'occhiata. Ha cercato di difendersi, ma quell'energumeno gli ha sferrato un pugno dritto sul naso e poi un altro sull'occhio.»

«E adesso dove si trova il commissario?»

«Se all'ospedale hanno finito di raddrizzargli il naso, se ne sarà andato a casa. Mi hanno detto che ha un occhio conciato parecchio male.»

Gentilucci fece un cenno col capo, che Marinozzi interpretò come un grazie, e si avviò verso il suo ufficio.

Dopo aver chiuso la porta, andò a sedersi alla scrivania e si allentò il nodo della pashmina che aveva intorno al collo, un gesto che quando era da sola le veniva quasi naturale. Poi si rilassò contro lo schienale.

L'albanese doveva essere davvero un osso duro per mettere fuori combattimento un tipo come Bonaventura, addestrato a far fronte a energumeni di ogni genere, pensò l'ispettore capo. Probabilmente il commissario era stato colto di sorpresa.

Tirò fuori dalla borsa il cellulare con l'intenzione di telefonargli, ma poi si bloccò, pensando che potesse essere ancora all'ospedale o a riposare per smaltire le botte incassate. Allo stesso tempo, però, voleva accertarsi del suo effettivo stato di salute. Le informazioni ricevute da Marinozzi erano troppo frammentarie, e inoltre doveva riferirgli quanto aveva scoperto all'università.

Fece un bel respiro, riprese in mano il telefono e questa volta inoltrò la chiamata. Bonaventura rispose quando ormai l'ispettore non ci sperava più, al decimo squillo.

Steso sul divano, Bonaventura allungò il braccio verso il tavolino e, a occhi chiusi, ne tastò il piano in ricerca del cellulare che suonava. Il trillare acuto aveva risvegliato lo sciame d'api che sentiva ronzare nella sua testa e che ora spingeva più che mai per uscire.

«Chi è?» rispose sbiascicando con voce impastata.

«Sa... Salve, spero di non disturbarla» esordì Francesca titubante.

Luca si stupì nel riconoscere la voce della collega. «Gentilucci?»

«Sì, sono io. Ma lei stava riposando... magari la chiamo in un altro momento.»

«No no, ero sveglio» mentì lui schiarendosi la voce. Si sollevò con il busto e si sistemò la camicia come se Francesca fosse lì davanti a lui. «Mi dica, cos'è successo?»

«È quello che stavo per chiederle io...»

Per qualche istante restarono entrambi in silenzio, poi Francesca spiegò: «Marinozzi mi ha raccontato cosa le è accaduto, volevo sapere se stava bene.»

Si preoccupa per me..., rifletté Bonaventura, in fondo compiaciuto per l'attenzione che l'ispettore gli stava rivolgendo.

«Come si sente?» domandò Francesca, diretta.

«Sopravvivrò» tagliò corto lui con tono spavaldo. Era pur sempre il commissario e non voleva far pena a nessuno. Oltre alla testa, nel frattempo, avevano ripreso a richiamare la sua attenzione anche il naso e l'occhio sinistro, iniziando a pulsare, pulsare pulsare... come se il batterista di Vasco Rossi avesse scambiato quella porzione del suo corpo per il palco di un concerto a San Siro. Il commissario si portò una mano alla fronte nel tentativo di fermare quel trambusto, poi, sforzandosi di tenere la voce ferma, disse: «Piuttosto, mi dica com'è andato il sopralluogo all'università.»

«È emerso un dettaglio interessante. Una ragazza ha raccontato di aver visto un uomo aspettare Chiara fuori dalla facoltà. Ma credo sia meglio parlarne di persona, quando lei starà... be', sì, insomma appena rientra in ufficio.»

«Le ripeto che sto bene. Ma se è così preoccupata per la mia salute, può venire qui da me e assicurarsi delle mie condizioni. Così mi riferisce di persona sui risvolti dell'indagine, e non perdiamo altro tempo prezioso» disse Luca tutto d'un fiato.

Francesca avrebbe voluto interrompere la telefonata di fronte a quel tono arrogante, ma Bonaventura era pur sempre il suo superiore. «Va bene, commissario, come preferisce.»

Dopo averle dato l'indirizzo, Luca chiuse la chiamata e si passò una mano tra i capelli.

Come mi è venuto in mente di fare una cosa del genere? L'ho appena invitata a venire a casa mia. Non ho mai fatto entrare un collega nel mio appartamento prima d'ora...

Ma conciato in quelle condizioni non aveva nessuna voglia di uscire, e dovevano fare il punto sul caso Chiara Palmucci.

Venti minuti dopo, Gentilucci parcheggiò l'auto di servizio di fronte allo stabile in cui viveva Bonaventura, una palazzina di tre piani abbastanza anonima se non fosse stato per gli enormi balconi dipinti di arancione, tutti muniti di veranda, dai quali, guardando verso nord, si potevano ammirare le colline che si adagiavano una sull'altra come in un quadro di Caspar David Friedrich.

L'ispettore capo pensò che il suo superiore fosse davvero fortunato. Un appartamento simile a Milano sarebbe costato una fortuna.

Prima di scendere dall'auto direzionò lo specchietto retrovisore verso di sé, si diede una rapida occhiata, si ravvivò i capelli, tirò fuori dalla borsa un rossetto e se lo passò sulle labbra. Non aveva l'abitudine di truccarsi mentre era in servizio, ma l'incontro con il suo superiore in un posto diverso dal commissariato le aveva fatto sentire la necessità di presentarsi al meglio di sé.

Entrando nell'appartamento di Bonaventura, la prima cosa che Francesca notò fu il gran disordine, già nell'ingresso. Di quelli tipici maschili. E considerando che, a quanto ne sapeva lei, il commissario viveva da solo, ci poteva stare. Ciò che invece la impressionò fu il volto del collega quando richiuse la porta e se lo trovò di fronte. Nonostante fosse una poliziotta, non aveva mai visto un occhio messo così male. Più che aver ricevuto un pugno, Bonaventura sembrava essere stato calpestato da un elefante.

In automatico le partì una smorfia che poi cercò in qualche modo di controllare.

«Venga, si accomodi.» Luca la condusse in un ambiente unico che fungeva da zona giorno, con una cucina componibile in un angolo, con tanto di tavolo e sedie abbinate, e un grande divano in pelle beige posizionato al centro della sala, davanti a uno schermo piatto di ultima generazione.

Francesca si guardò intorno chiedendosi come lei avrebbe arredato quello spazio per valorizzarlo al meglio. Sul momento non aveva le idee chiare, ma sicuramente non come aveva fatto Bonaventura. C'era qualcosa in quella sala che la disturbava. Inizialmente pensò al tappeto di pelo bianco steso davanti al divano, ma poi capì che a infastidirla era piuttosto la mancanza di oggetti decorativi.

«Quindi sa già tutti i dettagli del mio incidente» cercò di rompere il ghiaccio Luca, indicandosi il volto. Ma subito dopo averla pronunciata, non gli sembrò la frase più adatta per avviare una conversazione.

«In realtà, no. Marinozzi è stato molto approssimativo» rispose la poliziotta mettendo fine alle elucubrazioni del commissario.

«Di questo non mi stupisco.»

«Allora, com'è successo? Sempre se le va di parlarne.»

«Posso offrirle qualcosa da bere?» E così dicendo, Luca aprì il frigorifero e tirò fuori due lattine di birra. Ma non voleva svicolare alla domanda, pensava semplicemente che con un bicchiere in mano, e soprattutto con una sigaretta tra le labbra, ne avrebbe parlato meglio.

«Preferirei un succo di frutta» commentò Francesca appena vide le lattine.

Il commissario allargò le braccia. «Dell'acqua minerale?»

Alla fine le servì della semplice acqua di rubinetto, mentre lui avrebbe volentieri ingollato una vodka, o una tequila.

«Be', che dire... gli albanesi ubriachi possono essere molto pericolosi, se poi sono alti due metri e larghi uno...» Bonaventura lasciò la frase in sospeso e si preparò una sigaretta.

Gentilucci non disse niente, intuendo che c'era dell'altro e quella fosse solo un'interruzione a effetto.

«Ho sbagliato. Mi ha colto di sorpresa, e a un poliziotto non deve succedere» riprese il commissario dopo aver fatto due lunghe tirate.

L'affermazione non faceva una piega, ma Francesca non se la sentì di confermare. Pensò che magari ne avrebbero parlato meglio in ufficio, con più calma e a mente fredda. Infierire in quel momento sarebbe stato come sparare sulla Croce rossa. Abbozzò un mezzo sorriso e bevve un sorso dal suo bicchiere.

«Ma mi parli di quello che ha scoperto» riprese Bonaventura dopo aver versato il contenuto della lattina in un boccale.

L'ispettore capo gli sintetizzò le testimonianze che aveva raccolto all'università, soffermandosi su quella di Fatima.

«Di sicuro né Nannucci né Buratti sono tipi eleganti.» Il commissario fece la stessa considerazione che aveva fatto lei.

«Ma Murro, invece, lo è» buttò lì Francesca, più che altro per vedere la reazione di Bonaventura.

«Il vestito che indossava Chiara, più quello che abbiamo trovato nel suo armadio e la borsa...» disse il commissario «potrebbero essere regali del nostro regista.»

«I due hanno una relazione segreta e Murro a un certo punto inizia a riempirla di regali costosi...» cercò di delineare un quadro Gentilucci.

«La ragazza vorrebbe uscire allo scoperto, ma per Murro è troppo pericoloso, metterebbe a rischio la sua carriera...» continuò Luca.

«Quindi lui la uccide.»

«A filare, fila.»

«Dobbiamo solo provarlo» disse l'ispettore capo.

«Forse dovremmo chiedere a Murro di sottoporsi al test del DNA» propose Francesca.

Bonaventura a quel punto staccò gli occhi dalla collega e iniziò a sorseggiare la sua birra. Sapeva che Paolotto non avrebbe mai acconsentito, ma dovevano assolutamente tentare.

29

Nonostante il dolore che accusava al volto, il commissario si dimostrò piuttosto loquace e, dopo aver affrontato la questione Chiara Palmucci, si dilungò in aneddoti sulla sua carriera di poliziotto.

«Doveva vedere la faccia di mia madre quando le ho detto di aver vinto il concorso per entrare in accademia.»

«Immagino fosse molto orgogliosa.»

«Al contrario! Per poco non svenne all'idea di sapere che suo figlio un giorno avrebbe portato in casa la pistola d'ordinanza.»

I due si lasciarono andare a una risata e in quel preciso momento il commissario si rese conto che, per la prima volta dopo molti mesi, la sua casa stava vibrando di emozioni positive.

«Lei, invece?»

«Cosa?» chiese Gentilucci assicurandosi che il rimmel non tingesse di nero i suoi occhi ancora umidi.

«I suoi genitori come hanno preso il suo ingresso nella polizia di Stato?»

«Diciamo che li avevo avvisati quando avevo cinque anni e quindi hanno avuto il tempo necessario per abituarsi all'idea.»

«Davvero era già convinta da bambina?»

«Sono una persona dalle idee chiare.»

Una donna di carattere, interessante...

Bonaventura la osservò spostarsi una ciocca di capelli dietro l'orecchio, e continuò a fissarla memorizzando il contorno dei suoi occhi a mandorla, la linea delle labbra che all'improvviso gli sembrarono fin troppo carnose.

La stava scrutando con una tale attenzione che Gentilucci chiese «Si sente bene?», cercando di capire perché il suo superiore lo stesse facendo.

«Come? Ah... sì, benissimo se non fosse per questa fitta alla tempia» rispose lui, glissando la domanda e ripiegando sul suo stato di salute.

«Dovrebbe metterci del ghiaccio.»

«Ha ragione, me lo ha detto anche il medico del pronto soccorso.»

«Allora è proprio il caso di intervenire subito» esclamò Gentilucci alzandosi dal divano e dirigendosi verso il frigorifero.

L'atteggiamento composto, quasi rigido, che l'ispettore capo manteneva durante le ore di lavoro stava pian piano lasciando il posto a una figura femminile dolce e premurosa. Anche se era la prima volta che Francesca metteva piede in quell'appartamento, le sue movenze erano sicure e disinvolte. Senza rendersene conto aveva abbandonato i panni di semplice collega, mostrando un aspetto di sé più umano e compassionevole.

«È importante appoggiarlo sopra l'ematoma» gli suggerì una volta preso il ghiaccio dal freezer e adagiati i cubetti sullo strofinaccio da cucina.

Poi tornò a sedersi sul divano e quando con il gelido fagotto sfiorò la tempia di Bonaventura, il commissario si scosse in un brivido.

«Ahi!» Per il dolore girò il capo dall'altra parte.

«Forse è meglio se lo tiene lei.» E così dicendo Francesca glielo porse.

Le dita di Luca incontrarono quelle della collega e indugiarono per lunghi secondi, come per trattenere la sensazione di freschezza proveniente da quel piacevole quanto inaspettato contatto.

«Credo... si sia fatto tardi» disse poi Gentilucci lanciando uno sguardo all'orologio a parete e alzandosi con uno scatto deciso.

«Caspita, già le sette...» bofonchiò il commissario riprendendosi da quell'attimo di tenerezza.

«Ci vediamo in ufficio. Quando crede di poter tornare?» gli domandò raccogliendo borsa e cartellina dal tavolo.

«Domani» rispose secco Bonaventura seguendola verso la porta.

«Scusi, ma non le hanno dato dei giorni di riposo?»

Il commissario non rispose. Il suo pensiero era ancora inebriato dal fugace, ma intimo contatto con le dita di Francesca. In quel momento anche il dolore al setto nasale e il gonfiore all'occhio sembravano spariti.

Sei proprio sicura che stai andando via perché si è fatto tardi? Oppure anche tu hai provato qualcosa quando le nostre dita si sono incontrate? Resta ancora con me.

«I commissari non riposano mai. Guardi su cosa mi sono messo a lavorare appena tornato dall'ospedale» disse, indietreggiando fino a un angolo del soggiorno e sollevando con un gesto plateale il lenzuolo che copriva il treppiede.

Per la sua natura di perfezionista non avrebbe mai reso pubblico un quadro ancora incompiuto, ma la situazione richiedeva un intervento immediato e l'unico modo per trattenere in casa la giovane milanese era mostrarle un lato di lui che ancora non conosceva.

«È opera sua?» fece lei stupita, avvicinandosi al quadro.

Il commissario annuì compiaciuto.

«Non sapevo che fosse anche un artista.»

Io invece l'ho capito subito che eri una donna interessante. Marinozzi e Pagliacci avevano ragione a ronzarti intorno come due mosche, il giorno del tuo arrivo.

Francesca si posizionò davanti alla tela e, come rapita da un segnale inaspettato, restò a fissare quelle pennellate che dall'azzurro sfumavano nel celeste per poi perdersi in un giallo oro.

Bonaventura da parte sua restò immobile a osservare la collega. Quelle gambe toniche e sinuose la facevano sembrare ancora più giovane della sua età, per non parlare dei lunghi capelli biondi che per la prima volta portava sciolti e che le coprivano metà della schiena.

«È una tecnica che usa per risolvere tutti i casi?» gli chiese senza distogliere lo sguardo dal ritratto.

«In che senso?»

«La ragazza del quadro è Chiara Palmucci, giusto?»

«Non pensavo che il mio stile fosse così reale» rispose ironico il commissario.

«È un modo originale di analizzare i crimini» commentò lei girandosi verso di lui.

All'improvviso, agli occhi di Francesca, Bonaventura non sembrava più il classico commissario di provincia, pronto a farsi grande davanti a un caso di omicidio. Aveva qualcosa di diverso. Il viso livido di certo non lo rendeva il più affascinante degli uomini, eppure il fatto che avesse una sensibilità artistica le fece intuire che forse quell'uomo nascondeva qualcosa di più oltre alle nervose sbuffate di fumo e ai 'Ecchecazzo' rivolti all'agente scelto Marinozzi.

«In realtà è la prima volta» ammise Bonaventura.

«La sua prima opera?»

«No, è la prima volta che metto su tela il viso di una vittima.»

«E di solito cosa dipinge?» lo incalzò incuriosita.

«Ho sempre dipinto visi, volti di donne, quello di Valentina principalmente.»

«La sua ex?» Stavolta il tono della poliziotta era tutt'altro che amichevole.

«Sì» confermò lui.

Cazzo! Che idiota che sono. Voglio fare colpo su di lei e cosa mi viene in mente? Nominare la mia ex!

«Bene, ora è davvero tardi.» Francesca fece per avviarsi alla porta di ingresso.

«Perché non resta a cena?» disse d'istinto il commissario afferrandola per un braccio.

Gentilucci lo fissò con aria interrogativa. Quel gesto improvviso l'aveva colta di sorpresa. «La ringrazio, ma sono fuori da questa mattina e preferisco rientrare.»

«Capisco che i ristoranti siano più stuzzicanti di un mio invito, ma insisto. Non se ne pentirà.»

«Cucina lei?»

«Un'intossicazione alimentare non si augura a nessuno, quindi può scegliere: vegetariano o sushi?» propose Bonaventura entusiasta. Poi tirò fuori dal cassetto della credenza i biglietti da visita dei rispettivi locali.

Gentilucci sorrise, rimase qualche secondo in silenzio e poi optò per la proposta giapponese.

Quando il ragazzo delle consegne suonò il campanello, Bonaventura si era già dato da fare per apparecchiare la tavola. Non ricordava bene dove fosse la tovaglia per le grandi occasioni – in realtà non sapeva nemmeno se ne avesse una –, quindi ripiegò sulle solite tovagliette in bambù che con un menu a base di sushi avrebbero comunque fatto la loro figura.

«Prego» fece scostando la sedia dal tavolo e invitando Francesca a sedersi.

«Non sapevo fosse così galante» rispose lei accomodandosi.

Galante, io? Credo che l'ultima volta che mi sono comportato secondo i dettami del galateo risalga al primo appuntamento con Valentina.

«Diciamo che è un trattamento che riservo alle persone speciali» specificò Bonaventura cercando di fare colpo sulla sua ospite.

Gentilucci non rispose, ma un sorriso le illuminò gli occhi rendendoli verdi come due piccoli laghi di montagna.

Poi, come in preda a un raptus, il commissario cominciò ad aprire tutti gli sportelli dei pensili alla disperata ricerca di qualcosa.

Sono sicuro di averla, almeno una ci deve essere, non posso mica offrirle della birra con il sushi.

Quindi aprì l'anta accanto alla lavastoviglie e, tra un cumulo di sacchetti della spesa e qualche spugna disidratata, trovò l'oggetto del desiderio.

Cazzo, avrei dovuto metterla in frigo almeno due ore fa... ora è tardi. Posso rimediare con dei cubetti di ghiaccio.

«Una cena di pesce va sempre accompagnata con del buon vino» esclamò soddisfatto.

«Grazie, ma come sa non bevo.»

«Andiamo, non può rifiutare un calice del rinomato Verdicchio di Matelica» la incoraggiò, leggendo con la coda dell'occhio la dicitura riportata sull'etichetta.

Alla fine Gentilucci cedette, e porse il bicchiere al suo superiore.

La serata trascorse in allegria; Bonaventura raccontò della sua prima esperienza con la cucina giapponese, di quando la signorina del ristorante, per aiutarlo a superare le sue perplessità di fronte a un filetto di pesce crudo, gli suggerì di intingerlo nella loro salsa della casa.

«Mi sono sentito soffocare, era come se le fiamme dell'inferno si fossero radunate tutte nella mia gola» disse con enfasi, portandosi entrambe le mani al collo.

«Spero che abbia chiesto subito del latte!» domandò Gentilucci, partecipe della conversazione.

«Del latte? In quel momento le opzioni erano due: sputare tutto nel piatto, anche se intorno a me sedevano i miei colleghi, oppure morire soffocato per colpa di uno stupido filetto di tonno.»

«Suppongo abbia preferito liberarsi dello scomodo boccone» affermò Gentilucci.

«Ben detto, e un pezzo di tonno si infilò dritto nel bicchiere del questore» proseguì Bonaventura, abbassando lo sguardo come se il superiore fosse a cena con loro.

Francesca cominciò a ridere di gusto immaginando il viso di Luca diventare paonazzo per l'effetto del peperoncino e poi per l'imbarazzo. Rise in maniera così disinvolta che dimenticò di trovarsi di fronte al suo capo.

«E lei invece, come è stata la sua prima volta?» domandò Luca appoggiando le posate sulla tovaglietta e preparandosi ad ascoltare.

«In che senso, scusi?» domandò Gentilucci aggrottando le sopracciglia.

«Anche lei è stata vittima di qualche micidiale intruglio orientale?»

«Ah, no, per fortuna, a Milano ci sono ristoranti giapponesi in cui mangiare un sushi degno delle più rinomate cucine di Tokyo» rispose sorridente.

Bonaventura restò a fissarla incantato: non erano tanto le parole che uscivano dalla bocca di Francesca ad affascinarlo, ma la sicurezza con la quale le pronunciava e l'eleganza del suo gesticolare discreto e delicato.

Francesca si era accorta che lo sguardo di Luca non era più quello di un semplice compagno di lavoro, ma quello di un uomo compiaciuto di averla al suo fianco e che stava facendo il possibile per farla sentire a proprio agio. Era da tempo che non provava la sensazione di essere accolta e desiderata, e la cosa cominciava a piacerle.

«Gradisce dell'altro vino?» domandò il commissario, pronto a riempirle il calice.

«Ha un sapore davvero delicato e si accompagna bene con la cena» rispose lei, come a giustificarsi per aver già terminato il primo bicchiere.

«Deve imparare a fidarsi di me, il Verdicchio è uno dei migliori vini della nostra terra» affermò Bonaventura con una punta di orgoglio.

'Fidarsi' era un termine che Gentilucci aveva rimosso dal proprio vocabolario sentimentale. Le ferite del passato erano ancora troppo vive per autorizzarla ad allentare il controllo delle proprie azioni. Ma finché si trattava di un vino, pensò che poteva concedersi il lusso di lasciarsi guidare.

Tra un sashimi di salmone, un brindisi, un nigiri di tonno al sesamo e un altro bicchiere del bianco marchigiano, i due poliziotti sembravano semplicemente un uomo e una donna alle prese con il loro primo appuntamento.

Il soggiorno riecheggiava del tintinnare dei loro calici, di allegre risate e di un parlottio che si faceva sempre più fitto e complice. Fino a quando le mani dei due si incrociarono di nuovo, stavolta protese verso il vassoio centrale per afferrare lo stesso uramaki.

«Oh, mi scusi» fece Francesca, lasciando la presa.

«A quanto pare abbiamo gli stessi gusti» rispose Luca, trattenendo tra le dita quelle della collega.

«Sembrerebbe di sì...»

«Lo prenda lei.»

«È arrivato prima lei, io ne scelgo un altro.»

«Insisto» affermò Bonaventura.

Gentilucci lo guardò con fare interrogativo, come a ringraziarlo per la cortesia e allo stesso tempo dirgli che per poter prenderlo avrebbe dovuto avere la mano libera.

«Facciamo così» propose Bonaventura quasi bisbigliando. Con un movimento lento e ben ponderato sollevò il boccone di riso e lo diresse verso le labbra della collega.

In un primo momento Francesca rimase stupita per quel gesto così confidenziale poi, visto che il suo superiore non sembrava demordere, decise di stare al gioco.

Bonaventura restò a guardare quell'espressione tra il divertimento e l'imbarazzo che aveva colorato di rosa il viso di Francesca.

Potrei osservarla per ore. Ha un atteggiamento così provocante, prima sembra schiva, poi invece complice... cosa darei per assaggiare adesso le sue labbra carnose.

«Le è rimasto un chicco di riso proprio all'angolo della bocca» disse Luca fissando il volto di Francesca.

L'ispettore capo prese un tovagliolo e se lo passò sulle labbra.

«È andato via?»

Il commissario divertito scosse la testa e lei, con un secondo tentativo, provò a far sparire quel chicco di riso.

«Adesso?»

«Forse... sì...»

«Cosa significa forse?»

Luca restò in silenzio e allungò entrambe le mani fino a incontrare il viso di Francesca. I suoi occhi erano desiderosi di catturare ogni dettaglio di quella femminilità nordica, le sue labbra bramavano di congiungersi con quella bocca socchiusa che a stento nascondeva un sorriso. La distanza tra i due era quasi scomparsa e quando il naso di Luca sfiorò quello di Francesca, il commissario fece una piccola smorfia di dolore.

«Le fa ancora molto male?»

«Ti sembra ancora il caso di darmi del lei?» rispose Bonaventura con voce profonda e intrisa di desiderio.

«Ecco... finora è stato sempre così» farfugliò lei nel tentativo di rispettare i ruoli d'ordinanza. Ma la fermezza delle sue parole stava vacillando, ogni resistenza mentale stava soccombendo al potere della forte attrazione fisica.

«Le cose possono anche cambiare» disse Luca prima di attirarla a sé e annullare la distanza tra le loro labbra ormai pulsanti di passione.

I resti della cena giacevano abbandonati sul tavolo. Luca sembrava aver ritrovato una splendida forma fisica e aveva invitato Francesca a proseguire la serata sul divano.

«È stata una giornata intensa per lei, forse è meglio se...»

«Mi stai dando ancora del lei...» la interruppe il commissario spostandole una ciocca di capelli dietro l'orecchio.

«Hai ragione, volevo dire che... forse è meglio se ti lascio riposare» proseguì Francesca senza però accennare ad alzarsi.

«Riposare? In questo momento la tua presenza è l'unica medicina in grado di farmi stare bene» proseguì Bonaventura accarezzandole il viso con piccoli e ripetuti baci.

«Ah, davvero?» chiese Gentilucci lusingata.

Luca non rispose, ma continuò ad assaggiare ogni centimetro di pelle di Francesca. Cominciò con le labbra per poi scendere sulle spalle, le braccia, le mani e tornare di nuovo su quella bocca che aveva desiderato per tutta la serata.

Gentilucci era piacevolmente stupita da tutte le attenzioni che Bonaventura le stava riservando. La loro conoscenza non era certo iniziata nel migliore dei modi, eppure ora sentiva un forte trasporto verso quell'uomo che le cingeva i fianchi con decisione e dolcezza, come a proteggerla e farla sua allo stesso tempo.

«In camera saremmo più comodi» le sussurrò Luca in un orecchio.

Francesca non rispose, gli prese il viso tra le mani e lo guardò dritto negli occhi.

Caspita, ho detto qualcosa di sbagliato? Mi sta fissando come a scrutarmi l'anima, forse ha paura di qualcosa. Forse avrei fatto meglio a non dire nulla e accontentarmi di stare insieme a lei sul divano.

L'ispettore capo prese ad accarezzargli i capelli, la nuca, per poi risalire sul collo e tratteggiargli il contorno del viso con le dita. Aveva bisogno di sentirsi sicura, di sapere che l'uomo al quale si stava abbandonando non le avrebbe fatto del male in alcun modo.

In quel momento Bonaventura smise di farsi domande; travolto da un'ondata di calore, si staccò da Francesca giusto il tempo di sfilarsi la camicia e tornare protagonista su di lei. Cominciò a sciogliere i bottoni della camicia, i suoi movimenti erano così frenetici che sembrava volesse strapparle di dosso tutti i vestiti con un unico gesto.

Francesca lo aiutò inarcando il busto e poi piegandosi in avanti per liberarsi delle scarpe.

Bonaventura prese a baciarle il ventre, l'addome, fino ad arrivare al seno.

Hai la pelle tonica e vellutata di una ventenne... e io non smetterei mai di assaggiarti.

Sentì le gambe di Francesca cingergli i fianchi come a chiedergli un contatto più ravvicinato, quindi Luca sollevò di poco la testa per appoggiarle di nuovo le labbra dietro l'orecchio sinistro. Infilò le dita sotto la pashmina per liberarle il collo e avere libero accesso all'ultima parte di corpo ancora coperta, ma all'improvviso sentì la mano di lei bloccarlo.

Francesca, so tutto, ma ti prego non lasciare che il passato rovini la magia di questo nostro istante.

Luca intrecciò con dolcezza le sue dita con quelle di Francesca, le abbassò il braccio fino a portarselo intorno alla vita e prima che lei potesse diventare ostaggio di qualche pensiero ingombrante la rapì di nuovo nel loro vortice di passione.

30

La mattina seguente il commissario sbadigliò davanti alla finestra, poi fece qualche esercizio di stretching per sciogliere i muscoli.

Si sentiva stordito, ma non a causa delle birre e del vino che aveva ingurgitato la sera prima, e neanche per il pugno in faccia che gli aveva sferrato l'albanese con quelle mani che sembravano badili. Era piuttosto una sorta di piacevole spossatezza per aver trascorso il resto della notte a ripensare al corpo che fino a poco prima era disteso sotto il suo o a cavalcioni su di lui, alle labbra che avevano mordicchiato le sue, ai seni che avevano ondeggiato davanti ai suoi occhi... senza riuscire a dormire veramente, per ritrovarsi al mattino con in testa una specie di eco cantilenante. *Francesca, Francesca, Francesca...*

Si vestì sulla scia di quei pensieri impiegandoci più tempo del solito, poi andò in cucina a prepararsi un caffè. Gli sarebbe piaciuto fare colazione con lei ma, a un certo punto della notte, Francesca aveva preferito farsi una doccia e andare a dormire in hotel.

Mentre aspettava che il caffè uscisse, l'occhio gli cadde sul bicchiere da cui lei aveva bevuto. Sul bordo era rimasta impressa l'impronta delle labbra, rosso vermiglio. Non ne vedeva da quando Valentina se n'era andata.

Perché tra noi non ha funzionato?

Tirò fuori le cartine e si rollò la prima sigaretta della giornata.

Chissà cosa stai facendo ora...

Dopo averla accesa andò a spegnere il gas. La moka aveva finito di gorgogliare. Si riempì una tazzina e la svuotò in un solo sorso. Nel frattempo i pensieri sulla sua ex fidanzata erano sfumati, per fare posto a ricordi ancora freschi che riguardavano la sua nuova collega, ma non nei classici abiti da lavoro.

Sei davvero bellissima...

Davanti agli occhi aveva l'immagine di Francesca in reggiseno e mutandine, subito dopo essersi sfilata via i vestiti.

Tutto ciò che un uomo possa desiderare...

Anche la sigaretta sparì velocemente, consumata da un incalzare frenetico di tirate, una più vorace dell'altra. Un incalzare frenetico simile a quello che c'era stato tra lui e la milanese sotto le lenzuola.

Una forza della natura.

Prima di uscire di casa e affrontare la giornata, mancava ancora qualcosa. Per coprire l'occhio, i cui contorni stavano assumendo una sfumatura violacea, si infilò un paio di occhiali scuri, mentre sul naso appiccicò un cerotto color carne. Alla fine, l'immagine che lo specchio gli rimandò era quasi decente. Si notava solo un lieve arrossamento in corrispondenza del labbro superiore che poteva far pensare a una banale irritazione cutanea. A quel punto i pensieri del commissario cambiarono decisamente rotta, ritornando nella direzione di Gentilucci.

All'inizio furono piuttosto severi: tra colleghi, specialmente se poliziotti impegnati in un'indagine delicata, non era conveniente far nascere una relazione sentimentale. Non funzionava neanche nei film. Le alternative erano soltanto due: o la relazione finiva, e mai in maniera indolore o, peggio ancora, si mandava a rotoli il caso. Ma il più delle volte le due cose innescavano un effetto domino.

Tuttavia le elucubrazioni di Bonaventura durarono poco, giusto il tempo di scendere le scale e salire in macchina, poi si trasformarono in qualcosa di più provocante, per mutare ancora in un confronto tra Francesca e Valentina.

Paragonare le due non gli piaceva, non lo trovava giusto. Ognuna, a proprio modo, aveva qualcosa di particolare che la rendeva unica, e poi Francesca ancora non la conosceva davvero.

Inoltre, così com'è apparsa, di punto in bianco potrebbe tornarsene a Milano.

E se per lei quello che c'è stato tra noi non significasse niente? Se fosse stato solo dettato dal vino che aveva bevuto?

A questo punto si sforzò di farla finita. C'erano troppi 'se', e con i se, lo sapeva bene, non si arriva da nessuna parte. Ma non ci riuscì a lungo.

Non hai notato come ti guardava?

Se si concentrava, riusciva ancora a sentire il suo profumo. Né troppo dolce né aspro. Un aroma che inebriava le narici in modo non invadente.

Un sorriso passeggero gli illuminò il viso contratto.

In effetti mi divorava con gli occhi.

Senza rendersene conto, Bonaventura era arrivato in piazza della Libertà. Probabilmente l'auto, che conosceva a memoria il percorso, aveva inserito il pilota automatico.

Nell'anticamera del commissariato, Marinozzi era alla sua solita postazione e, appena lo vide materializzarsi, si alzò in piedi sgranando gli occhi.

«Ma dottore...»

«Che succede, Marino'?»

«No, niente... pensavamo che...»

«Cosa?» ribatté Bonaventura con un tono che sembrava di sfida.

«Che... che si fosse preso qualche giorno di malattia» disse l'agente scelto fissando il cerotto che gli copriva il naso.

Solo in quel momento il commissario si rese conto a cosa si stesse riferendo Marinozzi.

«Tutto a posto, è solo un graffio.»

Ma il suo sottoposto continuava a guardarlo come se non fosse del tutto convinto. A un certo punto si scosse: «Pagliacci ha preparato la denuncia per aggressione a pubblico ufficiale.

È in una cartellina sulla sua scrivania. Il tipo si chiama Asgan Malaj, ha precedenti per furto d'auto e...»

«Il questore sa niente di questa storia?»

«Che io sappia, no.»

«Non lo deve sapere. D'accordo?»

«Agli ordini, dottore.»

Bonaventura gli diede un'ultima squadrata ed entrò nel suo ufficio. Per prima cosa aprì la finestra, quindi si preparò la seconda sigaretta della giornata.

Asgan Malaj...

Appoggiato allo schienale della poltrona, aprì la cartellina preparata da Pagliacci e diede una scorsa ai fogli.

Erano una mezza dozzina, e tolti i due che riguardavano la denuncia, per il resto contenevano un lungo elenco di reati che Malaj aveva commesso per la maggior parte in Albania. Dal furto d'auto allo sfruttamento della prostituzione. Questa volta però non l'avrebbe passata liscia. Perlomeno, era quello che Bonaventura sperava.

Richiuso il fascicolo, i suoi pensieri tornarono a Gentilucci.

Chissà oggi come mi guarderà.

Forse dovrei parlare di questa notte, rompere il ghiaccio prima di creare inutile imbarazzo...

Ora basta con questa storia, Luca! Se lo avessi dimenticato hai un caso di omicidio da risolvere.

E il passo che doveva fare per cercare di risolverlo, quell'omicidio, era chiedere al questore l'autorizzazione a sottoporre Murro al test del DNA. Per un attimo valutò l'ipotesi di andare nel suo ufficio e affrontarlo di persona, ma poi optò per una semplice telefonata. Non voleva mostrarsi con l'occhio malconcio e comunque il risultato sarebbe stato lo stesso. Negativo.

Ma in qualche modo doveva tentare.

«Commissario Bonaventura... Allora, come procedono le indagini?» esordì Paolotto dopo che la segretaria gli ebbe passato la chiamata.

«Buongiorno, dottore. Volevo parlarle proprio di questo» esordì Luca maledicendosi per non essersi acceso una sigaretta prima di comporre quel numero di telefono.

«Ci sono novità?»

«In un certo senso...»

Il commissario illustrò al questore gli ultimi sviluppi dell'indagine che, a suo avviso, facevano convergere i sospetti su Murro.

Paolotto, preso atto dello scenario che Bonaventura gli stava dipingendo, sembrò pronto a ribattere mettendolo in guardia sul madornale errore che stava commettendo: concentrare l'attenzione su un personaggio di indubbie doti morali come Anselmo Murro, che tra l'altro lui conosceva benissimo, era un'inutile perdita di tempo.

Ma il commissario non aveva ancora terminato. Quasi senza prendere fiato, infatti, Luca gli spiegò che sottoponendo Murro al test del DNA avrebbero chiarito una volta per tutte la sua posizione. Se era stato lui a mettere incinta la Palmucci e se...

«Mi stia bene a sentire, Bonaventura» lo interruppe Paolotto che a quel punto aveva sentito abbastanza. Il suo tono di voce era diventato più secco e pungente. «Al momento non ha neanche uno straccio di prova per sospettare di Murro, solo qualche misero e inconsistente indizio che farebbe ridere qualsiasi avvocato. Quindi, prima di distruggere la reputazione di un uomo in vista come lui, le consiglio di presentarsi da me con delle prove schiaccianti. Sono stato chiaro?»

«Chiarissimo» biascicò tra i denti il commissario mentre la voce del questore svaniva in dissolvenza. Poi chiuse la chiamata, un attimo prima che gli uscisse di bocca uno di quei 'vaffa...' liberatori, pronunciati di petto, che lo riconciliarono con il mondo. Almeno per qualche secondo.

31

La spia del termometro al centro del cruscotto segnava trentuno gradi. Era una delle ore più calde della giornata e per questo Gentilucci decise di parcheggiare l'auto all'ombra di un pino e restare nell'abitacolo, mantenendo l'aria condizionata accesa.

I suoi occhi erano fissi sul portone d'ingresso della facoltà di beni culturali, tentando di riconoscere tra i volti degli studenti quello di Fatima. Avrebbe fatto prima a scendere e andare a cercarla direttamente in una di quelle aule semideserte, ma non voleva cogliere la ragazza di sorpresa e farla sentire in imbarazzo davanti ai suoi compagni. Dopo una decina di minuti di attesa uscirono un ragazzo e una ragazza mano nella mano, si diressero verso il cancello di ferro e prima di separarsi si scambiarono un lungo e intenso bacio.

Il pensiero di Francesca volò subito a Bonaventura e alla piacevole notte trascorsa insieme. Non si sarebbe mai aspettata di finire al letto con il suo superiore, sia per rispetto del loro legame professionale, sia perché i primi momenti trascorsi con lui l'avevano spinta a definirlo un uomo burbero e introverso. Eppure la sera prima, osservandolo nella sua casa, Bonaventura le era sembrato diverso. Forse per via del cazzotto che aveva rimediato o per qualche calice di vino di troppo, fatto sta che Luca le era parso un uomo tenero, divertente e molto passionale.

Quel pensiero le fece piegare le labbra in uno di quei sorrisi appena percettibili che contengono in sé il pungente sapore di un'esperienza piacevole, ma allo stesso tempo celano un velo di timidezza e imbarazzo.

A mezzogiorno in punto a lasciare la facoltà fu l'usciere, il tizio alto un metro e sessanta che il giorno prima aveva tentato di attirare la sua attenzione parlandole da dietro il box vetrato. L'uomo portava con sé un ingombrante plico di fogli. Lo vide estrarne uno dal mucchio e sventolarlo per farsi aria fino a raggiungere la Fiat Panda della facoltà, salirci a bordo e immettersi sulla strada principale.

Non era certo lui che Francesca stava aspettando. Così la sua mente tornò alla notte precedente, ma questa volta il sorriso lasciò spazio a una smorfia amara. Per quanto bella, quell'esperienza era stata un errore. Si disse che non avrebbe affatto dovuto accettare l'invito a cena, il vino e tutto il resto. Soprattutto il resto. Le storie tra colleghi erano rischiose, compromettenti e difficilmente funzionavano.

Mentre con l'indice schiacciava il tasto con la freccia blu per aumentare la potenza del climatizzatore, nella sua testa cominciarono a scorrere le immagini di qualche ora prima, quando il suo corpo era abbandonato sul morbido divano beige, stretto dal vigoroso abbraccio di Luca e amato da una passione improvvisa. Una serata piacevole, non poteva negarlo, ma che era certa essere stata uno sbaglio. Si rimproverò per aver bevuto e quindi non essere riuscita a tenere a freno l'istinto.

A un tratto i suoi occhi incrociarono due sagome, una esile con indosso un vestitino a stampa floreale, l'altra leggermente più robusta e con il capo coperto da un velo color crema.

Fatima, finalmente.

Francesca aprì lo sportello e, appena mise piede fuori dall'auto, fu presa dall'istinto di gridare il nome della studentessa; poi, memore della sua riservatezza, si limitò a sventolare la mano per attirarne l'attenzione.

Fatima sembrava molto presa dalla conversazione con la sua amica e solo dopo diversi secondi, con la coda dell'occhio, si accorse della presenza dell'ispettore capo. Sul viso le comparve subito un'espressione di perplessità mista a timore. Gentilucci le fece cenno di raggiungerla e, nonostante l'esitazione iniziale, Fatima salutò la sua compagna e si diresse verso l'Alfa 159.

«Le ho detto tutto ciò che so, non voglio essere coinvolta e finire in tribunale, sarebbe un problema per me, per la mia famiglia, capisce?» esordì con tono brusco la studentessa.

«Fatima, stai tranquilla, voglio solo mostrarti alcune fotografie.»

«Quali fotografie?»

Per evitare sguardi indiscreti, Francesca invitò la ragazza a salire in auto e, una volta al sicuro, estrasse dal vano portaoggetti due stampe risalenti all'estate precedente, quando Murro era stato nominato per la prima volta regista teatrale della stagione operistica.

«Chi è?» chiese Fatima corrucciando la fronte.

«Abbiamo dei sospetti su di lui, ho bisogno di sapere se corrisponde alla persona che quella mattina aspettava Chiara.»

«Mi dispiace, ma come le ho già detto, quel giorno pioveva e il volto dell'uomo era coperto dall'ombrello.»

«Lo so, ma ti chiedo di fare uno sforzo e vedere se ti viene in mente qualcosa.»

Fatima prese in mano le due fotografie. Con lo sguardo sfiorò appena quella che ritraeva Murro di profilo intento a dirigere gli attori sul palco, mentre indugiò a lungo sullo scatto in cui il regista, in una posa frontale, circondato da ballerini e musicisti, sorrideva alla stampa.

«Hai notato qualcosa di particolare?» domandò Gentilucci speranzosa.

«Non so che dire, davvero.» Fatima scosse il capo.

«Sicura che non ci sia anche solo un dettaglio che ti rimandi alla persona che hai visto? Cerca di ricordare, è molto importante.»

«Forse la carnagione molto chiara.»

«Nient'altro?»

«Mi dispiace» concluse restituendo le fotografie all'ispettore capo.

Francesca lasciò andare Fatima, ringraziandola per la sua

disponibilità. La seguì per un po' con lo sguardo fino a vederla uscire dal cancello e fermarsi all'ombra della pensilina della fermata dei bus.

Pensò che se quel fatidico giorno ci fosse stato il sole, Murro o chi per lui avrebbe avuto il volto ben visibile e Fatima, da quella posizione, sarebbe stata in grado di fornire indizi davvero preziosi. Sarebbe stato tutto più semplice ma, si sa, nelle indagini i 'se' non servono a molto.

Prima di riporre il materiale nel vano portaoggetti, Francesca posò lo sguardo sul profilo greco di Murro, quasi a voler carpire qualche informazione da quell'espressione concentrata sull'esecuzione teatrale, poi passò ad analizzare i dettagli, come il risvolto delle maniche della camicia che gli scopriva l'intero avambraccio.

'La carnagione molto chiara.' Francesca ripensò alle parole di Fatima, potevano non significare niente oppure tutto. Infine si domandò quante persone nel mese di agosto conservassero un incarnato pallido.

32

Il colloquio con Fatima non le aveva fornito certezze, ma solo un flebile quanto incerto indizio. Gentilucci ritenne comunque necessario tentare di capire se l'uomo vestito con abiti eleganti e dalla carnagione chiara fosse Murro, e l'unico modo per scoprirlo era chiederlo al diretto interessato.

L'ispettore capo compose il numero del suo superiore poco prima di imboccare corso Cairoli.

Appena avviata la telefonata si domandò se fosse il caso di dargli ancora del tu. Poi rifletté sul fatto che ciò che era accaduto la sera prima poteva definirsi solo un episodio, e quindi era meglio mantenere – o meglio ripristinare – il solito codice di comportamento.

Il telefono squillò giusto un paio di volte, poi Bonaventura rispose «Francesca?», come se aspettasse quella chiamata da sempre.

«Commissario, sto tornando in ufficio, l'incontro con la studentessa non ha portato molti frutti.»

«Bene... cioè, male. Speravo in una notizia diversa» balbettò lui cercando di assumere un tono più formale.

«È comunque emerso un dettaglio interessante.»

«E sarebbe?»

«Credo sia il caso di tornare a fare visita al nostro regista.»

«Perfetto, ci vediamo in commissariato.»

«Ma è già tornato al lavoro?»

«Glielo avevo detto che i commissari non riposano mai» concluse Bonaventura adeguandosi alla scelta della collega di darsi del lei.

L'idea di rivedere il suo superiore a poche ore di distanza da quella notte di passione creò in Francesca un certo stato di agitazione. Come in un rituale inconscio, iniziò a toccarsi ripetutamente il lembo inferiore del foulard color miele e non smise fino al momento in cui imboccò rampa Zara, dove per affrontare la curva a gomito ebbe di nuovo bisogno di appoggiare entrambe le mani sul volante.

Si impose di restare calma e comportarsi come sempre. Concentrandosi sul fatto che Bonaventura fosse il commissario e lei l'ispettore capo, e che quella sarebbe stata una giornata di lavoro come tutte le altre.

Quando l'Alfa 159 raggiunse l'ingresso del commissariato, Luca era già fuori, intento a soffiare dal naso l'ultimo tiro dell'ennesima sigaretta.

«Buongiorno» esordì il commissario infilandosi nell'auto e guardando solo di sfuggita la collega.

«Pensa che a quest'ora ci sarà qualcuno allo Sferisterio?» gli domandò Gentilucci sorvolando sui convenevoli per l'imbarazzo di trovarselo seduto a pochi centimetri da lei.

«Mancano pochi giorni alla prima, qualcuno troveremo di sicuro.»

Poi l'ispettore capo ingranò la marcia, preparandosi a girare ancora una volta attorno alle mura di quella città che tutto le sembrava tranne che una pacifica provincia.

Durante il tragitto i due evitarono di parlarsi. Il silenzio che regnava nell'abitacolo era denso come le nuvole di pensieri che nascevano e morivano nelle loro teste. Ognuno dei due sperava che fosse l'altro a dire qualcosa, a commentare per primo ciò che era avvenuto la notte precedente, ma le cose andarono diversamente. Bonaventura nascose ogni emozione dietro le lenti scure dei Ray-Ban e Gentilucci si limitò a concentrarsi sulla guida.

Forse dovrei essere io a iniziare il discorso...

Per un po', Luca provò a mettere insieme qualche frase *ad hoc*, ma nessuna lo convinse.

«Non vuole dirmi proprio niente?» le domandò alla fine sterzando sulle questioni di lavoro, dato che ormai si trovavano a meno di un chilometro dal luogo di destinazione.

«Riguardo a cosa?» Francesca lo fissò per un istante dritto negli occhi con espressione perplessa.

«Ha detto che dall'incontro con Fatima è emerso un dettaglio interessante.»

«Ah, sì...» rispose lei lasciandosi andare a un sospiro liberatorio.

«Quindi?»

«La studentessa ha riscontrato una sola cosa che accomuna Murro al misterioso uomo che quella mattina aspettava Chiara davanti ai cancelli della facoltà.»

«Quale?»

«La carnagione. A quanto pare si trattava di una persona dalla pelle molto chiara, proprio come quella del nostro regista» vuotò il sacco Gentilucci, ancora imbarazzata per aver frainteso la domanda del suo superiore.

Dopo alcuni minuti l'Alfa 159 si accostò sulla sinistra per fermarsi in una piccola rientranza a ridosso dello Sferisterio.

«Bene, sembra proprio che le prove siano in corso» osservò Francesca scendendo dall'auto. Le note del *Nabucco* si libravano melodiose nell'aria afosa di mezzogiorno.

«Con questo caldo non li invidio affatto» commentò Bonaventura passandosi un fazzoletto dietro la nuca.

«La vita degli artisti non è poi così semplice come sembra» ribatté lei badando bene di tenersi alla larga dal discorso 'Sappiamo entrambi che quello che è successo ieri è stato solo un errore'.

Il grande portone di legno che segnava l'accesso secondario all'edificio era socchiuso. Con un gesto galante Luca appoggiò una mano per aprirlo e invitò la collega a entrare per prima.

Appena Francesca oltrepassò la soglia, il suo corpo fu scosso da un brivido freddo e improvviso.

«Qualcosa non va?» le domandò Bonaventura con insolita premura.

«È colpa dello sbalzo termico. Queste mura sono così spesse da mantenere la temperatura interna fresca e umida.»

I due si scambiarono un sorriso timido e si addentrarono nel teatro. Quella mattina lo Sferisterio sembrava meno caotico della volta precedente. Nessun gruppo di danzatori li travolse né tantomeno inciamparono in ingombranti frammenti di scenografia.

«È strano, se non fosse per la musica sembrerebbe un posto abbandonato» commentò Francesca.

«Scusi, sa per caso se Murro, il regista, è qui?» domandò il commissario a un giovane dalle spalle ricurve che teneva in mano la custodia di una tromba.

«Le prove sono appena finite, ma non credo sia andato via.»

Altri musicisti attraversarono il corridoio in senso inverso e, quando Bonaventura e Gentilucci si affacciarono dal primo loggione, scorsero un piccolo gruppo di strumentisti posizionati sotto il palco, intenti ad ascoltare quello che sembrava essere il direttore d'orchestra. Poco più in là due fonici erano impegnati ad avvolgere dei fili elettrici intorno a bobine di legno e nella prima fila del settore centrale, riparato sotto un gazebo, era comodamente seduto il signor Anselmo Murro.

«Eccolo il nostro amico» fece Bonaventura con tono di disprezzo per quell'uomo che non gli era affatto simpatico.

«C'è anche la Maggi» aggiunse Gentilucci.

«Chi?»

«Benedetta Maggi, la ballerina amica di Chiara.»

Incredibile come non le sfugga niente. Più che umana sembra una creatura bionica. Ma ieri ho avuto la prova che è una donna vera, in carne e ossa.

«Salve, signor Murro.» Il commissario allargò le labbra in una sorta di sorriso che sarebbe voluto risultare amichevole.

«Ancora lei?» grugnì il regista che, colto di sorpresa, si alzò in piedi di scatto. Lo guardò inarcando le sopracciglia. Lui di amichevole non aveva nulla.

«Spero di non aver interrotto qualcosa di importante» continuò Bonaventura sempre sorridendo.

«La data del primo spettacolo si sta avvicinando e dobbiamo curare ogni particolare» rispose Murro con lo stesso atteggiamento scostante. Poi, rivolgendosi a Benedetta Maggi: «Grazie, ora può andare. L'aspetto domani mattina per la seconda sessione di prove. Mi raccomando la puntualità.» Stavolta il grugnito era sparito, sostituito da un tono professionale.

La ballerina infilò il telefono nella borsa che aveva a tracolla e si alzò. Con una mano si lisciò le pieghe del vestito.

«Certo, non si preoccupi» lo rassicurò lei.

Voltandosi per allontanarsi, incrociò gli sguardi dei due poliziotti e si bloccò. L'istinto le diceva di abbassare la testa, ma si sforzò di non farlo. L'interrogatorio che aveva subìto l'aveva messa molto a disagio, e in quel momento non vedeva l'ora di togliere il disturbo.

«Può andare» le ripeté Murro, ma la ragazza sembrava indecisa. Da una parte c'era lui a ostruirle il passaggio e dall'altra i due poliziotti.

«Lei è Benedetta Maggi, giusto?» le domandò il commissario.

Benedetta fece segno di sì con la testa.

Rispetto al giorno in cui erano andati a parlare con lei in palestra, aveva cambiato pettinatura. I capelli ora erano più corti di una decina di centimetri, e leggermente più chiari. La parrucchiera della compagnia glieli aveva sistemati in modo tale che le aderissero alla nuca, con una frangetta davanti. Un taglio moderno e funzionale in vista dello spettacolo.

«Si ricorda di noi?»

Invece di aprire la bocca, la ragazza rispose con un altro cenno del capo.

«Allora, commissario... questa volta cosa vuole chiedermi? Non ho molto tempo da dedicarle» intervenne il regista. Per dare più enfasi alle sue parole guardò l'orologio che aveva al polso, alzando il braccio in modo plateale.

Bonaventura e Gentilucci si spostarono per far passare la ragazza, poi, quando se ne fu andata, tornarono a concentrarsi su Murro.

«Non le porteremo via troppo tempo,» rispose il commissario «ma perché non si siede?» Gli indicò la poltroncina da cui si era appena alzato.

Il regista si guardò intorno, poi, sospirando, fece come gli era stato detto e si mise comodo.

Nonostante la temperatura esterna superasse abbondantemente i trenta gradi, Murro, dentro il suo impeccabile completo di alta sartoria, sembrava non soffrire la calura di quell'inizio agosto.

Chissà come fa a resistere?

A Bonaventura, vederlo con quella cravatta stretta intorno al collo dava un senso di oppressione. Lui non la indossava neanche alle cerimonie che si tenevano in inverno, figurarsi in piena estate.

Lasciò perdere l'abbigliamento e si concentrò sulla sua carnagione. Prima di tutto gli guardò la porzione di collo che emergeva dal colletto della camicia, poi passò a esaminare quella del viso e infine delle mani; altre parti scoperte non ce n'erano. Era di un rosa così pallido che pareva non si fosse mai esposto ai raggi solari. Si poteva benissimo scambiare per un nordeuropeo.

'Un uomo elegante dalla carnagione chiara.'

Il commissario tornò indietro con la memoria. Le altre due volte che aveva visto il regista, la prima allo Sferisterio e poi in televisione quando era stato intervistato per commentare la morte di Chiara, indossava sempre dei completi, accompagnati da un papillon o da una cravatta.

I due elementi che aveva fornito Fatima combaciavano. Murro era un uomo elegante e aveva la pelle bianchissima, ma era decisamente poco per incriminarlo; per quello servivano prove. Tuttavia, quelle caratteristiche erano più che sufficienti per metterlo sulla graticola.

E ora veniamo a noi.

Bonaventura lanciò un'occhiata alla collega, impassibile, poi partì con la prima domanda.

«Ha mai incontrato Chiara Palmucci fuori da questo teatro?»

«Questo non è un teatro. Se non se ne fosse accorto è un'arena» lo corresse come un maestro dinanzi a uno studente ipodotato.

«Allora?» lo esortò a rispondere Bonaventura, ignorando quanto aveva detto il regista. Non era certo andato lì per incassare: se c'era qualcuno che doveva sferrare colpi, quello era lui.

«No, non l'ho mai incontrata al di fuori di qui. Con questa storia io non c'entro. È ora che se lo metta in testa una volta per tutte.»

Il commissario fece finta di non sentire neanche l'ultima parte della risposta.

Il nostro amico si sta scaldando...

«Ne è sicuro?» lo incalzò il poliziotto.

«Cosa significa? Certo che ne sono sicuro.»

Mentre il commissario lo fissava, Murro serrò la mascella.

«Una persona ha dichiarato di aver visto nei pressi dell'università Chiara Palmucci insieme a un uomo di mezza età, un tipo elegante con la carnagione chiara...» intervenne Gentilucci.

«E voi avete pensato che potessi essere io, non è vero?»

«Be', deve ammettere che la sua pelle è molto pallida...» continuò la poliziotta.

«E con questo? Molte persone hanno la carnagione chiara. Guardate quei musicisti, vi sembrano abbronzati?»

Mentre Francesca si voltava per lanciare una rapida occhiata verso l'orchestra, il commissario si avvicinò a Murro.

E ora facciamo sul serio.

Era arrivato il momento di andare dritto al sodo.

«Dove si trovava la sera in cui Chiara Palmucci è stata uccisa?»

Come se fosse stato punto da uno spillo, Murro scattò in piedi. Ora era faccia a faccia con il commissario.

«Cos'è, mi sta forse accusando di omicidio?»

«Non la sto accusando di nulla, sto solo facendo il mio lavoro. Se come dice non ha niente a che vedere con la morte di Chiara, non avrà problemi a rispondere.»

Anselmo Murro deglutì, poi riferì quello che era il suo alibi. «Quella sera mi trovavo a una cena organizzata dallo sponsor del Macerata Opera Festival per presentare alla stampa la nuova stagione. Era pieno di giornalisti, non avrà certo difficoltà a verificare.»

«E dove si sarebbe tenuta questa cena?»

«Al Domus Hotel.»

Bonaventura prese dalla tasca un taccuino e si appuntò il nome.

«Ora se permette avrei degli impegni piuttosto...»

Il commissario non lo fece finire di parlare. «Fino a che ora si è trattenuto?»

«L'una e mezza, forse le due.»

Si annotò anche quell'informazione, poi richiuse il taccuino e fece cenno a Murro che era libero di andarsene.

33

Un formicolio insistente prese a tormentare le mani di Bonaventura, che avrebbe preferito trascorrere un pomeriggio in compagnia di quello snob di Murro, piuttosto che fare quella telefonata. Aspirò l'ultimo tiro di sigaretta, schiacciò con forza il mozzicone nel posacenere e compose il numero della redazione del *Corriere Adriatico* chiedendo del caporedattore.

«Commissario, che piacere. Vuole forse regalarmi uno scoop sulle indagini?» rispose ironico il giornalista.

«Cingolani, non sono in vena di battute.»

«Allora a cosa debbo l'onore della sua chiamata?»

«Lei era presente alla conferenza stampa per la presentazione della stagione lirica?» Bonaventura andò dritto al sodo.

«Certo, al Domus Hotel c'eravamo tutti, addetti stampa locali, nazionali, la tv e...»

«C'era anche Anselmo Murro?» lo interruppe il commissario, per nulla in vena di sentire Cingolani sviolinare l'elenco dei partecipanti.

«Naturalmente. Senza il regista l'evento non avrebbe avuto senso.»

Il commissario cominciò a tamburellare con le dita della mano destra sulla scrivania, quindi prese una penna e si mise a disegnare qualche nervoso scarabocchio sull'agenda.

Avrà mandato qualcun altro a uccidere quella povera ragazza?

«Commissario?» Cingolani cercò di richiamare l'attenzione del poliziotto.

«Sì, un'ultima cosa.»

«Prego.»

«Fino a che ora si è trattenuto?»

«Quella sera era piuttosto socievole, sembrava entusiasta di rilasciare informazioni circa la nuova stagione lirica, ha addirittura proposto lui stesso un brindisi alla sua rivisitazione del *Nabucco*. Insomma, è rimasto fino a tardi.»

«Può essere più preciso?»

«Mah, forse fino all'una, l'una e mezza, poi ha ricevuto una chiamata ed è scappato via come fosse un bambino rimproverato dai genitori.»

«Una telefonata?»

«Sarà stata sua moglie. Gira voce che la signora Ornelli Biagiotti sia molto gelosa, sa, per via della differenza di età» affermò Cingolani sghignazzando.

«Quindi la moglie non era presente?»

«In realtà era attesa anche lei come ospite, ma per uno sbalzo di pressione ha preferito restare a casa. Almeno questo è quello che ci ha detto Murro.»

«Bene, è tutto ciò che volevo sapere.»

«Mi raccomando, mi chiami appena scopre il nome dell'assassino.»

Bonaventura riagganciò senza rispondere alla provocazione del giornalista.

Fanculo Cingolani. E fanculo pure Murro, quello stronzo ha un alibi di ferro. Questo caso mi farà impazzire, oltre che mandare in fumo la mia reputazione!

Sbatté un pugno sulla scrivania, si alzò in piedi e si avvicinò alla finestra.

E allora perché non riesco a vedere in lui una persona innocente? Che l'intuito mi stia abbandonando?

Le sue dita presero a rollare nervosamente un'altra sigaretta, che accese un istante dopo. Tirò due, tre boccate profonde sputando il fumo contro il vetro, che gli rimandò in faccia la nuvola di vapore. Il commissario scosse la testa e girò la maniglia dell'infisso, per far entrare aria in quella stanza che ormai era diventata una camera a gas.

Forse ho solo bisogno di un po' di riposo, magari qualche giorno di ferie, ma non è certo questo il momento giusto.

«Commissario.» Una voce appena sussurrata lo colse alle spalle.

«Marinò, cazzo, cos'è, non si usa più bussare?» lo rimproverò Bonaventura girandosi di scatto.

«La porta era semiaperta, così ho pensato che...»

«Che hai *pensato*?»

«Sono le sette e mezza, se non serve altro io...»

«Vai, vai. Torna pure a casa» gli gridò contro indicandogli l'uscita.

Bonaventura portò di nuovo lo sguardo su piazza della Libertà, i cui sampietrini si stavano colorando delle luci del tramonto e delle ombre dei palazzi che la circondavano. Sotto il loggiato alcuni commercianti avevano allestito gli stand per un mercatino dell'antiquariato, mentre la strada principale si era trasformata in area pedonale.

Forse è meglio che me ne vada pure io, tanto oggi non è giornata.

Luca diede altri due tiri alla sigaretta, poi spense il pc e uscì dalla stanza.

Angelini... avevi detto che tornavi presto, ma che fine hai fatto? Mi abbandoni proprio nel momento del bisogno?

A metà corridoio alzò gli occhi, attratto dalla luce proveniente dall'ufficio di Gentilucci. Dopo la notte di passione, il loro rapporto era cambiato. Era come se quel fuoco fatto di istinto, desiderio, attrazione, invece di unirli li avesse allontanati.

Sono pur sempre il suo superiore, devo informarla sull'avanzamento delle indagini, e magari se è ben disposta l'invito a bere una birra.

Luca si affacciò all'uscio e avvicinò le nocche allo stipite, ma subito dopo ritirò la mano incuriosito dalle insolite movenze dell'ispettore capo.

Seduta alla sua scrivania, Francesca si stava massaggiando il collo, accompagnando quel gesto con piccole rotazioni del capo. Era come se provasse a lenire un improvviso torcicollo. Bonaventura restò immobile a guardarla.

Francesca, il tuo sguardo è di un'intensità disarmante. Quando ti deciderai ad abbandonare l'armatura che indossi? Vuoi sembrare una dura, ma sei una donna dolce e fragile che non chiede altro che essere amata, come è giusto che sia.

All'improvviso Gentilucci si sfilò il foulard, lasciando libera, giro dopo giro, una porzione sempre maggiore di collo.

Per la prima volta il commissario si sentì in difficoltà di fronte a una donna. Sapeva che se fosse rimasto lì a spiarla, avrebbe peccato di indiscrezione.

Quando la pashmina le scese completamente sulle spalle, aiutandosi con le mani Francesca piegò il capo prima a destra, poi a sinistra, e si abbandonò contro lo schienale. In quella posizione appariva assolutamente inerme e indifesa. Era un gesto che non avrebbe mai fatto in pubblico: si stava concedendo un momento di relax nell'intimità del suo ufficio.

Bonaventura strinse gli occhi per mettere a fuoco la porzione di pelle color rosa acceso che da sotto il lobo dell'orecchio sinistro si estendeva, in una successione di grinze, fino alla parte inferiore del mento.

In quel preciso istante Gentilucci tornò con il busto eretto e un secondo dopo i suoi occhi incrociarono quelli di Bonaventura.

«Commissario!» esclamò sobbalzando sulla sedia.

«Mi scusi, non volevo spaventarla.»

«Credevo che non ci fosse più nessuno» proseguì, ancora scossa per l'improvvisa visita.

«In effetti me ne stavo andando, poi ho pensato di aggiornarla su alcune novità.»

«Davvero?» gli domandò portandosi d'istinto le mani al collo.

Bonaventura fu catturato da quel gesto così rapido con cui Francesca sembrava voler coprire la parte più intima di sé.

Dopo quello che c'è stato tra noi, provi ancora imbarazzo per una cicatrice?

I due si fissarono per un lungo istante, in silenzio. Il cuore di Francesca prese a battere forte, assalito da un improvviso senso di paura, mentre con passi lenti e ben cadenzati Luca si avvicinò alla scrivania.

«Perché continui a nasconderti?» le domandò deciso, quasi sentendosi autorizzato a interferire col passato della sua collega.

Francesca ruotò la testa e non rispose.

«Di cosa ti vergogni? A me puoi dirlo» continuò lui con tono rassicurante.

So bene quello che ti è successo, ma credo sia giunto il momento che sia tu a raccontarmelo.

«Due anni fa, un incidente... roba passata e che comunque non ti interessa» rispose Francesca, portandosi una mano alla gola mentre con l'altra afferrava un lembo del foulard per riavvolgerlo intorno al collo.

Bonaventura fece il giro della scrivania e la bloccò afferrandole l'avambraccio.

«Cosa fai?»

«Francesca, pensi davvero che a me non interessi niente di te? Credi che quello che è successo a casa mia per me sia stata solo un'avventura?» si lasciò andare Luca, assumendo un tono confidenziale.

«Deve esserlo» rispose lei decisa, sentendo le calde dita del commissario affondare nel suo braccio.

«E perché non può essere qualcosa di più?»

«Luca, lo sai meglio di me che le storie tra colleghi sono destinate a fallire.»

«Non è scritto da nessuna parte.»

«Ma è così che funziona.»

«Proviamo a vivere questa cosa giorno per giorno» disse invitandola ad alzarsi dalla sedia e prendendole il viso tra le mani.

«Non ha senso, so già come andrà a finire.»

«Mi dispiace, ma non credo che tu sia una veggente.» Luca cercò di farla sorridere. «Sei sicura di non volermi dirmi proprio nulla a riguardo?»

Francesca fece un passo indietro liberandosi dalla sua presa, abbandonò la pashmina che come una foglia d'autunno cadde leggera a terra, e fissò lo sguardo su un punto indefinito del pavimento.

«Aveva detto che voleva vedermi per un ultimo chiarimento... e che poi mi avrebbe lasciata in pace, per sempre» affermò con lo stesso tono di una confessione solenne.

«Ti riferisci a un tuo ex?»

«Sì. Gli ho voluto dare fiducia e ci siamo incontrati nel suo laboratorio di orafo, poi...» Francesca si interruppe, il respiro si fece pesante, le labbra presero a tremare per la paura di un ricordo ancora vivo.

Spinto da un senso di protezione, Bonaventura le si avvicinò e le cinse i fianchi per farla sentire al sicuro.

«Cos'è successo in quel laboratorio?» le sussurrò, certo che sputare fuori quella storia una volta per tutte l'avrebbe fatta sentire più libera e leggera.

«Quando gli ho detto che tra noi era finita, mi ha stretto il collo con una mano, mentre con l'altra...» Francesca si bloccò ancora una volta, lasciando che i singhiozzi si sostituissero alle parole.

Luca le accarezzò i capelli, cercando di infonderle calma e serenità.

«Con l'altra ha afferrato il cannello per la saldatura, lo ha acceso e ti ha marchiato» proseguì lui, aiutandola nella ricostruzione di quel tragico episodio, mentre le avvolgeva l'esile corpo tra le sue braccia forti.

«Come fai a saperlo?» domandò sconvolta Francesca liberandosi con uno scatto dall'abbraccio di Bonaventura.

Il commissario restò in silenzio, sorpreso per la rabbia che si era impadronita dei suoi lineamenti.

«Hai indagato su di me? Ti sei divertito a scavare nella mia vita privata, è così?» Francesca indietreggiò puntandogli l'indice contro.

«Divertito? Ma cosa dici? L'ho fatto solo per conoscerti meglio, per sapere...»

«Sapere perché avessi chiesto il trasferimento in una città distante cinquecento chilometri da Milano?»

«Per sapere cosa ti avesse fatto soffrire così tanto» affermò Luca con voce pacata, mentre a piccoli passi cercava di colmare la distanza che si era creata tra loro.

«E ora come dovrei sentirmi, sapendo che tu conoscevi già tutto di me?»

«Fortunata, speciale, privilegiata?» suggerì Luca.

«Spiata, vorrai dire» rispose lei con rabbia.

«Francesca, come te lo devo dire che io ci tengo davvero a te?» Il commissario allungò un braccio verso di lei.

Gentilucci non rispose. Rimase immobile come una preda troppo spaventata per fuggire, disperatamente bisognosa di un rifugio dove finalmente sentirsi al sicuro. Poi, con un gesto quasi impercettibile, allungò la mano verso quella di Luca, ma senza toccarla, aspettando che fosse lui a salvarla da quella confusione.

Quando Luca la strinse a sé, Francesca si abbandonò a un pianto liberatorio, seppur sommesso e discreto. Il groviglio di collera e disperazione che da tempo le soffocava l'anima iniziò a sciogliersi fino a diventare aria, ossigeno nuovo. Il respiro lento e profondo di Luca le infondeva sicurezza e tranquillità. Era la prima volta che confidava quel segreto a un uomo, e per quanto fosse grande il desiderio di gridare al mondo l'odio che da quel giorno aveva nutrito per il genere maschile, in quel preciso istante trovò tutta la consolazione di cui aveva bisogno nel premuroso abbraccio del suo *collega*.

Il commissario avrebbe voluto che il contatto con il corpo di Francesca non si sciogliesse mai. Riusciva a sentire ogni sua emozione: la rabbia, il terrore, la fragilità e la voglia di riscatto. Avrebbe voluto farsi carico di quella sofferenza per poterla cancellare e regalarle un nuovo inizio, o almeno la speranza di potersi fidare ancora. Si accorse che Francesca aveva smesso di piangere, che il suo respiro si era fatto più regolare e che i suoi occhi verde mare lo stavano guardando in maniera interrogativa.

«Cosa c'è?» chiese lui sorridente.

«Volevi dirmi qualcosa?»

«Be'... sì... ecco, in questi casi... io non sono molto bravo con le parole, però...»

«Sciocco, mi riferivo alle indagini. Sei entrato per aggiornarmi su delle novità o sbaglio?»

«Giusto, sì, la novità è che non ci sono novità» affermò Bonaventura cercando di ricomporsi.

«In che senso?» chiese lei discostandosi di poco, ma rimanendo stretta nel suo abbraccio.

«Purtroppo Murro ha detto la verità. Cingolani, un giornalista, ha confermato la sua presenza al Domus la sera del delitto.»

I due rimasero immobili e in silenzio. Le loro indagini non avevano condotto a nulla di concreto, e neanche l'ultimo sopralluogo allo Sferisterio era servito a incastrare uno dei possibili sospettati.

«I giorni passano e siamo ancora a un punto morto» borbottò il commissario scuotendo la testa.

«È probabile che ci stia sfuggendo qualcosa» commentò lei senza distogliere gli occhi da quelli di lui.

«La mia reputazione se ne andrà in malora, e non ho nessuna voglia che il questore mi chiami per uno dei suoi soliti sermoni.»

«C'è solo una cosa da fare in questi casi.»

«Chiamare dei rinforzi?»

«No. Ricominciare tutto da capo» suggerì Francesca stampandogli un bacio sulle labbra.

34

«Perché lasciarlo proprio qui?» commentò ad alta voce Francesca girando intorno al cassonetto in cui era stato rinvenuto il corpo di Chiara Palmucci.

Per ricominciare le indagini da capo, i due investigatori avevano deciso di tornare sul luogo dove tutto era iniziato.

«Perché si trova in un posto isolato, forse» ipotizzò il commissario tirando fuori dalla tasca cartine e tabacco.

«Ma poco più avanti c'è la casa della signora Lattanzi» fece notare lei indicandola. «Guarda, non è neanche a cinquanta metri. Non ti sembra rischioso?»

L'ispettore capo era perplessa. Probabilmente qualcosa stava sfuggendo alla loro attenzione. Ma cosa?

«Da qualche parte doveva pur lasciarlo» riprese Bonaventura. «Magari non si è neanche accorto del casolare.»

«Certo, può essere, però...» Francesca non terminò la frase. Sembrava indecisa.

«A cosa stai pensando?»

L'ispettore capo si tolse gli occhiali da sole e si guardò attorno. Prima a destra, poi a sinistra, quindi si voltò fino a catturare tutta la campagna che li circondava. Nel frattempo il commissario aveva finito di rollarsi la sigaretta e se l'era accesa.

«Macerata è una piccola città» riprese la poliziotta.

«Più piccola di un quartiere di Milano.»

«Ecco, quindi un maceratese dovrebbe sapere che qui, in questa strada, c'è un casale e che potrebbe essere pericoloso fermarsi a gettare via un cadavere.»

Prima di ribattere a quella osservazione, il commissario diede un'altra tirata alla sigaretta, già consumata per metà.

«Anche perché si tratta di uno stabile abbastanza vecchio» continuò Gentilucci. «E si vede anche dalla provinciale.»

«Stai cercando di dirmi che secondo te l'assassino potrebbe non essere di Macerata?»

«Io, conoscendo il posto, non sarei mai venuta a scaricare un cadavere in questo cassonetto. La strada è stretta e non ci sono vie di fuga.»

Il commissario finì di fumare, schiacciò il mozzicone con la suola della scarpa, poi anche lui prese a guardarsi intorno come se la risposta a tutte le loro domande dovesse essere proprio lì da qualche parte, nell'aria, in mezzo all'erba, o sulla terra compatta che ricopriva la piazzola a bordo strada in cui era collocato il cassonetto.

Il discorso di Francesca lo trovava condivisibile. In effetti, conoscendo il territorio, non sarebbe stato molto logico inoltrarsi in quella contrada.

Magari l'assassino si era appartato con Chiara da queste parti e dopo averla uccisa l'ha gettata nel primo cassonetto che ha incontrato, senza fare troppi ragionamenti... O, più semplicemente, anche se vive a Macerata non conosce questo posto.

Poi gli venne in mente una cosa.

«Le impronte.»

«Cosa?» fece lei disorientata.

«Dobbiamo vedere le foto della scientifica e verificare se nella piazzola c'erano impronte di pneumatici. Per gettare via il corpo di Chiara, l'assassino deve aver posteggiato la macchina accanto al cassonetto, e la frenata dovrebbe aver lasciato un'impronta sul terreno.» E così dicendo si piegò sulle ginocchia per dare un'occhiata. Non che avesse la speranza di trovare dei segni – ormai erano trascorsi troppi giorni –, il suo fu soprattutto un gesto istintivo.

«E poi, magari, potremmo anche capire se ha fatto inversione ritornando verso Macerata o ha proseguito verso il mare.»

La poliziotta si passò una mano sul mento, chiedendosi se fosse davvero così importante stabilire se l'assassino era andato lì di proposito o se aveva abbandonato il corpo nel primo cassonetto incontrato lungo la strada.

Forse continuando a indagare in quella direzione avrebbero solo perso tempo. Forse avrebbero dovuto analizzare il tutto da un'altra angolazione. Il cervello dell'ispettore capo era in piena attività.

Nel frattempo Bonaventura aveva tirato fuori dalla tasca il cellulare e composto il numero del commissariato.

Marinozzi rispose al primo squillo, come se avesse previsto quella telefonata e stesse già con le mani sul ricevitore.

«Marino', stammi a sentire.»

«Mi dica, commissario» fece l'agente scelto con un tono apparentemente efficiente.

«Chiama la scientifica, ho bisogno del materiale fotografico del caso Chiara Palmucci. Chiara Palmucci, hai scritto?»

«La povera ragazza assassinata...»

«Mi serve subito. Recupera tutto e mettilo sulla mia scrivania.»

«Lo consideri fatto, dottore.»

Bonaventura chiuse la chiamata.

L'ispettore capo, che aveva ascoltato lo scambio di battute, era tentata di esporgli i suoi dubbi, ma non riusciva a trovare le parole giuste.

Cercò allora di fare un passo indietro e di ricostruire la possibile scena di quel tre agosto, ma Bonaventura non gliene diede il tempo.

«Ritorniamo in ufficio» le disse avviandosi verso l'auto di servizio.

«Luca, un attimo...»

Il commissario si fermò, voltandosi verso la collega.

«È così importante scoprire se l'assassino ha fatto inversione di marcia qui, davanti al cassonetto, oppure ha proseguito dritto?» Francesca alla fine aveva rotto gli indugi tirando fuori le sue perplessità.

«No» fece lui, aggiungendo dell'altro mistero.

Francesca aggrottò la fronte. «Mi vuoi dire che succede?»

«Succede che, se siamo fortunati, possiamo confrontare le impronte trovate vicino al cassonetto con gli pneumatici delle auto di...»

«Murro, Nannucci e Buratti» terminò la frase Francesca, tendendo le labbra in un sorriso compiaciuto.

La speranza, ora, era che qualche loro collega in tuta bianca quelle impronte le avesse immortalate.

«Dottore, dottoressa...» li salutò Marinozzi alzandosi dalla sua postazione non appena li vide entrare nell'anticamera.

«Hai fatto quello che ti ho chiesto?» domandò subito Bonaventura mentre gli passava davanti a passo spedito.

«Alla lettera, commissario. Ho lasciato una cartellina sulla sua scrivania.»

Luca nel frattempo era già entrato nel suo ufficio.

«Grazie» gli disse Gentilucci, affrettandosi a seguire il suo superiore che si era seduto e stava tirando fuori le stampe.

La scientifica aveva scattato più di cinquanta fotografie, focalizzandosi perlopiù sul corpo della vittima. A quanto pareva non era stato tralasciato nessun particolare. Dai capelli alle scarpe. Molte immagini erano ingrandimenti di dettagli, soprattutto quelle che raffiguravano il collo della ragazza. Il commissario si soffermò qualche istante sui segni lasciati dalle dita che lo avevano stretto, poi continuò a scorrere le foto finché non arrivò a quelle che gli interessavano.

Del terreno circostante il punto del ritrovamento del corpo, c'erano otto immagini. Il commissario le dispose sulla scrivania, cercando di metterle nel giusto ordine. In pratica coprivano tutto il perimetro attorno al cassonetto. Poi puntò il dito sulle uniche due che avevano catturato impronte di pneumatici. Sulla prima sembrava ce ne fossero due sovrapposte. La traccia era appena percettibile e a un certo punto si allargava.

«Cosa ne pensi?» chiese Bonaventura alla collega, passandole la foto.

«Non saprei... non è molto chiara, forse dovremmo farla ingrandire.»

Il commissario prese in mano l'altra.

Rispetto alla prima, in questa il segno era più marcato e non sembrava sovrapposto ad altre tracce, però era molto ridotto. Dubitava che sarebbero riusciti a estrapolarne un campione utile per il raffronto. Ma dovevano comunque provarci.

35

«Come va l'occhio?» gli chiese a un tratto Francesca staccando lo sguardo dalla strada e voltandosi a guardarlo.

«Va» fece semplicemente il commissario cercando di troncare sul nascere il tentativo della collega di dirottare la conversazione su quello che gli era successo. Era la prima volta che qualcuno gli gonfiava la faccia e voleva dimenticare l'accaduto il più in fretta possibile, quindi ritornò sulla loro missione.

Dopo aver richiesto alla scientifica l'ingrandimento delle immagini relative alle tracce di battistrada lasciate sul terreno, essere risaliti ai vari modelli di auto dei tre sospettati tramite la motorizzazione civile ed essersi muniti di un apparecchio fotografico – una Canon di ultima generazione –, Bonaventura e Gentilucci si erano diretti verso Appignano. La vettura di Buratti sarebbe stata la prima che avrebbero esaminato.

«Non mi sembri molto convinta» le disse con un tono ambiguo – non si capiva se fosse un'affermazione o una domanda.

L'ispettore capo si voltò di nuovo verso il suo superiore. «Anche se uno di quegli pneumatici combaciasse, non sarebbe comunque una prova, avremmo bisogno di altro.»

«Questo me lo hai già detto prima di partire.»

«Non lo so... ho come l'impressione che ci stia sfuggendo qualcosa.»

«A cosa ti riferisci?»

«Una volta, a Milano, ho lavorato a un'indagine seguendo le direttive di un vicequestore, si chiamava Mariottini. 'La prima cosa da fare è trovare la scatola nera' ripeteva sempre.»

«Le scatole nere si trovano negli aerei...» provò a ribattere Bonaventura, per quanto ne sapeva lui.

«Secondo Mariottini c'è una sola cosa che collega il tutto dando un senso ai fatti e, una volta trovata, il caso è risolto. Un po' come succede nei disastri aerei... All'inizio si brancola nel buio, finché non si trova la scatola nera, ecco allora che tutto inizia a farsi chiaro.»

Il commissario non aveva mai pensato in quei termini a un omicidio.

«Se sarà necessario ritorneremo in contrada Montanello anche dieci volte, interrogheremo di nuovo tutti i sospettati e prenderemo l'assassino» le disse dopo qualche attimo di riflessione.

Puoi contarci che lo prenderemo.

Proprio in quel momento Gentilucci rallentò, deviando sulla sinistra ed entrando nel parcheggio del mobilificio in cui lavorava Buratti.

L'auto che stavano cercando era una Volkswagen Golf blu targata PO667OU.

«Eccola là» fece il commissario indicandola con la mano. Era parcheggiata in uno degli spazi coperti da una tettoia sul lato opposto da dove erano entrati.

L'ispettore capo la affiancò, parcheggiandole accanto. «Vado io» si affrettò a dire, slacciandosi la cintura e sfilando la Canon dalle mani del commissario. Anche se Luca le aveva assicurato di star bene, glielo poteva leggere in faccia che quel cazzotto in pieno viso lo aveva destabilizzato parecchio.

«Fotografa tutte e quattro le ruote» si raccomandò lui affacciandosi dal finestrino per farsi sentire.

La seconda auto sospettata era un vecchio modello di Fiat Punto, rossa, immatricolata alla fine del secolo scorso. Di sicuro Nannucci l'aveva acquistata usata, anche perché quando era uscita dalla fabbrica lui ancora non aveva la patente.

L'ispettore capo passò davanti allo Sferisterio, ma di Punto rosse non ce n'erano; su indicazione di Bonaventura risalì allora le mura per sbucare in piazza Mazzini, che poteva essere considerata il parcheggio dell'arena, ma non la trovarono neanche lì.

Oltre alla targa e al modello dell'auto, avevano anche l'indirizzo dell'abitazione di Nannucci ma, dato che era metà pomeriggio, avevano deciso di passare prima sul posto di lavoro.

«E ora?» chiese la poliziotta, guardandosi attorno.

«Aspettiamo che esca» rispose il commissario indicando l'entrata di quel teatro a cielo aperto.

Francesca non sembrava convinta. Alzò la testa verso lo specchietto retrovisore sistemandosi il foulard intorno al collo, poi aprì lo sportello.

«Dove vai?»

La ragazza fece un cenno col capo in direzione della biglietteria, poi gli strizzò l'occhio e si allontanò.

È proprio una donna inarrestabile, di questo passo tra qualche anno la troverò seduta al posto di Paolotto. Già me la immagino impartire ordini a tutti i dipendenti della questura.

Trascorsero un paio di minuti appena, e Gentilucci tornò a sedersi al suo posto di guida.

«Allora?» chiese il commissario.

«Le prove sono terminate venti minuti fa, ma ancora non sono usciti tutti. È probabile che Nannucci sia ancora dentro, considerando tutta l'attrezzatura che avrà da sistemare.»

Bonaventura fece un sospiro e si mise comodo, allungandosi sul sedile.

Anche se faccio di tutto per nasconderlo, il pugno di quell'albanese mi rimbomba ancora in testa e in tutto il corpo.

Per ingannare l'attesa, tirò fuori l'armamentario da fumo e iniziò quel rituale che ormai poteva svolgere anche bendato.

Mentre stava facendo la seconda tirata, videro uscire Nannucci con uno zainetto in spalla. Era solo e camminava abbastanza spedito nella direzione opposta alla loro.

«Vai» diede l'ordine il commissario.

Francesca mise in moto, uscì dalla piazza e si fermò subito

dopo in uno slargo da cui potevano tenere sotto controllo tre grandi vie.

Nannucci nel frattempo aveva iniziato a costeggiare viale Trieste fino alle strisce pedonali, poi lo aveva attraversato imboccando corso Cairoli. Francesca, a quel punto, ripartì. Lo seguì procedendo a passo d'uomo, finché il ragazzo non svoltò in una traversa a destra e per qualche secondo lo persero di vista. Quando anche i due poliziotti presero via Carducci, Nannucci stava salendo a bordo della sua Punto rossa.

Il pedinamento durò una decina di minuti e terminò nel parcheggio di un centro commerciale.

Non appena l'addetto alle luci sparì all'interno della galleria principale, Francesca si fiondò sugli pneumatici della sua auto, immortalandoli uno dopo l'altro.

«E anche questa è fatta» commentò riponendo la Canon nel sedile posteriore.

Anselmo Murro abitava in un quartiere residenziale formato perlopiù da villette a schiera con giardino e vialetto d'accesso per l'auto. Quella del regista era l'ultima prima di un cantiere che ne stava costruendo delle altre.

Francesca imboccò via Abruzzo percorrendola finché non passarono davanti a una Volvo nera con la targa che corrispondeva a quella del loro sospettato. Era parcheggiata sul lato opposto della casa, in uno degli appositi spazi delimitati da righe bianche.

«Prosegui» le disse Bonaventura. «Arriva fino in fondo, poi fai inversione e risali piano.»

La poliziotta fece ciò che le era stato detto, così che il commissario potesse dare un'occhiata alle finestre della villetta di Murro. Erano chiuse e con le tende tirate.

«Okay, fermati lì» riprese qualche attimo dopo, indicandole un posto libero poco più avanti alla Volvo.

Appena l'Alfa 159 fu ferma, Gentilucci afferrò di nuovo la macchina fotografica e scese per portare a termine la sua mansione. Per non dare troppo nell'occhio si piegò appena sulle ginocchia e fotografò le ruote anteriori. Prima di passare alle altre due, controllò sul display che le immagini fossero nitide, poi risalì sull'auto di servizio.

«Missione compiuta» disse a Bonaventura consegnandogli la Canon. Il commissario premette il pulsante di accensione e scorse le immagini. Anche se non ricordava in modo preciso le impronte rilevate sulla scena del delitto, gli pneumatici della macchina di Murro e anche delle altre due sembravano non coincidere.

Speriamo che ne sia valsa la pena...

«Ora torniamo in ufficio e cerchiamo di chiudere questa faccenda.»

Francesca fece per mettere in moto, ma poi si bloccò.

«Guarda... quella lì non è Ornelli Biagiotti?» Gli indicò una Cinquecento bianca nuova di zecca che gli stava passando davanti.

Era proprio lei.

L'utilitaria svoltò infatti nel vialetto di accesso della villa di Murro e poco dopo ne scese il direttore artistico dell'Opera Festival in tutto il suo splendore. Indossava un abito in seta a tema floreale con una vistosa scollatura sulla schiena, abbinato a sandali in pelle con un tacco a stiletto che le rendeva difficile mantenere l'equilibrio.

La donna tirò fuori dalla pochette le chiavi e sparì dentro casa.

«Visto che ci siamo, che ne dici se fotografiamo anche le gomme di quella Cinquecento?» propose l'ispettore capo.

36

Un sottile raggio di sole divideva a metà la scrivania di Bonaventura. Sulle pile di documenti si proiettavano le ombre del posacenere e dei cinque bicchierini da caffè che avevano accompagnato le prime ore di lavoro.

«Questa la escluderei» affermò Gentilucci sottraendo dal ventaglio di fotografie quelle degli pneumatici della Fiat Punto e porgendola al commissario.

«Sì, sono gomme talmente lisce che non lascerebbero il segno neppure sulla sabbia bagnata» rispose Bonaventura scuotendo la testa e riponendo quello scatto nella busta della scientifica.

«Scarterei anche questa» proseguì decisa l'ispettore capo, passando al suo superiore il dettaglio della Volvo.

«Aspetta, questa è l'auto di Murro, non la metterei da parte con tanta leggerezza.»

«Leggerezza?»

«Scusami, volevo solo riguardarla con più attenzione, si tratta sempre del veicolo di quel viscido di Murro.»

«Viscido o no, il tuo sospettato numero uno ama la guida sicura.»

«Che vuoi dire?»

«Guarda qui» disse disponendo una a fianco all'altra le foto riportanti le impronte degli pneumatici e quella delle ruote della Volvo.

Bonaventura le fissò a lungo, non voleva perdersi neanche un dettaglio di quella che poteva rivelarsi la conferma schiacciante della colpevolezza del regista. Passò lo sguardo su tutte e tre le immagini, ma per quanto si sforzasse di trovare analogie, dopo qualche minuto dovette rassegnarsi.

«Troppo larghe» commentò a denti stretti.

«Una manovra di inversione effettuata con gomme di queste dimensioni avrebbe lasciato un'impronta ben più significativa» aggiunse Gentilucci.

Bonaventura si alzò di scatto, raggiunse la finestra e tirò fuori dalle tasche il necessario per rollarsi quella che era la settima sigaretta della mattinata.

Francesca avrebbe voluto dirgli che fumare in maniera così accanita non avrebbe giovato al proseguimento delle indagini, ma tenne quel pensiero per sé. Sapeva che un fumatore incallito come Luca non avrebbe abbandonato quel vizio per nessun motivo al mondo. Quindi proseguì esaminando il restante materiale fotografico.

Dopo aver indugiato a lungo con lo sguardo su piazza della Libertà, il commissario riportò la sua attenzione nella stanza. I suoi occhi accarezzarono i lunghi capelli dorati di Francesca, si posarono su quel profilo deciso e allo stesso tempo dolce e infine sulle sue dita affusolate che maneggiavano delicatamente le stampe.

Che ci fa una creatura come te nel mio ufficio? Qui si parla di morte, di omicidi, non è un luogo adatto a una figura angelica come la tua. Eppure io da qui non ti farei mai andare via.

Inspirò a lungo la sigaretta trattenendo il vapore nella bocca prima di farselo scivolare per la gola.

Adoro questa tua espressione seria e concentrata, sembra che intorno a te non esista niente tranne il tuo lavoro, la tua missione di dare un volto a quel bastardo che ha interrotto la giovane vita di Chiara, anche lei bionda e dalla pelle color latte.

Poi si voltò di nuovo verso la finestra, questa volta per aprirla e sbuffare nell'aria gli ultimi tiri della sigaretta.

«Luca?»

«Eccomi... arrivo» rispose all'istante abbandonando il mozzicone nel posacenere e raggiungendo la collega.

«Dall'ingrandimento della scientifica si direbbe che Buratti abbia dimenticato di effettuare il cambio gomme.»

«Cosa vuoi dire?»

«Non è molto chiaro, ma dalle impronte lasciate nella piazzola si deduce che il battistrada dell'auto che ha fatto manovra vicino al cassonetto deve essere piuttosto consumato.»

Bonaventura prese la foto e la guardò da vicino aiutandosi con una lente di ingrandimento.

In effetti sembrerebbe l'impronta di una gomma usata. Hai consumato gli pneumatici a furia di inseguire la tua ex e farle appostamenti? Se è così, puoi risparmiarti il cambio muta, dietro le sbarre la Golf non ti servirà a molto.

«Possiamo ipotizzare che il nostro primo sospettato non ha trascorso la serata al night, o magari ci è andato solo dopo aver commesso l'omicidio per crearsi un alibi» commentò con il viso illuminato da un'improvvisa speranza.

«È un'ipotesi possibile.»

«Non mi sembri molto convinta.»

«Per chiudere il cerchio manca il confronto con le ruote della Cinquecento» affermò Gentilucci spostando al centro del tavolo la fotografia dell'auto di Caterina Ornelli Biagiotti.

Questa volta i due analizzarono insieme l'immagine, puntando lo sguardo ora sulle foto della scientifica, ora sullo scatto catturato dalla Canon.

I loro visi erano così vicini che Bonaventura dovette alzare di poco la testa per non abbandonarsi all'istinto di baciarla.

Dopo quella notte di passione non sono più riuscito ad averti tutta per me. Dovremmo ritagliarci del tempo per stare insieme al di fuori di questo ufficio o dell'abitacolo dell'Alfa. Vorrei portarti al mare, passeggiare in spiaggia al tramonto e passare la notte sotto le stelle.

«Cosa ne pensi?»

«Nulla... non stavo pensando a niente» si affrettò a rispondere Luca cercando di ricomporre le sue fantasie.

«A me sembrano le stesse impronte lasciate dalla Golf» proseguì stupita.

«Sì, giusto...»

«È strano, non trovi?»

«Non dimentichiamoci che lo stesso tipo di gomme può essere montato su veicoli diversi.»

I due restarono in silenzio, la faccenda stava prendendo una piega imprevista. Nella testa di Luca e in quella di Francesca echeggiava un solo grande quesito.

Quale delle due auto si trovava in contrata Montanello la sera del tre agosto? La Golf di Buratti o la Cinquecento del direttore artistico del Macerata Opera Festival?

Il commissario si alzò e raggiunse la finestra tenendo strette tra le mani le fotografie della scientifica, quella della Fiat Cinquecento e quella della Golf.

Espose il materiale alla luce del sole per coglierne ogni dettaglio. Sentiva che in quegli scatti si nascondeva l'indizio che poteva dare una svolta alle indagini. Prese così a muovere le istantanee in direzione dei caldi raggi del mezzogiorno finché la sua attenzione fu catturata da un dettaglio.

«Hai trovato qualcosa?» chiese Francesca notando l'espressione seria di Bonaventura.

«Il disegno del battistrada...»

«Cos'ha di speciale?»

«Guarda, quello della Golf ha una scultura simmetrica, mentre quello della Cinquecento ha tutta l'aria di essere direzionale, proprio come quello delle impronte rilevate dalla scientifica.»

«Hai la vista di un falco» commentò Gentilucci strizzando gli occhi per individuare i dettagli colti dal collega.

«Sono o no il commissario Bonaventura?» commentò lui ironico, ma con una nota di orgoglio.

Pervaso di entusiasmo per quella che riteneva un'importante scoperta, Luca prese la cornetta del telefono e digitò il numero di un interno.

«Marino', vieni subito nel mio ufficio.» E chiuse subito la chiamata.

Dopo un paio di minuti l'agente scelto si presentò nella stanza, il collo della camicia aperto a far intravedere l'inizio della canottiera, la divisa cosparsa da una costellazione di molliche.

«Che hai combinato?» lo rimproverò Luca facendogli il gesto di ricomporsi.

«Niente commissario, l'aria condizionata si è rotta e con questo caldo...»

«Con questo caldo l'appetito non ti è passato.»

«Un calo di zuccheri, succede» si giustificò spazzando via le briciole con piccoli colpi della mano.

Bonaventura cambiò bruscamente argomento. «Manda qualcuno a prendere la signora Caterina Ornelli Biagiotti.»

«Chi?»

«Il direttore artistico del Macerata Opera Festival» precisò scocciato il commissario.

«Certo, e cosa debbo riferire?»

«Che abbiamo bisogno di sentirla in merito all'omicidio di Chiara Palmucci» concluse intimandogli di sbrigarsi a uscire dalla stanza.

Gentilucci aveva assistito divertita a quel siparietto. La parlata locale di Marinozzi la metteva di buonumore, in fondo in quell'uomo corpulento percepiva un senso di genuinità.

«A cosa debbo questo sorriso?» le domandò Luca avvicinandosi.

«Potresti trattarlo con più garbo, in fondo è un tuo collega.»

«Ma chi, Marinozzi? Già è rallentato di suo, se aggiungo pure del garbo, rischio di trovarmelo a degustare il tè con i pasticcini insieme a Pagliacci.»

Francesca scoppiò a ridere e il suo viso si irradiò di luce. Per la prima volta sembrava aver abbandonato la corazza di poliziotta per vestire i panni di Francesca Gentilucci, una giovane donna, bella, intelligente e in grado di apprezzare ancora la vita.

Luca non poté fare a meno di guardarla e sorridere insieme a lei.

Una bella storia d'amore tra un commissario e un ispettore capo... io non ci vedrei nulla di male. Bisogna provarci, secondo me ne vale la pena.

«Allora, che ne dici di andare a pranzo?» domandò Bonaventura, sperando di averla tutta per sé fuori da quelle mura.

«È un'ottima idea, ci attende un pomeriggio impegnativo, meglio seguire il consiglio di Marinozzi e non rischiare un *calo di zuccheri.*»

È anche una donna di spirito.

Francesca, sento che potrei amarti.

I due lasciarono l'ufficio, e poco prima di raggiungere l'uscita si imbatterono nell'ultima persona che Bonaventura avrebbe voluto incontrare: Paolotto.

«Commissario, buongiorno» gli sorrise arcigno il questore.

«L'ispettore capo e io stavamo uscendo per la pausa pranzo.»

«Glielo rubo solo per un minuto» proseguì il questore rivolgendosi a Gentilucci e richiamando in disparte il commissario.

«Abbiamo un nuovo indizio sulle indagini» si affrettò a rassicurarlo Bonaventura.

«Ma cosa le è successo?» gli chiese invece il questore ignorando quanto gli aveva appena riferito Luca. «Ha il volto pieno di lividi.»

Il commissario fece per rispondergli, ma Paolotto lo precedette: «Lasci stare, non lo voglio sapere. Mi dica invece: sulla base di quale prova avete chiamato a rapporto la dottoressa Ornelli Biagiotti?»

«Le ruote della sua auto sembrerebbero combaciare con...»

«Sembrerebbero. Lei basa le sue indagini su un verbo coniugato al condizionale?»

«Si tratta di una semplice verifica.»

«Mi stia a sentire, conduca questo interrogatorio con la massima discrezione, ha capito?»

«Non si preoccupi, dottore.»

«La stagione operistica sta per iniziare ed è l'unica cosa di cui Macerata può vantarsi in questo momento. Non mi sembra il caso di gettare altre ombre sullo Sferisterio, dopo la morte della ballerina.»

«Capisco.»

«Non una parola con la stampa.»

«Può starne certo.»

«E si sbrighi a trovare l'assassino» concluse Paolotto infilandosi nell'ascensore.

37

Il pranzo con Gentilucci si rivelò essere un semplice pasto tra colleghi. L'incontro con il questore aveva incrementato nei due poliziotti il senso di urgenza di risolvere il caso Palmucci, rendendo quella pausa in trattoria una lunga disquisizione sulle indagini. Le intenzioni romantiche di Bonaventura lasciarono il posto a ulteriori ipotesi sul possibile omicida, e quando il cameriere servì loro il caffè, entrambi svuotarono la tazzina in un paio di sorsi alzandosi subito dopo per rientrare in ufficio.

Paolotto, hai mandato all'aria il mio tentativo di trascorrere un'ora di spensieratezza con lei, ora dovrò inventarmi qualche altra cosa per passare del tempo con Francesca-donna e non con Gentilucci-ispettore capo.

I due si trovavano a metà delle ripide scalette che collegano le mura antiche al centro di Macerata. Bonaventura calcolò che mancavano poche centinaia di metri a piazza della Libertà, così approfittò per accendersi una sigaretta. Sbuffò il fumo in aria e i suoi occhi caddero ancora una volta sul profilo della collega.

Ti muovi con una tale disinvoltura, come se vivessi in questa città da sempre. Pensavo che per una donna come te sarebbe stato più difficile adeguarsi alla vita di provincia. Se non fosse per quell'accento milanese potresti tranquillamente confonderti con le ragazze del posto.

Passò la sigaretta alla mano sinistra e con la destra cercò di sfiorare le dita di Francesca. Il primo tentativo fallì, perché Gentilucci sollevò il polso per controllare l'orologio, ma al secondo riuscì a instaurare un contatto.

L'ispettore capo lo guardò stupita, non si aspettava quel gesto così confidenziale in un luogo pubblico. Non che la cosa le dispiacesse. Trattenne la presa del commissario per qualche minuto, assaporando quel lieve solletico che dalle falangi le risaliva verso il palmo e si estendeva per tutta la lunghezza dell'avambraccio.

A quanto pare Bonaventura nascondeva un animo romantico, nonostante avesse sempre un'espressione da duro stampata in faccia. Francesca considerò il fatto che passeggiare mano nella mano a Macerata per lui avrebbe potuto rivelarsi compromettente, considerando che si trattava della sua città natale e che, se qualche conoscente li avesse visti, in pochissimo tempo tutte le vie avrebbero risuonato di pettegolezzi. Non riuscì a spiegarsi se Luca fosse indifferente a quella possibilità o più semplicemente si fosse lasciato andare seguendo l'istinto.

Francesca ritirò la sua mano a una trentina di metri dall'ingresso della questura.

Dato che erano in servizio, pensò fosse meglio mostrare un atteggiamento adeguato al ruolo che rivestivano. Quindi gli rivolse un sorriso che poteva significare 'Meglio essere prudenti', ma anche 'Invitami ancora a camminare mano nella mano con te'.

Poi rallentò il passo fino a fermarsi, e restò a fissarlo aspirare l'ultimo centimetro della sigaretta. Rifletté sul fatto che la barba incolta gli donasse molto, eccetto per quella parte che gli nascondeva le labbra ben disegnate. Notò che il livido che ancora gli cerchiava di viola l'occhio gli conferiva l'espressione dell'uomo che non si sarebbe arreso davanti a nulla pur di far trionfare la giustizia.

«Commissario, ispettore, finalmente!» esclamò Marinozzi correndo loro incontro.

«Prendi fiato, che è successo?» lo interrogò Bonaventura gettando a terra il mozzicone ancora fumante.

«La signora Ornelli Biagiotti vi sta aspettando.» Marinozzi si passò un fazzoletto dietro la nuca.

«È per questo che sei così agitato?» gli chiese Gentilucci tornando a concentrarsi esclusivamente sul lavoro.

«La signora è su tutte le furie, dice che non ha tempo da perdere e che il caso Palmucci non la riguarda.»

«Questo lo decideremo noi» rispose secco il commissario facendole segno di entrare.

Il direttore artistico del Macerata Opera Festival si muoveva a passi rapidi nell'ufficio di Bonaventura. Fissava il display del suo cellulare come se attendesse una chiamata in grado di salvarle la vita, o perlomeno di liberarla da quell'imbarazzante situazione.

«Prego, signora, si sieda» la invitò il commissario varcando la soglia della stanza seguito da Francesca.

«Potrei sapere il motivo per cui sono stata convocata?» domandò la donna rabbiosamente, per nulla intenzionata a mettersi seduta.

«Signora, per favore, si calmi.»

«Mandate una delle vostre volanti a prendermi come se fossi una criminale e pretendete che stia calma?» proseguì furiosa.

«Dobbiamo farle alcune domande in merito all'omicidio di Chiara Palmucci» intervenne Gentilucci cercando di placare il tono della conversazione.

«Le state facendo alla persona sbagliata. Il fatto che quella ragazza facesse parte del corpo di ballo dello Sferisterio non vi autorizza a sospettare del direttore artistico, o sbaglio?»

«Ha ragione, e le chiarisco subito che se lei si trova qui non è affatto per dei semplici sospetti, ma per far chiarezza su alcuni indizi che riteniamo essere possibili prove» dichiarò con fermezza il commissario.

Alla parola 'prove', Caterina Ornelli Biagiotti ammutolì, cercò con le mani i braccioli della sedia e muovendosi al rallentatore appoggiò il suo fisico corpulento sulla seduta di fronte alla scrivania.

«Dove si trovava la sera del tre agosto?» cominciò a interrogarla Bonaventura.

«Ero a casa, avevo avuto uno dei miei soliti cali di pressione.»

«Suo marito era con lei?»

«No, quella sera aveva una cena con dei giornalisti.»

«Era al Domus per la conferenza stampa della stagione operistica» precisò il commissario.

«Quindi avete già indagato su di lui?» cercò di sapere la donna, mentre sul suo viso affiorava un'espressione mista tra curiosità e preoccupazione.

«È nostro dovere informarci sui movimenti dei sospettati» riprese Bonaventura.

«Anselmo un sospettato?» E scoppiò in una risata fragorosa.

I due poliziotti si scambiarono una rapida occhiata; l'umore di quella donna oscillava dall'ira all'euforia così rapidamente che risultava difficile inquadrarne la personalità.

«Cosa c'è di tanto divertente?» le chiese Luca.

«Mio marito non sarebbe mai in grado di uccidere una persona.»

«Mi spiace smentirla, ma le più grandi teorie antropologiche sostengono che ogni essere umano sia in grado di salvare come anche di sopprimere la vita di un suo simile.»

Quell'affermazione trasformò l'aria in una lastra di ghiaccio.

Caterina Ornelli Biagiotti distolse per la prima volta lo sguardo dagli occhi di Bonaventura e cercò rifugio in quelli di Gentilucci che, dopo un primo momento di stupore per le altisonanti parole pronunciate dal suo superiore, si rivolse all'interrogata.

«Il nostro unico scopo è fare chiarezza sull'omicidio di Chiara.»

«Dalle affermazioni del commissario, mi sembra che a voi sia già tutto molto chiaro, ma vi sbagliate!»

«Signora Ornelli, le indagini sono ancora in corso e...»

Non riuscì a finire la frase perché il direttore artistico la interruppe per ribadire il concetto, restando ancora una volta sulla difensiva. «Mio marito non sarebbe mai arrivato a tanto.»

«E invece fin dove sarebbe capace di spingersi?» intervenne deciso Bonaventura.

«Potrei sapere perché mi trovo qui?» chiese la donna cambiando argomento.

«Per queste» esclamò Luca, gettando sulla scrivania le fotografie della scientifica.

La signora Ornelli Biagiotti tirò fuori dalla borsa un paio di occhiali e prese a esaminare le immagini. Impiegò solo alcuni istanti, poi scosse la testa e, prima che dalle sue labbra uscisse una parola, Gentilucci spiegò: «Da un confronto con gli scatti della scientifica, risulta che le gomme dell'auto che ha fatto manovra in contrada Montanello la notte del tre agosto sono molto simili a quelle della sua macchina.»

«Sciocchezze, non penserete che sia stata io a uccidere quella ragazza? Come vi ho già detto quella sera ero a casa.»

«Qualcuno può confermarlo?» la incalzò il commissario.

«Be', no, ero sola...»

«Capirà che a questo punto il suo alibi è piuttosto debole» aggiunse Luca raggiungendo la finestra e rollandosi una sigaretta.

«Suo marito a che ora è rientrato?» le chiese Gentilucci.

«Molto tardi... saranno state le due o le tre.»

A quelle parole l'ispettore capo e il commissario si scambiarono un lungo e intenso sguardo interrogativo. Dalle informazioni in loro possesso, Anselmo Murro aveva lasciato il Domus Hotel verso l'una e mezza. In che modo aveva trascorso tutto quel tempo prima di far rientro a casa?

Bonaventura abbandonò la sigaretta ancora incompleta sul davanzale – fatto epocale –, e avvicinandosi alla donna le chiese: «Con quale auto si è recato al Domus?»

«Immagino con la sua, la Volvo.»

«Ne è sicura?»

Caterina Ornelli Biagiotti restò in silenzio, con gli occhi sgranati che oscillavano tra il viso di Bonaventura e quello dell'ispettore capo. La signora dalla voce tuonante all'improvviso aveva assunto le sembianze di un'adolescente smarrita, alla quale non restava che confessare le sue poche verità.

«Ho sempre amato molto Anselmo, nonostante i piccoli piaceri che ogni tanto si concede» disse in tono confessionale.

«A quali piaceri si riferisce?» la sollecitò Gentilucci.

«Non sono una sciocca, so bene che a lui piace indossare i panni del don Giovanni, del Casanova e sedurre le giovani donne che lo circondano. Ma è solo grazie a me se tutti i riflettori sono puntati su di lui, non è certo merito di quelle sciacquette.»

«Ci sta dicendo che Murro aveva una relazione con Chiara?»

«Non lo so. Tempo fa il nostro matrimonio era giunto agli sgoccioli, allora abbiamo fatto un patto.»

«In che senso?»

«Avevo capito che per nulla al mondo avrebbe rinunciato a frequentare donne più attraenti di me, sono i rischi che si corrono quando ci si sposa con un uomo di dieci anni più giovane...»

«Quindi?»

«Io non avrei chiesto il divorzio, a patto che lui diventasse molto abile a celare la sua infedeltà. In pubblico dovevamo comparire come una coppia unita e felice.»

«Signora Ornelli, suo marito aveva o no una relazione con Chiara Palmucci?» si inserì Bonaventura alzando la voce.

«Mio marito è stato impeccabile nel rispettare il patto, quindi sono sincera quando le dico che non lo so.»

I tre rimasero a lungo immobili, avvolti da un denso silenzio. Erano tutti consapevoli che ogni parola pronunciata avrebbe reso ancora più confuso un caso decisamente complesso.

Dopo aver lanciato un ultimo sguardo alla donna, il commissario decise che per il momento poteva bastare, e tornò a occuparsi della sigaretta.

«Pensi che sia stata sincera?» domandò Gentilucci avvicinandosi al suo superiore.

«Che Murro avesse una o più amanti è evidente, non resta che capire se una di loro fosse proprio Chiara Palmucci.»

«Che, stufa di vivere una relazione clandestina, ha minacciato il regista di spifferare tutto.»

«Esatto» affermò sbuffando la prima boccata di fumo.

«Potrebbe anche essere il contrario» ipotizzò subito dopo l'ispettore capo.

«Cosa intendi?»

«Che Murro non sia riuscito a rispettare il patto e Caterina Ornelli Biagiotti se la sia presa al punto da eliminare la prova dell'infedeltà.»

Luca si girò di scatto. Fissò la collega senza proferire parola, mentre il suo viso tradiva il desiderio di sapere quale altra intuizione vagasse nella mente di Francesca.

«Non dimentichiamoci che Chiara era incinta, e che quindi la prova dell'infedeltà sarebbe presto stata sotto l'occhio di tutti» aggiunse l'ispettore capo tornando a sedere dietro la scrivania.

Bonaventura la seguì con lo sguardo e la sua attenzione fu subito catturata dal rapido movimento con cui Gentilucci si assicurò che il foulard, questa volta verde speranza, le coprisse la sua parte più indifesa.

Abbiamo tutti qualcosa da nascondere, chi una ferita, chi un'amante, chi una vita che sta per nascere.

38

Camminando uno accanto all'altra con le mani che quasi si sfioravano, Luca e Francesca passarono davanti alla postazione di Marinozzi, che si alzò in tutta fretta per salutarli, quindi proseguirono verso la rampa di scale in direzione dell'uscita.

Più che a una coppia di investigatori, sembravano due persone che avevano deciso di trascorrere una serata insieme.

Bonaventura scandiva il passo, abbastanza veloce, mentre Gentilucci era più che altro indaffarata a tirare fuori dalla borsa gli occhiali da sole e a infilarseli.

«Dove stiamo andando?» gli chiese a un certo punto, appena furono saliti sull'auto di servizio.

Prima di risponderle il commissario mise in moto, uscendo dal parcheggio.

«A cercare di chiudere il caso.»

In ogni indagine arriva un momento in cui le cose cominciano a tornare, e il punto focale è così intenso da diventare incandescente.

Di quei momenti Bonaventura ne aveva vissuti parecchi e quello che stava cavalcando recandosi al Domus Hotel sentiva che gli somigliava molto.

«Potrei sapere cos'hai in mente?»

Luca si voltò verso di lei e fu come se si rendesse conto solo in quel momento che la persona che sedeva al suo fianco non era semplicemente una donna in grado di stuzzicare i suoi istinti maschili, ma l'ispettore capo Gentilucci, la collega con la quale finora aveva lavorato alle indagini.

«Scusami, ero sovrappensiero.» Con la mente infatti stava già pregustando una cena romantica con cui festeggiare la chiusura del caso Palmucci e sedurre Francesca con il fascino del commissario in grado di risolvere anche i casi più complessi.

«Lasciami indovinare... secondo te Murro la sera del tre agosto non è uscito di casa con la sua bella Volvo, non è vero?»

Luca le sorrise sollevando un angolo della bocca.

«E ora vuoi controllare le registrazioni delle telecamere a circuito chiuso del parcheggio del Domus.»

Questa, a differenza dell'altra, non era una domanda ma un'affermazione.

Non potevi arrivare prima nella mia vita? Insieme avremmo fatto faville... e non solo a letto!

Entrati nell'hotel, un'imponente e allo stesso tempo elegante struttura di dieci piani in acciaio e vetro che dominava tutto il quartiere, i due investigatori attraversarono la hall camminando sullo stesso tappeto rosso che probabilmente aveva calpestato Murro la sera dell'omicidio, fino a raggiungere il banco della reception.

Certo, lui sarà stato accolto da applausi, strette di mano, flash dei fotografi...

Salutarono il receptionist che sembrava fosse lì ad attenderli da tutta la giornata, un trentenne completamente calvo che compensava la mancanza di capelli con un folto pizzetto estremamente curato.

«Come posso aiutarvi?» chiese il giovane esibendo il solito sorriso di ordinanza.

«Avremmo bisogno di parlare con il direttore» fece il commissario, mostrandogli il tesserino così da accelerare i tempi.

«Prego, accomodatevi» disse il ragazzo indicando due poltrone rosse in pelle sistemate in un angolo vicino a una finestra. «Lo chiamo subito.» E così dicendo alzò la cornetta del telefono.

***

Il cavalier Rossetti, proprietario di quello che poteva benissimo essere definito l'hotel più lussuoso della provincia, con miniappartamenti che arrivavano a costare fino a mille euro a notte, fece il suo ingresso nella sala dopo dieci minuti, avvolto da un impeccabile gessato grigio di alta sartoria che aveva tutta l'aria di essere stato confezionato su misura. Un tizio che sembrava un incrocio tra Ivan Drago e un rottweiler. A ben guardarlo, tutta la sua persona emanava un misto di rigore morale, severità e indisponenza che metteva a disagio solo a guardarlo, ma questo certo non valeva per il commissario.

«A quanto pare siete della polizia» esordì l'uomo allungando la mano prima a Gentilucci, che gliela strinse, e di seguito a Bonaventura.

«Avremmo bisogno del suo aiuto. Qui i posti auto riservati agli ospiti sono tutti interni, non è vero?» si fece subito avanti Luca, che scalpitava dalla voglia di posare gli occhi sulle registrazioni delle telecamere dell'hotel. Sempre che le avessero archiviate.

E se le hanno cancellate?

Scacciò quell'ipotesi dalla mente, tornando a fissare Rossetti.

«Naturalmente» gli rispose il direttore come se fosse una cosa ovvia. «Se state cercando un'auto rubata posso assicurare che...»

«Nessun'auto rubata. Stiamo indagando su un caso di omicidio» lo interruppe il commissario.

«Omicidio? E cosa c'entra il garage del mio hotel?»

«Immagino abbia sentito parlare della morte di Chiara Palmucci.»

Il cavalier Rossetti mise subito le mani avanti. «Sì, certo, la ballerina... ma io non la conoscevo. Non riesco a immaginare in che modo potrei aiutarvi.»

«Vorremmo soltanto dare un'occhiata alle registrazioni delle vostre telecamere a circuito interno» spiegò Bonaventura, che stava fremendo dalla voglia di accendersi una sigaretta.

«E cosa pensate di trovarci, se posso permettermi?»

No, che non puoi permetterti.

Per un attimo Luca ebbe l'impulso di dirlo ad alta voce, ma riuscì a trattenersi.

«Le conservate, non è vero?»

«Sì, certo... per quattro settimane, poi vengono cancellate per far spazio alle nuove» rispose Rossetti spostando lo sguardo da Bonaventura a Gentilucci. «Credete che l'assassino abbia soggiornato qui?» continuò poi con le domande, come se fosse l'investigatore.

A quel punto il commissario stava per perdere la pazienza. Fino a prova contraria quello che doveva fare le domande era lui.

Francesca, che con la coda dell'occhio aveva colto i lineamenti del viso del suo superiore tirarsi, prima che potesse sbottare, si fece avanti prendendo in mano la situazione.

«Avremmo bisogno di visionare le registrazioni del tre agosto, quelle che riguardano l'ingresso al garage» disse.

La richiesta dell'ispettore capo cadde nel silenzio. Poi, dopo una lunga esitazione, il cavaliere si decise ad accompagnarli in quella che veniva comunemente definita sala manutenzione.

«Dovreste specificarmi il lasso di tempo che vi interessa» disse l'impiegato del Domus, seduto davanti a uno schermo cinquanta per settanta e pronto a battere le dita sulla tastiera per soddisfare la loro richiesta.

A differenza del suo collega della reception, l'addetto alla manutenzione aveva una folta chioma riccia che avrebbe avuto bisogno di una bella sforbiciata.

«Diciamo dalle venti in poi» gli rispose il commissario sedendoglisi a fianco.

Il ragazzo iniziò a digitare molto velocemente e continuò finché sullo schermo non apparve l'inquadratura dell'entrata del garage riservato agli ospiti. A quel punto, attraverso un altro comando, fece aprire una finestra in cui inserì le coordinate orarie e un attimo dopo partì la registrazione.

Visto che non succedeva niente, Bonaventura gli disse di far scorrere le immagini a una velocità maggiore, e finalmente qualcosa attirò la loro attenzione. Entrò infatti un SUV giallo, seguito poco dopo da un'Audi station wagon. Poi, a distanza di una decina di minuti, che per loro furono appena due, uscì una Ford Fiesta. Dopo quei movimenti, prima di vederne un altro, dovettero attendere sedici minuti. A entrare in garage questa volta fu una BMW due posti cabrio.

«Posso chiederle che tipo di automobile sta cercando?» si fece sentire di nuovo il cavaliere.

Bonaventura scattò sulla sedia e mentre si stava voltando per rispondere al padrone di casa, vide qualcosa sullo schermo che lo trattenne.

«Può fermare un attimo?» domandò al ragazzo capellone.

Non appena l'immagine si fu bloccata, il commissario chiese di tornare indietro di alcuni fotogrammi, finché nell'inquadratura non apparve il retro di una Fiat Cinquecento.

«Potrebbe ingrandire l'immagine in modo da leggere la targa?»

«Certo» disse il ragazzo. «Ecco qua.»

Il commissario tirò fuori dalla tasca il piccolo taccuino che portava sempre con sé e la annotò, poi lo passò a Francesca.

«Okay, andiamo avanti.»

L'ispettore capo nel frattempo tirò fuori il telefono e fece partire una chiamata.

Nelle sequenze che seguirono la Cinquecento scomparve, quindi Bonaventura chiese di poter visionare le immagini delle altre tre telecamere che coprivano tutto il perimetro del parcheggio interno.

Ci volle più di un quarto d'ora, ma alla fine il commissario riuscì a trovare quello che cercava, ovvero Murro ripreso mentre scendeva da quella Cinquecento.

Un ingrandimento del sessanta percento glielo confermò al di là di ogni ragionevole dubbio.

Caro Murro, il mio intuito ha fatto centro. Quella sera la Volvo l'hai lasciata a casa e hai preferito spostarti con l'auto di tua moglie. Se lo hai fatto sperando di passare inosservato, ti sei sbagliato di grosso.

39

Dopo quella scoperta che indirizzava le indagini a sospettare di Murro in modo concreto, il commissario aveva deciso di andare di nuovo a bussare alla porta del questore per chiedergli di sottoporre il regista all'esame del DNA. Purtroppo al momento avevano solo indizi ma, se Paolotto non avesse autorizzato il test, Bonaventura era disposto anche a giocare pesante pur di trovare le prove che avrebbero incriminato Murro. L'idea era metterlo sotto torchio finché non fosse crollato. Al diavolo *La Traviata* o il *Nabucco*, al diavolo tutto. Ma prima di fare una mossa del genere e sconvolgere gli equilibri della città, che nel mese di agosto fluttuava completamente attorno all'Opera Festival, il commissario doveva confrontarsi con Paolotto. Non fosse altro per le parole che gli risuonavano nelle orecchie, quelle riferite a Murro, con cui lo aveva congedato l'ultima volta che si erano parlati: 'Faccia attenzione, Bonaventura, non si metta a giocare col fuoco, potrebbe scottarsi.' E ancora: 'Cerchi di usare la massima discrezione, ha capito?'

Fosse stato per lui, Luca avrebbe convocato Anselmo Murro e lo avrebbe tenuto chiuso nella sala interrogatori e strizzato come un vecchio cencio finché non avesse sputato fuori la verità, confessando l'omicidio Palmucci. Ma se qualcosa fosse andato storto, be', allora con ogni probabilità avrebbe potuto dire addio alla carriera e fare le valigie per qualche sperduto commissariato della Calabria, della Sardegna, o chissà dove. Paolotto non aspettava altro.

Bonaventura spense la sigaretta e, mentre si stava alzando dalla poltrona per raggiungere la questura, squillò il telefono.

«Dottore,» fece Marinozzi «c'è la signora Lattanzi che vorrebbe parlarle, dice che potrebbe essere importante.»

«Lattanzi...» Luca ripeté il nome per cercare di tirarlo fuori da qualche cassetto della memoria.

«Ha detto di essere la donna che ha trovato il corpo di Chiara Palmucci nel cassonetto dei rifiuti.»

«Passamela.»

Trascorsero un paio di secondi appena, poi la voce baritonale di Marinozzi fu sostituita da una femminile molto più calda e armoniosa, anche se si percepiva un filo di tensione.

«Buongiorno, commissario, spero di non disturbarla, ma ho trovato qualcosa che forse dovrebbe vedere.»

«Di cosa si tratta?» andò subito al punto Bonaventura, sorvolando sulle buone maniere.

«Stamattina mentre stavo buttando la spazzatura nel cassonetto dove trovai... be', insomma ha capito... ho visto per terra una cosa che luccicava, l'ho raccolta...»

«Cos'è?»

«Un fermaglio per capelli con una pietrina colorata.»

«L'ha toccato con le mani?»

«Credo di sì. Ho cancellato le impronte, vero?»

Con ogni probabilità sì, le hai cancellate, ma se siamo fortunati magari qualcosa possiamo ancora tirarne fuori.

Dopo qualche istante di silenzio, il commissario disse ad alta voce ciò che aveva appena pensato, e la donna dall'altra parte del filo prese a scusarsi come se avesse dovuto sapere che non si prendono a mani nude possibili reperti della scena di un crimine.

«Di preciso dove lo ha trovato questo fermaglio?»

«Qualche metro dietro il cassonetto, sull'erba. Ho visto qualcosa che luccicava e mi sono avvicinata. Ho pensato che potesse essere importante e allora l'ho chiamata.»

«Ha fatto bene.»

«Purtroppo non riesco a portarglielo; vede, c'è mio figlio che ha un po' di febbre...»

«Non si preoccupi, vengo io a prenderlo.»

Appena riattaccò e alzò la testa, il commissario vide Gentilucci che lo guardava dalla soglia della porta.

«Cosa succede?» gli chiese lei, avvicinandosi di qualche passo.

«La donna che ha scoperto il corpo di Chiara dice di aver trovato un fermaglio per capelli vicino al cassonetto» le spiegò, e intanto si infilò la giacca. «Andiamo a dare un'occhiata» aggiunse poi avviandosi verso la porta. Dal questore ci sarebbe andato più tardi.

Quella fu la seconda volta che i due ritornarono sul luogo del ritrovamento del corpo di Chiara Palmucci dopo la triste mattina del quattro agosto. Probabilmente quel reperto non significava niente, poteva essere di chiunque, ma la possibilità che fosse appartenuto a Chiara non era da escludere con leggerezza e, nonostante Gabriella Lattanzi lo avesse maneggiato, poteva ancora conservare impressa un'impronta dell'assassino.

Se ci fosse quella di Murro, il caso sarebbe chiuso.

Con questa speranza il commissario suonò il campanello di casa Lattanzi.

La donna fece accomodare i poliziotti in soggiorno e dopo aver offerto loro un caffè, che però sia Bonaventura che Gentilucci rifiutarono, riprese a descrivere quello che era successo un paio di ore prima.

Questa volta, in aggiunta a quanto aveva detto al telefono al commissario, poté mostrargli l'oggetto. Era avvolto in un tovagliolo di carta e si trattava di un fermaglio per capelli di metallo nero, lungo circa cinque centimetri, sul quale luccicava una piccola pietra rossa.

I due poliziotti si lanciarono uno sguardo, poi Francesca tirò fuori dalla borsa un sacchettino di plastica trasparente dentro cui fece scivolare la mollettina, facendo attenzione a non toccarla con le mani.

«Mamma, ho fame... ho fame...»

Udendo quella voce si voltarono tutti verso la porta che affacciava sulla cucina. In piedi c'era Christian, che stringeva in mano un quaderno e sembrava abbastanza corrucciato. Indossava un pigiama blu con un'auto da corsa stampata sul petto.

«Arrivo, amore» gli rispose la madre cercando di calmarlo.

Il ragazzino continuò a camminare avvicinandosi alla finestra, non degnando nemmeno di uno sguardo i due ospiti. I suoi occhi erano catturati da qualcos'altro. Dopo aver scostato la tenda, aprì il suo diario e iniziò a scrivere. Muoveva la penna quasi a scatti e dalla concentrazione che ci metteva, doveva essere qualcosa di molto importante. Quando finì lo richiuse alla svelta, come se avesse timore che qualcuno potesse sbirciare.

«Cosa ha scritto?» chiese Bonaventura dopo aver seguito tutta la scena.

«Ogni dettaglio della vostra auto: modello, colore, numero di targa...» rispose la signora Lattanzi con un tono mogio come se volesse scusare l'azione del figlio.

'...numero di targa...'

Nella mente del commissario si accese subito una lampadina. La cosa iniziava a farsi interessante.

«Lo fa ogni volta che una macchina passa o si ferma qui davanti» continuò la donna, rassegnata a quegli strani rituali del figlio. «Scrive tutto: modello, numero di targa e anche la data e l'orario. A volte trascorre intere giornate davanti alla finestra.»

«Perché non me lo ha detto subito, la prima volta che ci siamo visti?» protestò il commissario.

«Ecco, io... non lo so, non pensavo che potesse essere importante» tentò di giustificarsi la padrona di casa.

Bonaventura ingoiò una serie piuttosto lunga di imprecazioni, si alzò e si avvicinò a Christian. La tenda era ancora scostata. Luca allungò un po' il collo finché non vide il cassonetto della spazzatura.

All'improvviso sentì il sangue scorrergli più veloce nelle vene.

«Potrei dare un'occhiata?» chiese poi al ragazzo, indicando il quaderno.

«2005... 2005... L'Alfa Romeo ha iniziato a produrre la 159 nel 2005» fece poco dopo Christian, come se si stesse rivolgendo al conduttore di un quiz. «Giorgetto Giugiaro... è stata disegnata da Giorgetto Giugiaro e prodotta negli stabilimenti di Pomigliano d'Arco...»

«Christian, tesoro, questo signore vorrebbe vedere un attimo il tuo quaderno» si intromise la madre per cercare di scuoterlo.

«Disponibile anche nella versione Sportwagon, che viene lanciata nel 2006, giunge al termine della produzione nell'ottobre 2011...»

«Amore, per favore.»

Christian in tutta risposta abbassò la testa e aprì il quaderno, iniziando a leggere i suoi appunti come se stesse recitando una preghiera.

Bonaventura allora cercò di sbirciare, alla ricerca di ciò che gli interessava. In quelle due pagine le date partivano dal trentuno luglio e finivano il primo agosto. Bisognava andare più avanti. Provò a chiederlo al ragazzo, ma lui continuò a leggere come se non avesse sentito quella richiesta.

«Trentuno luglio ore 12:33 Chevrolet Matiz GH874RT, trentuno luglio ore 14:21 Toyota Yaris IK650UI.»

Un paio di minuti più tardi, finalmente voltò pagina.

«...Tre agosto ore 13:53 Volkswagen Polo BH512EW...»

Con data quattro agosto erano segnati solo due numeri di targa. Uno riguardava una Porsche 911 Turbo, ma quello che interessava a Bonaventura era l'altro; DK889OL con a fianco scritto 'Fiat Cinquecento'. L'orario riportava le 2:34.

Bingo!

Sei fottuto, grandissimo bastardo.

«Signora,» disse subito dopo il commissario rivolgendosi a Gabriella «avremmo bisogno del quaderno di suo figlio, dovremmo portarlo in commissariato, potrebbe essere una prova molto importante.»

«Le indagini investigative sono dei meccanismi strani» fece Bonaventura alla sua collega appena usciti da quella casa, rigirandosi il quaderno di Christian tra le mani. Portarselo via non era stato facile. Il ragazzo, infatti, non appena la madre si era avvicinata cercando di fargli capire che se ne sarebbe dovuto separare per un po' di tempo, aveva iniziato a fissare il vuoto e urlare con tutta la voce che aveva.

«In che senso?» cercò di capire Gentilucci che si apprestava a salire in auto al posto di guida.

«A volte fai tutto secondo le regole e non riesci a venirne a capo. Altre volte, invece, succede qualcosa di casuale che ti offre la soluzione.»

«Vuoi dire che bisogna essere fortunati?»

Il commissario si lasciò andare a un sorrisetto beffardo.

40

La Fiat Cinquecento targata DK889OL non corrispondeva a quella di Murro. La gelida sentenza di quella combinazione alfanumerica fece precipitare nel baratro le aspettative di Bonaventura.

Invece dell'arrogante regista, davanti ai due poliziotti sedeva un'esile figura femminile dalla carnagione eterea. I lunghi capelli rossi assecondavano l'inclinazione del suo capo scendendole davanti alle spalle e coprendole parte del viso.

«Signorina Maggi, glielo chiedo per l'ultima volta, perché la notte tra il 3 e il 4 agosto si trovava in contrada Montanello?»

«Ve l'ho già detto, quella sera ero in centro, in compagnia dei miei amici» rispose la ragazza mentre le mani ossute le si contraevano in nervosi spasmi.

«Gli stessi che ci hanno riferito che lei, intorno alle ventidue, ha salutato tutti accusando un improvviso mal di testa?» continuò Bonaventura.

«Non sono abituata all'alcol, quella sera ho accettato un secondo giro di sangria e...»

«E poi, cosa ha fatto? È tornata a casa o ha proseguito la serata da qualche altra parte?»

Benedetta Maggi rimase in silenzio, lo sguardo fisso sul pavimento. Le sue dita affusolate avevano preso a intrecciare le lunghe ciocche di capelli.

«Chiara era una delle mie migliori amiche, non avrei mai potuto farle del male.»

«Signorina, risponda alla mia domanda: dove ha proseguito la serata?» la spronò il commissario, stavolta con tono irremovibile.

«Quello che le è successo è terribile, ma vi assicuro che io non c'entro» si difese la giovane continuando a fissare il pavimento.

«Dopo aver salutato i suoi amici, si è forse incontrata con Chiara Palmucci?» domandò Luca, sperando di dare una svolta a quell'interrogatorio.

«No, sono tornata a casa dai miei» rispose lei lapidaria.

Cazzo! Cosa aspetti a confessare? Sembri una bambolina fragile, eppure riesci a tenere dentro una verità così ingombrante. Non ti farò alzare da quella sedia fino a quando non avrai sputato ogni dettaglio di quella notte. Entro questa sera il caso deve essere chiuso.

Bonaventura schiacciò il mozzicone di sigaretta nel posacenere e se ne accese subito un'altra. Prese a muoversi avanti e indietro nell'ufficio per scaricare a terra l'incontenibile voglia di afferrare quella ragazza per un braccio, spingerla spalle al muro e obbligarla a raccontare ogni particolare.

Altro che indifesa ballerina, hai la stessa fermezza di un esperto criminale. Come fai a essere così gelida?

I passi del commissario si fecero sempre più insistenti: sembravano voler prendere a martellate il glaciale silenzio che regnava nella stanza, e colpo dopo colpo sgretolarlo fino a far emergere la verità.

L'ispettore capo, sapendo che era il suo momento di intervenire, richiamò l'attenzione della ragazza. «Benedetta.»

«Ho detto la verità, lo giuro» si affrettò a ribadire la giovane.

«Se l'abbiamo convocata, significa che abbiamo delle prove contro di lei.»

La ragazza sollevò di scatto il capo. I suoi occhi cerulei diventarono così grandi da sembrare l'unico dettaglio presente sul quel viso minuto.

Anche Bonaventura piantò uno sguardo interrogativo sulla sua collega.

Cosa hai in mente di fare? Sai bene che il diario di un ragazzo autistico non può essere considerato una prova scientifica. Se fosse così, le avrei sbattuto quel quaderno sotto al naso da un pezzo, ma non possiamo rischiare. Se si venisse a sapere, il suo futuro avvocato difensore ci farebbe a pezzi, Paolotto mi spedirebbe in Sardegna e tu torneresti dritta a Milano. Cosa ti passa per la testa?

Gentilucci si alzò, fece il giro della scrivania, si posizionò a meno di un metro di distanza dall'interrogata e dopo aver incrociato le braccia sul petto disse: «Sulla strada provinciale, poco prima dell'imbocco di contrada Montanello, c'è un sistema di telecamere. Si tratta di una zona videosorvegliata.»

Alla parola 'telecamere' Benedetta ebbe un sussulto, contraendo il viso in una smorfia di terrore e incredulità; aprì la bocca come a commentare quella sentenza, ma emise solamente un impercettibile suono gutturale.

Luca rimase immobile accanto alla finestra, l'affermazione di Francesca lo aveva sconvolto al punto da non riuscire a riportare la sigaretta alle labbra.

Quella non è affatto una zona videosorvegliata, il sistema di telecamere si interrompe nei pressi dello stadio. Dove vuoi arrivare, Francesca?

«L'esame dei filmati ci ha confermato che alle due e ventisette del quattro agosto l'unica auto che ha imboccato contrada Montanello è stata una Fiat Cinquecento targata DK889OL. La sua» precisò Gentilucci.

Silenzio.

«Signorina Maggi, mi ha sentita?» insistette l'ispettore capo.

La ragazza annuì con un flebile movimento del capo.

«Bene, quindi capirà che a questo punto collaborare può andare solo a suo vantaggio.»

Nella stanza seguì un rigido silenzio, interrotto dai profondi respiri di Benedetta che piano piano si fecero sempre più rapidi fino a esplodere in un pianto convulso. La ballerina si portò le mani al viso nel tentativo di controllare le lacrime, che invece presero a scorrerle tra le dita per poi cadere sulle gambe tremanti.

Ai due poliziotti quella scena sarebbe bastata a chiudere il caso, ma i dettagli dell'omicidio erano necessari per porre fine alle indagini.

«Coraggio, ci racconti cosa è successo quella sera.» Bonaventura riprese il comando della situazione lanciando un'occhiata d'intesa a Francesca, come a complimentarsi per la trovata delle telecamere.

Benedetta tirò fuori dalla tasca dei pantaloni un fazzoletto e dopo essersi ricomposta esordì: «Volevo molto bene a Chiara, eravamo amiche dai tempi delle elementari.»

«Poi cos'è cambiato?»

«Abbiamo seguito insieme tutti i corsi di danza e anche gli stage fuori città» aggiunse tamponando le lacrime che si ostinavano a bagnarle il viso.

«La mamma di Chiara ci ha detto che lei era la sua migliore amica» commentò Gentilucci.

«Sì, ma allora non avrebbe dovuto comportarsi in quel modo.»

«Quale modo?»

Un ulteriore attacco di pianto si impossessò di lei, del suo corpo tremante, delle mani che non sapevano più come nascondere un viso segnato dalla disperazione.

«Avete avuto una lite?» la incalzò Bonaventura.

«Chiara poteva avere tutti i ragazzi che voleva, era perfetta fisicamente, e intelligente...»

«Cosa la infastidiva di lei?»

«Mi ha pugnalato alle spalle! Mi fidavo di lei.»

«Può essere più precisa?»

«Io amavo Anselmo e lei lo sapeva, le avevo raccontato tutto della nostra storia, di quando ci siamo incontrati per la prima volta un anno fa alla fine di uno spettacolo allo Sferisterio. Io sedevo tra il pubblico e lui era sotto il palco a dirigere lo spettacolo. Sono stata subito attratta dal fascino di quell'uomo, e ho atteso che l'arena si svuotasse per andare a complimentarmi con lui. Quella sera stessa è iniziata la nostra relazione. Clandestina, ma pur sempre una relazione.»

«Cosa c'entra Chiara in tutto questo?»

«È grazie a me se Anselmo l'ha ammessa nel corpo di ballo.

Sono stata io a chiedergli di avere un occhio di riguardo per quella che consideravo una sorella.»

«Chiara ha deluso le sue aspettative?» domandò Gentilucci.

«Deluso? Si è presa il mio uomo! Sapeva quanto io fossi innamorata di lui. Perché tra tanti proprio il mio?»

«Ci è giunta voce che Murro abbia un debole per le giovani donne, magari Chiara ha solo ceduto alle avances di una persona matura» ipotizzò l'ispettore capo.

«Chiara ha sbagliato, non doveva comportarsi in quel modo.»

«Uno sbaglio così grave da farle meritare la morte?» intervenne Bonaventura, ansioso di chiudere il cerchio.

Il corpo di Benedetta fu di nuovo ostaggio di un pianto violento, il suo viso una maschera di dolore e disperazione. La prima ballerina stava per abbandonare la scena, cedendo il passo a una giovane fragile.

«Benedetta, prosegua con il racconto, è importante.»

«Anselmo era così preso dalla sua nuova fiamma che io ero diventata una ruota di scorta. La riempiva di regali costosi... vestiti, borse... la trattava come una principessa... Io, invece, ero diventata la ragazza su cui ripiegare quando la sua biondina era troppo impegnata a studiare per dedicarsi a lui.»

«Si direbbe che il suo era un amore davvero profondo. Aveva così paura di perdere quell'uomo?»

«Perdere Anselmo significava dire addio alla mia carriera di ballerina.»

«In che senso?»

«Guardatemi, quale compagnia assumerebbe una ragazza alta un metro e ottanta, con le gambe più lunghe della maggior parte dei danzatori uomini? Chiara invece era perfetta, poteva avere ciò che voleva, amore e lavoro compresi.»

«Benedetta Maggi, sono questi i motivi che l'hanno spinta a uccidere Chiara Palmucci?»

A quella domanda seguì un lungo silenzio.

«Quella sera avevo appuntamento con lei per dirle una volta per tutte che non c'era posto per entrambe né sul palco né tantomeno nel cuore di Anselmo.»

«Quindi vi siete incontrate per un chiarimento?»

«Nei camerini dello Sferisterio. Sapevamo che a quell'ora l'avremmo trovato ancora aperto per le prove tecniche delle luci.»

«Cos'è successo in quel camerino?»

«Le ho parlato, ma lei... lei non voleva capire, ho provato in tutti i modi a farla ragionare, ma era come se non mi sentisse, poi...»

«Poi?»

«Quando mi ha detto di essere incinta di lui, io... ecco... ho perso la testa.»

«Le ha messo le mani alla gola, mollando la presa quando ormai era troppo tardi, giusto?»

«Non volevo ucciderla, davvero. Non volevo, ve lo giuro!»

Silenzio.

«E dopo averla uccisa cosa ha fatto?»

«Ho chiamato Anselmo. Era l'unica persona a cui potevo dirlo.»

«L'ha aiutata lui a disfarsi del cadavere?»

«Come?»

«Anche se è piuttosto alta, dubito che una ragazza magra come lei sia riuscita a caricare in auto un corpo senza l'aiuto di qualcuno.»

«Sì, è stata sua l'idea di gettarla in un cassonetto. Io non volevo, mi ha costretto...»

«È venuto in auto con lei?»

«Sì.»

Epilogo

I giorni seguenti l'arresto di Benedetta Maggi e del suo complice Anselmo Murro si rivelarono più frenetici del previsto. Macerata fu presa d'assalto da troupe di giornalisti delle più importanti emittenti televisive e radiofoniche nazionali, fotografi e cameraman si aggiravano per ogni vicolo della città in cerca di scoop da immortalare. Quella che era una tranquilla cittadina di provincia, aveva assunto l'aspetto di un set cinematografico.

Quanto durerà questa fiera? Sono tre giorni che, per sfuggire a quegli avvoltoi assetati di pettegolezzi, sono costretto a dileguarmi dall'uscita secondaria.

Bonaventura si infilò nella sua auto personale, imboccò una strada di servizio percorrendone una decina di metri contromano e si immise finalmente in via Leopardi. A quell'ora della sera le strade erano semideserte e Luca ne approfittò per mantenere il piede incollato all'acceleratore e tirare dritto fino a casa.

Una volta arrivato, inserì le chiavi nella serratura e con due rapidi giri si ritrovò all'interno del suo appartamento, l'unico luogo dove riusciva a sentirsi al sicuro dall'assalto dei giornalisti. Prese una birra dal frigorifero e sprofondò sul divano. Un primo lungo sorso spense la calura che gli stringeva la gola. Ne seguirono di più piccoli e lenti, come se in quel preciso istante tutta la fatica dell'indagine gli si fosse attorcigliata intorno alle braccia bloccandogli la circolazione e rendendole pesanti come piombo. In quello stato catatonico anche sollevare una bottiglietta da 300 ml diventava un'impresa gravosa.

È stata dura, ma ce l'abbiamo fatta. Devo ammettere che in certi momenti ho pensato che l'inchiesta sarebbe andata per le lunghe, o peggio, che il caso sarebbe rimasto irrisolto.

Mandò giù un'altra dose di bionda ghiacciata e reclinò il capo incastrandolo tra i due cuscini dello schienale. Il sapore amarognolo che gli scese per la gola gli ricordò che la fine di ogni indagine l'aveva sempre festeggiata al bar insieme al suo collega Angelini.

Andrea, cazzo! Non ti sei fatto più sentire, almeno un messaggio me lo potevi mandare. Voglio raccontarti tutto e dirti che, anche se senza di te è stata dura, il commissario Bonaventura ha tenuto alto il nome della squadra.

Sì sfilò il cellulare dalla tasca dei pantaloni e selezionò il numero del collega dalla rubrica. Dopo appena due squilli rispose la voce metallica della segreteria telefonica.

«Si può sapere il perché di tanto mistero? Il caso Palmucci è stato risolto, ma i dettagli te li racconto di persona. Sbrigati a tornare.»

Chiuse la chiamata, lasciando scivolare con estrema lentezza il braccio lungo il busto.

Bonaventura rimase inerme in quella posizione a fissare un punto indefinito della parete, fino a quando il rombo e lo strombazzare di alcuni scooter irruppero dalla finestra, interrompendo il suo torpore.

Accidenti! Devo sbrigarmi, altrimenti arriverò in ritardo.

I suoi occhi incrociarono le lancette dell'orologio a parete e pochi istanti dopo Luca si ritrovò sotto il gelido getto della doccia.

Con i fianchi cinti dall'asciugamano entrò in camera da letto, aprì le ante dell'armadio e afferrò deciso la gruccia foderata di velluto.

Con questa roba addosso farò di sicuro una sauna, ma devo adeguarmi al dress code della serata.

Sfilò la camicia bianca e la infilò sul busto ancora umido, poi indossò i pantaloni neri di cotone, notando con orgoglio che gli calzavano ancora a pennello dall'ultima volta che li aveva indossati.

Dalla stampella scivolò qualcosa che attirò la sua attenzione.

Cazzo! La cravatta... perché un uomo per essere elegante deve indossare simili sciocchezze? Un collo aperto non conferisce più virilità di un insignificante ritaglio di stoffa? La moda è proprio qualcosa di assurdo.

Scosse la testa ed entrò in bagno. La parte centrale dello specchio era ancora ricoperta da un velo di vapore. Luca prese un panno, lo pulì con un rapido gesto e fissò la propria immagine con espressione scettica.

Trattenne il respiro e chiuse la camicia fino all'ultimo bottone, dopodiché sollevò il colletto passandosi un lembo della cravatta dietro la nuca fino a lasciarlo cadere sul petto.

La parte più sottile va sotto... no, è quella più larga a stare sotto e poi girare intorno a quell'altra... oppure il contrario? Al diavolo!

Intrecciò i due lembi dando vita a improbabili soluzioni – nel suo ultimo tentativo la stoffa gli si strinse addirittura attorno a un dito, facendo salire il suo nervosismo alle stelle.

Valentina, sei sempre stata tu a farmi il nodo alla cravatta, ti riusciva così naturale che sembrava ti divertissi a sistemarlo con un paio di gesti rapidi come quelli di un prestigiatore.

Luca notò come il nome dell'ex fidanzata si fosse riaffacciato nella sua mente dopo diversi giorni. Questa volta però suonava più discreto, non era accompagnato da rabbia o gelosia, sembrava piuttosto l'immagine sbiadita di una semplice conoscente.

Anche senza, farò la mia figura.

Attorcigliò la cravatta intorno a un pugno e la gettò in un angolo del bagno. Controllò l'orario sull'orologio da polso.

È tardissimo! Francesca mi starà già aspettando.

Corse a infilarsi le scarpe nere lucide, prese la giacca con tanto di gruccia e si affrettò a raggiungere la porta d'ingresso, ma nel preciso istante in cui la sua mano strinse la maniglia avvertì il peso di due occhi fissare il suo profilo.

Caspita, con tutto questo trambusto mi sono dimenticato proprio di te...

Bonaventura si avvicinò al dipinto che gli aveva tenuto compagnia durante tutto il periodo delle indagini. Il suo sguardo incrociò il volto femminile che giorno dopo giorno aveva preso le sembianze della povera Chiara Palmucci.

I tuoi lineamenti sono ancora sconvolti dal terrore, non posso lasciarti in questo stato...

Afferrò il pennello appoggiato sul treppiede e ne bagnò le setole sotto il flusso del rubinetto, poi lo intinse nel residuo di acrilico blu impregnato nella tavolozza. Con gesti leggeri della mano cominciò a muoversi intorno ai contorni di quel giovane viso.

Ora non ho tempo per fare molto, ma voglio che dai tuoi occhi traspaia serenità. Li abbiamo presi i tuoi aguzzini.

Dopo qualche istante spostò il pennello sul contorno delle labbra.

Ecco, così... la bocca socchiusa come a voler dare un bacio. L'amore è qualcosa di meraviglioso, soprattutto alla tua età, ma alcune relazioni nascondono risvolti oscuri, pericolosi, ingiusti.

Luca abbandonò il pennello nel lavandino e scivolò via per le scale.

Una figura femminile lo attendeva davanti all'hotel Principi. La silhouette più slanciata del solito, le gambe chilometriche accarezzate da un luminoso tessuto blu notte, mentre la scollatura sulla schiena era in parte coperta dai morbidi capelli biondo sole. Davanti a quella che sembrava essere una dea, Bonaventura inchiodò all'improvviso, con notevole stridore delle gomme sull'asfalto.

«Pensavo ti fossi dimenticato di me» lo salutò Gentilucci, commentando il ritardo.

«Scusami, sono stato trattenuto in ufficio fino a tardi, i giornalisti sembravano non andarsene più» si giustificò lui scendendo dall'auto per raggiungerla.

«E da quando il commissario Bonaventura è disponibile a rilasciare interviste?»

«Da...» Luca balbettò qualche sillaba poi, incantato, rimase in silenzio a fissare Francesca.

Con lo sguardo accarezzò ogni parte di lei: i lunghi capelli biondi, la morbida pelle delle spalle coperte solo da due bretelline sottili... Poi si spinse fino al collo, dove immaginò di spostare l'elegante foulard ricoperto di strass e baciare all'infinito quella parte di femminilità nascosta.

«Tutto bene?»

«Sì, certo... Stasera sei un vero incanto.»

«Anche tu non sei niente male.»

I due rimasero immobili l'uno davanti all'altra, i loro corpi vicinissimi, divisi da quei pochi centimetri che il commissario avrebbe voluto annullare con un bacio.

«Aspetta, c'è molta gente in giro...» lo fermò Francesca, appoggiandogli una mano sul petto.

«Hai ragione, scusami.» Luca la invitò a salire in auto.

Durante il tragitto, Bonaventura si sforzò di mantenere lo sguardo sulla carreggiata, sfidando la tentazione di fissare la meravigliosa donna che sedeva alla sua destra.

La natura non dovrebbe creare ragazze del genere, un concentrato di grazia e intelligenza sono gli ingredienti di un cocktail micidiale per noi uomini.

«Dovresti vestirti più spesso così, un commissario in abito da sera non passa indifferente» disse Francesca osservando l'elegante figura del suo accompagnatore.

«Stasera mi riempi di complimenti.»

«Non credi di esserti dimenticato qualcosa?» lo interruppe.

«In che senso?» domandò Bonaventura lanciandole uno sguardo perplesso.

«In una serata di gala, la cravatta è d'obbligo» commentò decisa.

Per istinto Luca si portò una mano alla gola; Francesca attendeva una risposta e lui doveva trovare una giustificazione credibile.

E ora cosa le dico? Che per anni ci ha pensato la mia ex a farmi il nodo alla cravatta? Che ho provato a fare un paio di tentativi, ma alla fine mi sono intrecciato anche le dita con quello stupido accessorio? Penserà che io non sia capace...

«Non l'ho mai indossata» rispose secco.

«Che significa, *mai*?»

«Può sembrare assurdo, ma è così, davvero.»

Valentina, mi dispiace, ma non potevo certo dirle la verità. Non questa sera. Non c'è più posto per te.

Luca fece una brusca sterzata imboccando un dedalo di vicoli all'interno delle mura.

«Dove stiamo andando?» gli chiese Francesca, stupita per l'improvviso cambio di direzione.

«Ho dimenticato una cosa in ufficio.»

«Sono già le ventuno, non puoi rimandare a domani?» ribatté la poliziotta guardando preoccupata l'orologio sul cruscotto dell'auto.

«Sarà questione di un attimo» la rassicurò Luca, accostando l'auto all'uscita secondaria della questura.

Il commissario aprì il piccolo portone di vetro, divorò le tre rampe di scalini e assicurandosi di non essere visto da qualche collega, si infilò nel proprio ufficio. A passi lenti, come a riprendere fiato, si diresse verso la scrivania, fissò il lato sinistro, quello della cassettiera, e con un gesto deciso aprì il secondo cassetto.

La lettera, seppure stropicciata, tratteneva ancora la calligrafia di Valentina.

Non so perché l'ho conservata per così tanto tempo, magari speravo in un tuo ripensamento, ma ora sono felice che sia andata così.

Le sue dita si strinsero intorno a quel foglio rosa, riducendolo a un'innocua pallina di carta. Finalmente Bonaventura ebbe il coraggio di liberarsene gettandolo nel cestino della spazzatura.

«Allora, cos'avevi di tanto urgente da recuperare?» volle sapere Francesca.

«Come? Ah sì... questa.» E così dicendo tirò fuori dalla tasca dei pantaloni la bustina di tabacco.

Francesca scosse la testa accennando un sorriso ironico, pensando che per un tabagista incallito come Luca le sigarette sarebbero state sempre una priorità.

L'auto del commissario imboccò una ripida discesa di sampietrini, assecondò un paio di curve a gomito e in pochi minuti raggiunse piazza Mazzini.

Bonaventura abbozzò un improbabile parcheggio ignorando un divieto di sosta, scese dalla vettura e prendendo sottobraccio la sua collega raggiunse l'ingresso dello Sferisterio.

«Lo spettacolo sta per cominciare, seguitemi» li accolse una mascherina con la voce velata da un senso di urgenza.

Il commissario e l'ispettore capo si trovarono a percorrere gli stessi corridoi nei quali, giorni prima, si erano addentrati in cerca di qualche indizio sull'omicidio di Chiara Palmucci. Per entrambi non fu semplice rendersi conto di come quel posto segnato dalla morte si fosse riappropriato della sua destinazione di luogo di festa, dove signore in scintillanti abiti da sera chiacchieravano sorridenti tra loro, tenendo a braccetto i loro compagni con indosso eleganti smoking.

«I vostri posti sono in seconda fila» bisbigliò la ragazza illuminando le due poltroncine con una piccola torcia.

Bonaventura la ringraziò con un cenno del capo, poi con un gesto galante fece segno a Francesca di sedersi per prima.

Appena i due poliziotti si accomodarono, le luci dell'arena si spensero, il pubblico smise di parlottare e l'intero teatro fu invaso da una silenziosa attesa.

Dopo un paio di minuti un faro illuminò il proscenio. Al primo pizzico di archi, un nutrito gruppo di ballerini guadagnò la scena avanzando con delicate piroette.

«Questa sera Chiara avrebbe dovuto essere lì con loro» sussurrò Luca avvicinandosi all'orecchio di Francesca.

«È stata una morte ingiusta...» rispose lei mantenendo lo sguardo fisso sulla scena.

L'ispettore capo immaginò il corpo giovane e inerme di Chiara tornare in vita, muoversi leggero come un soffio di vento incantando tutti gli spettatori dello Sferisterio.

«La vita a volte può essere davvero avara» aggiunse lui.

Gentilucci rimase un istante in silenzio, pensando a quanto fosse sottile il confine tra vita e morte anche in un ambiente dove l'arte consacra tutto all'eternità. Poi spostò lo sguardo su Luca, il suo inatteso e splendido presente.

«O incredibilmente generosa» proseguì lei, avvicinando il viso a quello del suo cavaliere e chiudendogli le labbra con un morbido, intenso bacio.

Gli arredi festivi giù cadano infranti
il popol di Giuda di lutto s'ammanti!
...I candidi veli, fanciulle, squarciate
le supplici braccia gridando levate;
...di David la figlia ritorna al gioir!

Dal catalogo Fanucci Editore

Nero Italiano

La notte del santo di Remo Bassini
Delitto dietro le quinte di Jonathan Arpetti e Christina B. Assouad
Il gioco del ragno di Donatella Perullo
La bambina del mare di Lucio Figini

Timecrime

L'ombra della verità di Karin Slaughter
Venti corpi nella neve di Giuliano Pasini
In difesa di Jacob di William Landay
Omicidio allo specchio di David Ryan Jahn
Ogni goccia di sangue di Michael Robotham
I dannati non muoiono di Jim Nisbet
I sonnambuli di Paul Grossman
La lunga notte di Linda Castillo
L'ultimo Vangelo di Barbara Goldstein
Il caso Maloney. La prima indagine dell'ispettore Faraday di Graham Hurley
Tre giorni per morire di Karin Slaughter
Il settimo sacramento di David Hewson
L'ultima profezia di Liz Jensen
La casa sul fiume di Penny Hancock
L'ermellino di porpora di Pierre Borromée
La trilogia nera di Dave Zeltserman
Punto di rottura di Simon Lelic
Morte di uno sbirro di William Landay
Vittime di Jonathan Kellerman
Il canto delle sirene di Val McDermid
Genesi di Karin Slaughter
The Game di Michael Olson
Tra due fuochi di Karin Slaughter
Nessun indizio di Paul Grossman
La preda di Graham Hurley
Il Codice Amadeus di Phillip Swann
Killer di Tom Wood
Lo Strangolatore di William Landay
Sotto tiro di David Baldacci
Il libraio di Parigi di Mark Pryor
I tre demoni di John Connolly
L'imprevisto di Liz Jensen
Morte sospetta di Tim Weaver
Senza nessuna colpa di Helene Tursten
Abisso senza fine di Karin Slaughter
Venerdì nero di Michael Sears
Il Giardino del Male di David Hewson

Il manipolatore di Michael Robotham
Costretta al silenzio di Linda Castillo
Ossa di Jonathan Kellerman
Senza traccia di David Levien
L'assassino americano di Vince Flynn
Il burattino di Jim Nisbet
In un vicolo cieco di Linda Castillo
Nel segreto dei codici di Barbara Goldstein
La colpa di Jonathan Kellerman
L'innocente di David Baldacci
Il testimone di Nora Roberts
Omicidi a luci rosse di Allison Brennan
Attrazione letale di JoAnn Ross
Noi siamo qui di Michael Marshall
Alta velocità di David Jackson
Nemico di Tom Wood
La frode di Michael Sears
Mente criminale di Karin Slaughter
Tracce di morte di Tim Weaver
Indagine mortale di David Levien
Sotto protezione di Chris Ewan
Sutler di Richard House
Scomparsa di Linda Castillo
Non guardarti indietro di Clare Donoghue
Il mistero della cripta sepolta di Mark Pryor
Una sporca faccenda di Robert Littell
Diari di sangue di Chuck Driskell
L'invisibile di Karin Slaughter
Colpo mortale di Vince Flynn
Assassino di Jonathan Kellerman
La sfida di David Baldacci
Svanito di Tim Weaver
Il gioco di Tom Wood
Libero arbitrio di Allison Leotta
Deadline di Chris Ewan
La maschera di Dante di David Hewson
Il suo ultimo respiro di Linda Castillo
La rabbia degli angeli di John Connolly
Codice cinque di J.D. Robb
L'orlo del baratro di Karin Slaughter
Senza pietà di John Gilstrap
Il barone della droga di Stephen Leather
Jihad di Jean-Marc Ligny
Oro bianco di Rachel Amphlett
Doppio delitto al Grand Hotel Miramare di Emilio Martini
Tracce dal passato di Linda Castillo
Il manuale dello stagista killer di Shane Kuhn
Nessun ritorno di Tim Weaver
Un'anima che brucia di John Connolly
Voci soffocate di Beppe Quintini

Complotto in riva d'Arno di Parigi & Sozzi
El Diablo di Allison Leotta
L'occhio di Dio di Andreas Eschbach
Tutto ciò che muore di John Connolly
Il Golem di Hollywood di Jonathan e Jesse Kellerman
I misteri del passato di David Hewson
Lo spettro dei Borgia di Elena e Michela Martignoni
La caccia di Tom Wood
Cerimonia di morte di J.D. Robb
La resa dei conti di Andrew Pyper
Il ciclo delle stagioni di John Connolly
Il ministero delle Ultime Ombre di Mariangela Cerrino
Una rete di inganni di Nikki Owen
Senza via di fuga di Douglas E. Richards
Chiudi gli occhi di S.K. Paisley
American Blood di Ben Sanders
Una fuga sospetta di Mason Cross
Oscure verità di Tim Weaver
Gente che uccide di John Connolly
Noir di Richard Matheson
Connessioni di sangue di Val McDermid
Indagine su un mago senza testa di Enrico Caria
Dopo la tempesta di Linda Castillo
La ragazza senza nome di Sandra Block
Segreti sepolti di Linwood Barclay
Il sangue dei baroni di Matteo Strukul
Ogni quindici minuti di Lisa Scottoline
Il manuale dello stagista killer. L'avversario più letale di Shane Kuhn
Il giorno più buio di Tom Wood
E morì a occhi aperti di Derek Raymond
Aprile è il più crudele dei mesi di Derek Raymond
L'ultima tentazione di Val McDermid
Il lupo in inverno di John Connolly
Triplice omicidio di Tim Weaver
Sei ore e ventitré minuti di Domitilla Shaula Di Pietro
Come vivono i morti di Derek Raymond
Il mio nome era Dora Suarez di Derek Raymond
Tra i malvagi di Linda Castillo
Chance di Kem Nunn
Il museo dell'inferno di Derek Raymond
Quando cala la nebbia rossa di Derek Raymond
La bugia perfetta di Emily Elgar
Lontano dalla verità di Linwood Barclay
Il tormento degli altri di Val McDermid
La canzone delle ombre di John Connolly
Il collezionista di Nora Roberts
Cuore infranto di Tim Weaver
Non dire niente di Brad Parks

Finito di stampare nel giugno 2017 presso
Puntoweb - via Variante di Cancelliera snc - Ariccia (RM)
Printed in Italy